即死チートが最強すぎて、異世界のやつらがまるで相手にならないんですが。

藤孝剛志

Illustration 成瀬ちさと

14

contents

ACT1

ACT2

ACT3

Character

Tomochika Dannoura
高校二年生。夜霧のクラスメイト。見た目は美少女で胸も結構大きいが、言動で残念がられているツッコミ担当。夜霧と同じく《ギフト》のインストールは受け付けなかったが、壇ノ浦流弓術という弓術から派生した古武術を習得している。

Yogiri Takatou
高校二年生。常にやる気なさそうな感じで学校では寝てばかりいたが、真剣な表情をすると、意外とイケメン。この世界特有の力《ギフト》のインストールは受け付けなかったが、元の世界にいた時から《即死能力》を持っていた。別名AΩ《アルファオメガ》。

Asaka Takatou
女子大生時代、就職活動が難航していたため、『独立行政法人高次生命科学研究所』という怪しげな研究所の面接を受け、なし崩し的に就職。そこでAΩ《アルファオメガ》と出会い、夜霧と名付けて、以後面倒をみている。長い髪を普段は後ろでまとめて一括りにしている。

Mokomoko Dannoura
知千佳の先祖で背後霊。平安時代の幽霊で、壇ノ浦流弓術中興の祖……らしい。知千佳の姉にそっくりな容姿をしており（かなり太っている）、衣装は白い狩衣《かりぎぬ》っぽい着物を着ている。なにげにデジタルテクノロジーに精通している。

キャロル・S・レーン

Carol S. Lane

夜霧たちのクラスメイト。高校入学に合わせて日本にやってきたアメリカ人。諒子と同じく夜霧の監視任務についていたが、所属は『機関』。こちらの世界でのクラスはニンジャで、戦闘時は赤いニンジャ装束を着て額当てを着けている。武器は忍者刀。

二宮諒子

Ryouko Ninomiya

夜霧たちのクラスメイト。実は夜霧を隔離していた『研究所』から派遣され、夜霧の監視任務についていた。スマホに夜霧の監視ツールがインストールされている。元の世界では忍者だが、こちらの世界でのクラスはサムライで、戦闘時は羽織袴に二本差し。

降龍

Kouryu

マルナリルナに敗れてこの世界の神の座を追われた旧神の一人。十二人いた降龍も現在は彼一人となっているため、種族名を名乗っている。普段は少年の姿だが、東洋風の龍の姿にもなれる。夜霧を利用してマルナリルナを排除し、世界の管理権を奪取した。

花川大門

Daimon Hanakawa

夜霧たちのクラスメイト。以前も召喚されたことがあり、回復術士《ヒーラー》としては最高レベルだったが種族限界で頭打ちだった。二周目の世界では上級クラスのモンクになり、調子に乗っている。小太りなオタクでござる口調で喋る。それとは別に性癖がキモイ。

Character

Hiruko

勝手にこの世界にやってきた侵略者《アグレッサー》の一人で、神。同じく侵略者《アグレッサー》である餓《が》狼《ろう》王《おう》を操り、母親のルーを捜していた。一周目の世界ではルーの記憶が不完全だったため夜霧たちと一緒に賢者の石を探していたが、二周目の世界では夜霧たちと別行動をとるルーと……。

Luu

夜霧たちが集めていた賢者の石が融合して人の姿になった女神。最初は赤ん坊だったが、七個の石が融合した結果、十二歳程度の外見になった。その後さらに融合が進んだが、全て夢だったことにされた。二周目の世界では二十歳程度の外見になっている。

Mitsuki

表向きはこの世界の神はマルナリルナで、賢者たちは世界の管理に気を配っているだけということになっていたが、実際は“夢だったことにして”この世界の時間を巻き戻すことができるミツキのほうが、上位存在。ヴァンの祖父だが外見は絶世の美少年。

Vann

“この世界を守っている”賢者たちの一人。シオンと違い、実際に大賢者の孫。自分の考えたゲームを現実世界にルール込みで実現できる能力を持つが、作るゲームの出来は今一つ。二周目の世界では『地底クエスト』というゲームに夜霧たちを巻き込む。

即死チートが最強すぎて、異世界のやつらがまるで相手にならないんですが。

ACT 1

1話　この世界に来て一番ショック受けてるね！

地底クエスト。

それは賢者ヴァンが作りあげたゲームの舞台だ。

その名のとおり地下にある世界のはずだが詳細は不明で、冒険の準備を整えるための街と、冒険の舞台であるフィールドに分かれている。

街は同じようなものがいくつも存在していてチャンネル番号で区別されている。フィールドも同様だが、いくつか例外もある。

その例外の一つが天空の城フィールドだ。ここは地底クエストの最終目的地であり、一つしか存在していない。どのチャンネルでプレイしていようとラスボスのラスボを倒すためにはここに来るしかないのだ。

この天空の城フィールドは小さな島になっていて四つのエリアに分かれている。

最初に訪れることになるのがエントランスエリア。島の大部分を占める平地がそうで、砂浜と森で構成されている。

次のエリアが牢獄《ろうごく》エリア。島の中央にそびえ立つ巨大なピラミッドだ。

ピラミッドを通過するとさらに二つのエリアがあるはずなのだが、詳細は不明だ。

なぜなら、夜霧《よぎり》たちはピラミッドの頂上にある神殿にいて、そこから先が別エリアらしいからだ。

ヴァンは神殿の真ん中にある祭壇にやる気なさそうに腰掛けていて、夜霧、知千佳《ともちか》、龍の化身のアティラ、犬のダイという一行が、神殿の入り口付近でヴァンと対峙《たいじ》しているのだった。

ちなみに夜霧たちは大賢者から贈られた装備を身に着けている。

夜霧は全身黒い装備で、知千佳はやけに露出の多い悪の女幹部のような格好。アティラも黒い服になっているし、犬のダイまでが黒い装甲を着けていた。コンセプトは悪の軍団といったところらしい。

「戦うってのはわかったけど、具体的にはどうしたらいいの?」

夜霧たちの目的は元の世界に帰ることであり、そのためには複数の賢者の石が必要だった。

賢者の石を集めれば女神であるルーが復活すると思っていたのだが、ルーはすでに復活しているのにどこかに行っていて、夜霧たちのもとにはやってきていない。

そうなるともう地底クエストにいる意味もないので、ゲームをクリアしてこの世界から脱出しようとしているのだが、どうにも雲行きが怪しかった。

ラスボスであるラスボを倒せばいいと思っていたのだが、そんな者はいないと賢者ヴァンが言いだしたのだ。

実は、賢者の石を持った者たちによる殺し合いが、ラスボ戦ということだった。

「さっきも言ったけど、そこの武具を好きなだけ取りなよ。で、奥の扉をくぐればアンティチェンバーエリア。そこは特に何があるわけでもない待機場所だ。参加者が揃《そろ》えば決戦エリアに移動だよ」

ヴァンがふてくされた様子で言った。

神殿の壁には剣、弓、杖《つえ》、槍《やり》、短剣、斧《おの》、盾の七つが等間隔で展示されている。

「そんな適当なら、もう必要ないんじゃ？」

「いらないならそれでもいいよ」

それぞれの武具には何か工夫が凝らしてあるのかもしれないが、余計な物を持って歩くのも面倒だと夜霧は考えた。

「参加者ってのは、けっきょく100パーティ以上になったんだろ？　どうするの？」

本来、ヴァンは7パーティでの決戦を目論んでいたらしい。だが、どういうわけか賢者の石が増殖してしまい、ぞろぞろと参加者がやってきているとのことだった。

「そうだね。トーナメント方式でどうかな。全試合を同時にやっていけば毎回半分になるわけだから、そんなに時間もかからないでしょ」

「今決めてるってゲームとしてどうなの」

知千佳が呆《あき》れていた。

「念のため訊《き》くけど、そのトーナメントとやらで優勝したらゲームクリアで、ここから出られる。でいいんだよね？」

「ゲームクリアの報酬は願いが叶《かな》うってものだよ。出るのが願いならそうだね」

とりあえずは信じるしかない。後で難癖をつけてくるのならそれはそのときの話だ。

「その戦いの勝敗はどうなるの？　死ぬまで殺し合うなんてのは嫌なんだけど」

「そうだね。基本的には死をもって決着とするのが妥当なところだけど、どちらかが負けを認めたならそれで終わりでいいよ」

それを聞いて夜霧は少しばかり安心した。

負けを認める者はそうそういないかもしれないが、それでも話し合いの余地があるに越したことはない。

「あ！　そういえば、大賢者が何か力をくれるとか言ってなかった？」

知千佳が思い出したように言った。

夜霧は聞いていないが、地底クエストの最終エリアに到達した先着十名ぐらいに好きな力を授けると大賢者が言っていたらしいのだ。

「さあ？　じいちゃんが言ったことだろ？　僕は知らないけど」

「なるほど。君たちがどんな人なのかは知らなかったけど、なかなかにずうずうしいねぇ」

いつの間にかヴァンの隣に座っている少年が、自然に話しかけてきた。

これには夜霧も驚いた。唐突感はまるでなく、最初からそこにいたかのようなのだ。

「じいちゃん！」

ヴァンが喜色をあらわにした。

「あんたが大賢者？」

先ほどまでは不満たらたらという顔をしていたヴァンだったが、本人を目の前にすれば喜びが勝るようだった。

ヴァンの祖父だというのだから、夜霧は勝手に大賢者は老人なのかと思っていた。

だが、目の前にいるのはヴァンよりも若く見える美少年だ。普通に考えればおかしいのだが、ここは魔法やらギフトやらの超常の力が蔓延《まんえん》している世界だし、見た目などどうにでもなるのかもしれなかった。

「大賢者なんて面映ゆいけど、賢者たちをとりまとめてるのが僕だから、そこは仕方ないよね。君と話すのは初めてだったかな？　僕はミツキ。よろしくね」

大賢者は世界中の人々に一方的にメッセージを送信したらしいのだが、夜霧にだけは聞こえていなかった。

「よろしくって言われても。こっちはずいぶんと迷惑してるんだけど」

夜霧は眉をひそめた。

今、夜霧たちが世界中の人間に狙われているのはミツキのせいに他ならない。直接危害を加えてきていない相手ではあるが、仲良くする気にはなれなかった。

「そうは言うけどさ。こちらが被った迷惑もかなりのものだと思うよ？」

夜霧がこの世界に与えた被害について言っているのだろうが、夜霧からすれば言いがかりのようなものだった。

「そう言われてもな。無理矢理この世界に連れてきたのはそっちだし、こっちはどうにか帰ろうとしてるだけだよ」

「うーん、それにしてもやり過ぎだとは思うけど……ま、それはどうでもいいよ。最終的には全て丸く収まるだろうしね。で、さっきの質問だけど、君たちにはもう与えてるじゃないか」

「あ！　そーいや、この格好はあんたのせいだった！」

知千佳が憤慨していた。露出の多い、悪の女幹部のような格好にも慣れたのかと思ったが、まだ根に持っているらしい。

「うん？」

ミツキが呆気《あっけ》に取られた顔になっていた。

「どうしたの、じいちゃん？」

「いや……僕を初めて見た女の子が普通にしてるからさ。不思議だなって思って」

「そういえば。じいちゃんを見た女の子は顔を赤くして、挙動不審になるものだよね」

「こわっ！　ここまで自分のイケメン具合に自信持ってんのこわっ！」

知千佳は、ミツキをイケメンだと認識してはいるようだが、だからといって特に思うことはないらしい。

「僕は生まれつきモテるんだよ。老若男女、種族を問わず誰にでも好かれるんだけど……ほら、こんな風にね」

夜霧は、ミツキが見たほうに目を向けた。

アティラとダイがふらふらとミツキへと向かっていた。

「ちょっと！」

知千佳が慌てて呼びかけるが、アティラはミツキの前に跪《ひざまず》き、ダイは尻尾を振ってミツキの足に身体《からだ》を擦り付けていた。

『これは……寝取られというやつか!?』

「そーゆーんじゃないと思うけど！　え？　イケメンかもしんないけど、いきなりこんなわけわからん人を好きになるとかある!?」

「これはちょっと傷付いたな。ここまで相手にされないのは生まれて初めてぐらいのことかもしれない」

そう言いつつも、ミツキは興味津々といった様子で知千佳を見つめていた。

『面白い女認定……だと!?』

「こっちは全然面白くないけどな！」

「もこもこさんはなんともないの？」

『さすがにな。肉体を持っておらん我には関係ないのやもしれん』

しかし、仲間だと思っていたアティラとダイがいきなり賢者側に行ってしまったのだから、夜霧も内心は穏やかではなかった。

「何をしたんだよ」

魅了や精神操作の類かもしれないと夜霧は考えた。

「何もしてないよ。僕はこういう存在なんだ。これはこの子たちの意思によるものだから、返せとか言われても困るよ？」

「アティラはそっちでいいの？」

念のため、夜霧は訊いた。

「これと敵対するなんぞありえんじゃろ！　お主らこそどうかしとるんじゃないのか!?」

「くぅーん……」

犬の気持ちなどわからないが、ダイは申し訳なさそうにしているように見えた。しかし、けっきよくは大賢者の傍がいいと思っているようだ。

「そんな……」

ダイは地底クエストで出会った犬だし、それほど交流があったわけでもない。

だが、可愛がっていた犬にこうもあっさり見限られると、たいていのことには動じない夜霧であってもさすがにこたえるものがあった。

「この世界に来て一番ショック受けてるね！」

『まあ、花川《はなかわ》より犬を優先するぐらいだったし……いや？　比較対象の花川がどうでもよ過ぎるのか？』

「じいちゃんが出てきたから、もう全部終わりかと思ったけど、そうでもないんだね」

ヴァンが意外そうに言う。彼からすれば、夜霧と知千佳もミツキに惹《ひ》かれてひれ伏し、様々な問題が大賢者の思うがままに解決するのが当然だったのだろう。

「夜霧くんが僕に惹かれないのは望ましいことだよ。僕を好きな人を殺すなんてことになるのは嫌な気分だからね」

「あんたが直接俺を殺そうとは思わないの？」

「それは最終手段だね。この状況でこそできることを楽しもうと思っているんだ」

大賢者は、いつでも夜霧を殺せると思っているようだった。世界をやり直せるぐらいの力の持ち主だ。最終的には帳尻を合わせられると考えているのかもしれない。

「ダイがパーティから離脱したら賢者の石を持ってないことになるんだけど、ラスボクエの参加条件はどうなるの？」

「今さら君が参加しないとじいちゃんが残念に思うだろうし、参加決定ってことでいいよ」

「適当過ぎるんじゃないかな！」

ヴァンの言いように、知千佳は苛ついているようだった。

「ここで他の参加者と鉢合わせってのも面倒だから、さっさと先に行ってくれないかな？」

「じゃあそんなに待たされないってこと？　でも、賢者の石を持ってるのは１００パーティ以上いるとか言ってたろ」

「適当なところで参加を締め切るよ。じいちゃんを待たすのも悪いしね」

「そうだね。半日ぐらいで締め切ってもいいんじゃないかな？」

「そういうことだよ。中はそれなりに快適だからのんびり待っててよ」

「あんまりのんびりもしてられないんだけどね」

地底クエストをクリアしたところで、地上に戻れるだけだ。元の世界に戻る方法はけっきょくよくわからなくなってしまっているので、また別の手段を探す必要があった。

世界がやり直されているとはいえ、体感では結構な時間をこの異世界で過ごしている。もうそろそろ確実な帰還手段を知りたいところだった。

「じゃあ行こうか」

「寂しくなっちゃったけど……」

知千佳がちらりとアティラたちを見た。

夜霧も見てみたが、やはりついてくる気はなさそうだった。

＊＊＊＊＊

夜霧たちが神殿の奥にある扉の先へと進んでいった。

そこはアンティチェンバーエリア、控えの間であり、それぞれのパーティに個室が用意されている。最終決戦が始まるまではそこで待機することになるのだ。

「そういえば、じいちゃんが外に出てくるのも珍しいよね」

ヴァンの記憶にある限りでは、ミツキが拠点から出たことはなかった。拠点でゴロゴロとしながらでも世界中の情報を入手できるのだから、あえて外に出る必要はないのだ。

「どこにいたって同じだけど、近くにいるほうが臨場感がある気がするんだよ」

そう言われると今までのヴァンのゲームがどうでもよかったと言われているようで、忸怩《じくじ》たるものがある。とはいえ、地底クエストがミツキの興味をひいたのなら、それはヴァンの功績ではあるのだろう。今の状況は偶然の結果ではあるのだが、ミツキの暇潰しになるのならそれでいいのだと前向きに考えることにした。

「じゃあしばらくこっちに――」

ヴァンはその言葉を、最後まで言い切ることができなかった。

突然の衝撃に前後不覚に陥ったのだ。

圧倒的な力の奔流にヴァンは翻弄された。一瞬だが、意識を失っていたのだろう。気付けば、ピラミッドが小さく見えていた。それほどの距離にまでヴァンは吹き飛ばされたのだ。

ヴァンは魔法を使い、急制動をかけた。

「何なんだ!?」

とまどいながらも、ヴァンはピラミッドまで戻ってきた。

屋上の中ほどにあった神殿はほとんどが消し飛んでいた。当然のように大賢者のミツキは無傷だが、傍にいた少女と犬の姿はない。

消し飛んだか、ヴァンのように吹き飛ばされたかだろう。少なくとも、ミツキからもらった防具では衝撃を防ぎ切れなかったようだ。

ミツキの前には異形が立っていた。

人のような姿だが、まっとうな人でないことは一目瞭然だった。

端的に言えば、キメラの一種なのだろう。

様々な動物、植物、鉱物を混ぜ合わせ、人の形に押し込めたような化け物がミツキと対峙しているのだ。

「どうやって入ってきたんだ……?」

訝《いぶか》しく思いながら、ヴァンはミツキの傍に降り立った。

地底クエストにはキーワードさえ言えば誰でもプレイヤーとして参加できるが、逆に言えばそれ以外の手段で入ってくるのは難しい。許可していないのに入ってこられるのは、大賢者やその秘書のアレクシアといった限られた者だけだろう。

ヴァンはプレイヤー記録を参照したが、この化け物にはプレイヤーＩＤが割り当てられていなかった。つまりヴァンからすれば不正参加者なのだ。

「まさか外に出たらすぐに襲ってくるとは思いもしなかったよ」

ミツキは、実に楽しそうだった。

2話　この期に及んで惨めったらしいことを言いだしたなら適当にあしらうつもりでしたが

アインは世界は公平なのだろうと漠然と思っていた。

貧富の差はあるのだろうし、魔王が人々を虐げる国もあれば、飢餓で苦しむ人々もいるのかもしれないが、それが自分と関わりのないどこかで起こっているのなら、しょせんは他人事でしかない。

自分たちの一家が街外れに追いやられ、ろくな仕事もない状況で狩りをしながら細々と暮らしているとしても、それでもそれなりには平和なのだろうと、その日が来るまでは思っていた。

狩りに出たはいいものの、何の成果もなかったときのことだ。

獲物が得られなかったのだから、食料を得るためには街で何かを買って帰らねばならない。そう余裕がないのでこんなことばかりはしていられないが、妹を飢えさせるわけにはいかなかった。

日が暮れゆく中、森の中を意気消沈しながら歩く。夜の森は危険なのでさっさと街へ行くべきだろうとは思うのだが、足取りは重かった。

そうして歩いていると、森を抜けた先がやけに明るいように見えた。

陽は背後へと落ちているので夕陽で明るいわけではないはずだが、アインはそれほど不思議だとは思わなかった。

平和ボケとでもいうのか、自分の日常に取り立てて異常なことが起きるとは思っていなかったのだ。

森を抜けると、明るさの原因は一目瞭然となった。

街が、燃えている。

まだ少し先にある街からは、悲鳴と怒号が聞こえてくるかのようだった。

「何なんだよ……」

明らかに大惨事だった。この規模の火事ならすでにかなりの人々が犠牲になっていることだろう。

アインは迷った。

街の住民たちとは折り合いが悪い。わざわざ助けにいくことに意味があるのか。行ったとして何ができるのか。それよりも、被害が及んでいないであろう自宅へと急いだほうがいいのではないか。

だが、迷いつつも、アインは街へと駆けだした。できることは少ないかもしれないが、それでも誰かを助けられるかもしれない。街の人々には煙たがられてはいたが、その程度のことで見捨てるのは人としてどうなのかと思ったのだ。

街は火の海と化していた。

この状況で残っている者などいるわけがないし、残っていれば焼け死んでいるだろう。

だが、街は全身を炎に包まれて蠢《うごめ》く者たちで溢《あふ》れていた。

炭化しボロボロになった状態で、それでも苦痛に身をよじっている者たちがいるのだ。

どう見ても死んでいるはずなのに、死ぬような状況なのに、それでもそれらは動いているのだ。

中には、白骨死体そのものといった者までいて、さながらそこは化け物の巣窟のようだった。

もう助けるどころの話ではない。

アインは逃げ出した。

街外れへ、自分の家へと。こんなときだけは、街の建物から距離があってよかったとアインは思う。少々のことでは、街が被った被害も届かないはずだからだ。

だが、嫌な予感がした。

家へと続く細く寂れた道が荒らされている。血で道がぬかるんでいる。肉が撒《ま》き散らされている。馬車か荷車か、大量の何かが人を巻き込みながら突き進んだかのような跡が、家へと続いているのだ。

どうにか家にまで辿《たど》り着くと、そこには信じがたい光景が待ち受けていた。

「親父！」

父親が鉄の塊に押し潰されていたのだ。

それは装甲車と呼ばれる乗り物なのだが、このときのアインには知る由もなかった。装甲車が家の前に停められていて、父親はそのうちの一つの下敷きになっているのだ。

慌てて駆け寄り、どうにか押しのけようとしたが、装甲車はびくともしなかった。

「何なんだよ！　わけがわかんねぇ！　くそっ！」

父親はおそらく生きてはいない。だが、だからといって放っておくこともできなかった。

混乱したアインは、なぜこんなものがここにあるのか、他の家族がどうなったのかにまで頭が回らなかったのだ。

家のドアが開き、妹のアリエルが引きずり出されてきて、アインの意識はようやく他の家族に向けられた。

「あぁ？　どっから湧いて出やがった？」

そう言うのは、アリエルを無理矢理引っ張ってきた男だった。

素肌の上に黒いコートを着込んだ男で、アリエルの長い髪を摑《つか》んでいる。

「何なんだお前は！　アリエルを放せ！」

「そりゃあ無理な相談だな。こいつを生け捕りにしろってのが命令だからよぉ」

アインは背の弓を構え、一瞬で矢を放った。

狙い違わず、矢は男の右目に突き刺さる。だが、男のにやついた笑みが消えることはなかった。

「すげぇすげぇ。でも死なねぇんだなぁ。これが」

男は無造作に矢を引き抜いて放り投げた。鏃《やじり》には眼球が刺さったままだが、気にする様子はまるでない。それどころか、失われたはずの右目は何事もなかったかのように眼窩《がんか》におさまっていた。

アインが驚愕に固まっていると、何者かが背後から羽交い締めにしてきた。そのまま地面へと押し倒され、さらに何人ものしかかってきて、アインは瞬く間に身動きができなくなった。

「いやあ、しかしショックだわ。何だお前って言ってたよな？　俺はマサユキってんだけど、知らねぇの？　不死機団の団長っていやぁ有名だと思ってたんだがよぉ」

不死機団。

世間知らずのアインだが、その悪名ぐらいは聞いたことがあった。賢者レインの配下であり、アンデッドやゴーレムなどの命無き者で編制されている不死の軍団だ。目的遂行のためなら手段は選ばず、あえて人を殺しては軍団に加えていくと噂《うわさ》されていた。

のしかかっている者たちからは腐臭がしているので、それらが動く死者なのだろう。

「アリエルをどうするつもりだ！」

「知るかよ。連れてこいって言われただけだからよぉ」

「くそっ！　放せ！」

このままでは殺される。恐怖に駆られたアインは必死に身動きしたが、びくともしなかった。

「あぁ？　何か勘違いしてねぇ？　もしかして俺のこと殺人鬼とでも思ってる？」

「そうだろうが！　親父を殺したのはお前だろうが！」

「ああ、これ？　これは事故だよ。車で乗り付けたらたまたまそこにいたからこうなっただけで殺そうと思ったわけじゃねぇ。殺すつもりならここまで潰さねぇよ。もったいない」

「貴様！」

「ああ！　でもお前は五体満足だよなぁ。ウェルカムだぜぇ？　うちはいつでも団員募集中だ」

「誰がお前らなんかに！」

「よし。もっと押さえつけろ。肺が動かなくなりゃ窒息死する」

途端に圧力が激増した。

肋骨《ろっこつ》が軋《きし》み、息が根こそぎ搾り出される。押さえつけられた肺は広げることができず、一息たりとも吸うことはままならない。

「やり過ぎんなよぉ。潰しちまったら、戦力大幅ダウンだ――」

そして、マサユキの首がぽろりと落ちた。同時に圧力も消えさり、アインは血を吐きながらのたうち回った。

のしかかっていた死者たちがいなくなり、自由に動けるようになったのだ。

咳《せ》き込みながらあたりを見回すが死者の姿はなく、ふと空を見上げてアインはぎょっとした。

死者たちが奇妙な格好で固まったまま宙に浮いていたのだ。

「もったいないとか言ってましたけど……街を火の海にしてしまうのはもったいないなくないのですかね？」

アインが振り向くと、メイド服を着た女が立っていた。だが、アインはメイドではないのだろうと直感した。ただメイド服を着ているだけであり、その女が人に傅《かしず》くようには思えなかったのだ。

「んだてめぇ！」

マサユキの声は、右手に持つ頭部から聞こえてきた。落ちた首をうまく摑んだのだろう。不死機団の団長だからか、首が落ちた程度では死なないようだった。

「聖王の騎士、テレサと申します」

「あぁ？　聖王の騎士ごときがでしゃばってきてんじゃねぇよ！」

マサユキが頭部を首に乗せる。それだけで元通りに繫《つな》がったようだった。

「でしゃばりもするでしょう？　さすがに街一つ潰されては看過できないかと」

「ありゃぁ不幸な事故だな。こっちはちょっと団員を募集してただけだからよぉ。あれだ、木造ってのがよくねぇな！」

「済んでしまったことはいいとして……目の前の出来事を見過ごせないでしょう」

「どういうつもりだ？　戦争でもしてぇのか？」

「そうですね。枢軸教会と賢者はお互いに不干渉。ということになってはいますが……私、狂犬呼ばわりされるような女なんですよねぇ」

テレサが薄く笑うと、空からバラバラになった死肉が降ってきた。人が宙に浮いていることすら意味がわからないが、それがバラバラになるのだから輪をかけてわからず、アインは困惑した。

「ちっ！　めんどくせぇな！　俺は常識人だからよぉ。こっちが引いてやるよ！」

「あら、残念。てっきりあなたも私と似たようなものかと思ってましたのに」

それでもマサユキに攻撃を仕掛けるという選択もあっただろうが、テレサは矛を収めたようだった。

「待て……待てよ……何アリエル連れていこうとしてんだよ……」

一瞬、問題が解決したかのような空気になっていたが、アインにとっては何も解決していなかった。

マサユキは、アリエルを装甲車の中に放り込んだのだ。

「あぁ？　これが仕事だからだろうが」

身体が動かなかった。

アリエルを取り戻そうにも、アインは這《は》いずることもできなくなっていた。

「あんた！　テレサさん！　なんとかしてくれよ！　教会の！　聖王の騎士なんだろ！」

アインは背後にいるテレサに懇願した。自分でどうにかできるはずもなく、そんな気概もなくなっていた。テレサに頼る以外の方法など思いつきもしなかったのだ。

「そこまでする義理も義務もないと思いますが」

だが、返ってきたのはすげない言葉だった。

「言っとくがよぉ。これは大賢者様案件だ。俺をどうにかしたところで別の奴が来るだけだぜ？」

「だそうなので、無理ですね」

それ以上問答するつもりもないのか、マサユキが乗り込むと装甲車はすぐに動きはじめた。

そして、アインは気を失った。

＊＊＊＊＊

目覚めると、アインはベッドの上にいた。

自宅の、自分のベッドの上だったが、全てが夢だったとはならなかった。

痛めつけられた身体が、先ほどまであった出来事を雄弁に物語っていたからだ。

寝たまま視線を巡らせる。

テレサが部屋を出ていこうとしていた。

「起きましたか。私がメイドっぽいのは格好だけなので、後は自力でどうにかしてください」

テレサがちらりと振り向いて言った。

「……一つ、聞かせてくれ」

アインは落ち着いていた。寝ている間に思考が整理されたのかもしれなかった。

「まあ、一つか二つなら」

テレサはめんどくさいという様子を隠しはしなかったが、それでも話はしてくれるようだった。

「あんた強いんだろ。どうすればそうなれる？」

「なるほど。この期に及んで惨めったらしいことを言いだしたなら適当にあしらうつもりでしたが……」

引き返してきたテレサは、ベッドの近くにあった椅子に座った。

「ギフト。超常の力の源です。そう珍しいものでもないのですが、あなたの家系に伝わっていたりしますか？」

「……いや、そういうのはないと思う」

「そうですか。使い物になるかはともかく、そう珍しくもないんですけどね。賢者たちもほとんどがギフトを持っていますので、ギフトがなければ戦いにはならないでしょう」

アインが力を欲するのは賢者を倒し、妹を取り戻すためだ。それはテレサも理解しているらしい。

「ギフトが欲しいのなら剣聖の下に向かってくださいな。私の名前……が役に立つかどうかはわかりませんが、話ぐらいは聞いてもらえるんじゃないですか」

ギフトを入手する手段はいくつかあるらしいが、賢者由来のギフトでは賢者には通じないらしい。賢者と戦うつもりなら聖王由来のギフトが必要であり、それを伝承しているのが剣聖とのことだった。

＊＊＊＊＊

アインは剣聖からギフトを得ることに成功したが、聖王の騎士にはならなかった。

聖王の騎士の目的は世界に潜む脅威である魔神を封じ続けることや、眷属《けんぞく》を退治することであり、

しかも賢者と敵対することはできなかったからだ。

アインは賢者から世界を解放するべく戦う抵抗軍に入った。

アリエルは大賢者の下へ連れ去られたらしいが、大賢者の居場所はまるでわからない。地道に戦い続け、賢者の体制を崩していけばいずれは大賢者に辿り着ける。そう思って果てなき抵抗活動を続けたが、アインは賢者レインにすら勝てなかった。

その後、大賢者に捨てられたアリエルが戻ってきたが、そのときにはアリエルは正気を失い異形と化していた。

アインはアリエルを元に戻す術を探した。少しでも手掛かりがあればと、世界中を駆け巡ったのだ。

そんな絶望的な日々の中、唐突に世界のやり直しが発生した。

アインの記憶は失われなかった。

世界は様相を変えたが、賢者に対する怒りが、妹を治そうとする執念がアインに世界の変化を気付かせたのだ。

状況は変化した。聖王は封印されていないし、賢者レインは存在していなかった。

だが、アリエルが賢者の手下に攫《さら》われたことは変わっていない。そのうちにアリエルは大賢者に飽きられ、無惨な姿で帰ってくることだろう。

やはり、大賢者を殺さねばならない。アリエルがおかしくなる前に、取り返さねばならない。そ

いのだ。

ギフトではどうしようもないのだとアインは悟っていた。ギフトは大賢者がこの世界に持ち込んだものであり、何に由来するどの系統のギフトだろうと大賢者への決定打とはなりえないのだ。

ではどうするべきか。

要は大賢者が関係しない力を使えばいい。つまり、大賢者がこの世界に来る前からある力か、この世界の外の力を利用すればいいのだ。世界中の情報を収集したアインには、朧気《おぼろげ》ながらではあるが方針が見えていた。

聖王の騎士たちが封印し続けている魔神。彼らの力を利用すればあるいは――。

封印を破り、一体目の魔神を打ち倒した後は簡単だった。一体目の魔神とは大賢者打倒について協力関係を築くことができたため、その力でもって他の魔神を攻略することができたのだ。

交渉、脅迫、強奪、吸収。あらゆる手段を用いてアインは力を手にしていった。

人の身に余る力だ。もちろん、代償はあった。

思い出を失った。

感情を喪った。

人の形を捨て、社会性を手放し、目的すら曖昧になっていく。

かろうじて覚えているのは、アリエルのことだけだった。

今のアインは世界中の出来事を知ることができるようになっている。しかし、それでも大賢者やアリエルの居場所を知ることはできなかった。

どうやら大賢者の拠点はどんな探知能力をもってしても知ることができないようなのだ。

アインは片っ端から大賢者の手下である賢者どもを消していこうと考えた。

全ていなくなればさすがに大賢者が出てくるだろうという単純な考えだ。

だが、けっきょくそうする必要はなくなった。

何の気まぐれか、大賢者の気配が現れたのだ。

3話　この手のバトルを自分でやるのはもう飽きたからさ

天空の城フィールド、ピラミッドの屋上には何もなくなっていた。床も幾分かは削れていて、内部構造が露出している。

屋上には神殿ぐらいしかなかったが、それが跡形もなく消えてしまっていた。つまり控えの間に続く扉もなくなっていて、参加者たちがやってきてもゲームを進行することができなくなっているのだ。

「じいちゃんの心配はしてないいんだけどさ。暴れられるといろいろと面倒そうなんだけど」

「ごめんね。僕に何かしようって人は久しぶりでさ。ちょっと興味があるんだけど」

ヴァンが愚痴を吐くと、ミツキは申し訳なさそうに言った。

ヴァンとしてはさっさと逃げるなり、倒すなりしてほしいのだが、こうなったミツキは好奇心が満たされるまで観察を続けることだろう。

「わかったよ。でも、参加者がぞろぞろやってきてるからさ。誰か来るまでに片を付けてよ」

「そんなにはかからないと思うよ。ちょっと話をしてみたいってだけだからさ」

「あれと話ってできるのかな？」

ヴァンは目前の異形を見た。

かろうじて人の姿をしていると思っていたが、少し見ぬ間に様相が一変していた。

足らしき器官は四本になっていた。植物の蔓《つる》をより合わせたような足と金属質の無骨な足が増えている。

腕は六本になっていて、それぞれが別の生物に由来するようだった。

眼のような器官が身体中に備わっているので、全周囲を視認することが可能なように思える。

その混沌《こんとん》とした形態からは知性らしきものが感じられず、ヴァンはそれと意思の疎通ができるとは思えなかったのだ。

「うーん。どうだろう？　でも僕を殺したいっぽいし、何かしら恨み言の一つでもあるんじゃないかな？」

「アリ……エルを……返せ……」

どこが顔なのかも判然としない存在だし、発声器官にも問題がありそうだが、会話ができる程度の知性はあるようだった。

「アリエル……あぁ！　アリエルちゃん！　でも、返せってどういうことだろう？　別に閉じ込めたりはしてないよ？　帰りたいならいつでも帰れると思うんだけど？」

「じいちゃん……連れてくるときは結構強引なこともあるだろ」

大賢者の命令は絶対なのだ。ミツキが気楽に「あの子いいなぁ」と言っただけだとしても、賢者やその手下たちは死に物狂いで連れてくることになる。

その過程では様々な悲劇が発生しているのだが、ミツキにそれらは知らされていないし、知るつもりもないのだろう。

「まあ、それはいいとしてさ。僕と交渉したいなら、いきなり攻撃するのはまずいんじゃないかな？　もしあれで僕が死んだらアリエルちゃん帰れなくなっちゃうんだけど」

大賢者の拠点には、大賢者が認めた者しか出入りできない。もし大賢者が死ねば、拠点のある空間が永遠に隔絶されてもおかしくはなかった。

「ヴァアアアアア！」

異形が水晶でできた腕を突き出す。腕が向けられた先では、一直線に水晶が乱立した。ピラミッドの床から水晶が飛び出したのだ。

ミツキはその水晶の道の上にいたが、特に影響は受けていなかった。受けたのは、すぐ傍にいたヴァンだけだ。

「うわっ！　何だよこれ！」

ヴァンの身体の一部が水晶化していた。身体中に水晶が纏《まと》わりつき、部分的には水晶そのものになってしまっているのだ。

特にダメージがあるわけではないのだが、身体は動かしにくくなっている。

「ヴァンくんは死ぬこともあるんだから、もうちょっと気を付けようよ。避けるとかさ」

「今のは無理だよ。さすがにこの程度じゃ死なないけどさ」

ヴァンの反射速度では来るとわかっていても避けるのは無理だっただろう。賢者としてそれなりに高い身体能力を持ってはいるが、戦闘はそれほど得意ではなかった。

ヴァンの能力は、ゲーム世界の創造と維持に特化しているのだ。

「それ、治る?」

「たぶん」

ヴァンは足元に回復エリアを作製した。淡い光が立ち上り、ヴァンの姿は元通りになった。

何でもできるわけではないが、ゲーム内オブジェクトの設置ぐらいなら簡単だった。

そして、周囲の水晶が突然砕け散った。

異形が距離を詰めてきたのだ。

幾本もの腕をまとめてミツキへと殴りかかる。ミツキは避けなかった。唸《うな》りをあげて襲いかかる巨大な拳がミツキに炸裂《さくれつ》したが、ミツキは微動だにしない。

異様な光景だった。その光景を見ている者は、凄まじい衝撃音に反作用が発生するものと想像することだろう。だが、実際には派手なことは何も起こっていないのだ。そこには、異形の拳がミツキに触れているという結果だけが現れていた。強大な攻撃そのものがまるでなかったかのようになっているのだ。

まともな思考力があるなら、この結果に絶望し、恐怖することだろう。無力感に苛まれ、膝をついてもおかしくはない。だが、異形はその程度で諦めるつもりは毛頭ないようだった。

異形の腕が解ける。

無数の繊維に分かれ、それがミツキを絡みとり、包み込んだのだ。

「ろくに話をしてくれないいんじゃ名前もわからないよ。アレクシア」

異形の腕に包まれ姿が見えなくなったミツキが、どこへともなく呼びかけた。

「はい」

すると、瞬時に女が現れた。大賢者の秘書、アレクシアだ。

「この人が誰だかわかる？　僕に文句があるみたいなんだけど」

「少々お待ちください」

大賢者はこの世界において万能だ。その気になれば、異形の正体を知るぐらいは簡単だろう。だが、ミツキはそうしない。それではつまらないと思っていて、回りくどい方法を取ろうとするのだ。

「勇者アイン。アリエルの兄ですね。元々この世界にいた魔神などの力を得たようですが、ほぼ正気を失っていますので対話は不可能でしょう」

「うーん……それも身勝手な話だよね。もしそれで僕に勝てたとして、アリエルちゃんがどんな気持ちになるのかを考えてほしいよ」

「いかがなされますか。私が始末してもいいのですが」

「いや。せっかく僕のところまで来てくれたんだ。相手をしないと失礼だろう」

今やアインの腕は巨大な拳と化していて、ミツキを握りしめたまま床へと叩《たた》き付けていた。

一撃ごとにピラミッドが揺れ、崩れていく。屋上の床などは簡単に崩壊し、そこにいたヴァンたちは次々に落下していった。

「じいちゃん！　このままじゃゲーム進行がやばいんだけど！」

「これぐらいどうにでもなるんじゃないの？」

「参加者が巻き添えになっちゃうよ！　舞台の修復にもリソースが必要だし、有限なんだ！」

「そっかぁ。アレクシア。ちょっと移動しよう」

「承知いたしました」

握られたままのミツキが言い、アレクシアも平然と答える。

途端にアインが横にずれた。水平に吹っ飛び、ピラミッドの壁を壊して外に放り出されたのだ。

ピラミッドのある島から海上へ。ヴァンも慌てて後を追った。

アインの巨大な拳が弾《はじ》け飛び、中からミツキが現れる。

そのままアインは海中に没し、一方ミツキは海面に着地した。

「このあたりでよかったでしょうか」

あくまでサポートに徹するつもりなのか、アレクシアはミツキからは少し離れた空中に浮いていた。

ヴァンもそのあたりで様子を見るべくアレクシアの隣に並んだ。

「いいんじゃないかな」

「でも、ちょっとは気を付けてよ」

楽観的なミツキをヴァンは諌《いさ》めた。アインの力は強大で、その威力は簡単に島まで届くだろうと思ったのだ。

「それはアインくん次第だからなぁ」

いつの間にか、空には暗雲が垂れこめていた。

風が吹き荒れ、波は激しくなっていき、たちまちあたりは大嵐になっていく。

次の瞬間には無数の竜巻が発生していた。それらは海水を巻き上げ、天高く伸びていく。帯電し、稲光を放つそれらは四方八方からミツキへと迫っていった。

上空の暗雲は、超巨大積乱雲へと成長し、激しい落雷をもたらした。天と海を繋ぐ稲妻が、眩《まばゆ》いばかりの閃光《せんこう》であたりを染め上げる。

竜巻はミツキのいる一点で合流し、超巨大竜巻へと変貌を遂げた。

海が凍りついた。

見渡す限りの海面が固体化し、竜巻に削られていく。削られた氷片は竜巻に巻き込まれて、中にいる者に襲いかかるのだろう。

その光景を見ていたヴァンには、もう何が何だかわからなくなっていた。

さらに激しくなっていくあまりにも激しい落雷、竜巻により何も見えなくなっていき、しかもその影響は周囲にいるヴァンたちにも及んでいるからだ。

「まぁ……じいちゃんがどうこうなるとはまったく思わないんだけど……アレクシア。どうにかならないの？」

「ご自分で相手をされるとのことですので」

ヴァンたちは、大気の攪拌《かくはん》を、海を蒸発させるような雷撃を、その雷熱すら凍てつかせる絶対的な氷結を、延々と見続けることになった。

どれほどそんなことが続いたのか。ようやく狂騒的な嵐が収まったが、当然のようにミツキは無傷だった。

「こういうの無駄なんだけどなぁ……」

そう言いつつも、邪魔をせず付き合っているあたり相手をするつもりというのは本気なのだろう。

直後、凍りついた海面を割り、巨大な塊が現れた。

今さら無関係な化け物が現れるわけもないので、それがアインなのだろう。

アインは、さらなる異形と化していた。海洋生物を吸収したのか、長大な触手と鱗《うろこ》と殻を備えていて、ヴァンたちが豆粒に思えるほどの大きさになっていた。

塊に亀裂が走り、上下に分かれていく。それは顎なのだろう。中には無数の歯らしき構造が密集していて、奥に小さな灯が灯っていた。

「さっきまでのは時間稼ぎで、そっちが本命ってことかな？」

アインが吠《ほ》える。

その咆哮《ほうこう》だけで海が割れ、ヴァンとアレクシアは慌てて上空へと避難した。

これはまだ準備段階に過ぎないと理解したのだ。

アインの顎が限界まで開かれ、膨大な熱量を孕《はら》む超高出力の熱線が放たれた。

海が蒸発し、大気が焼け焦げ、島の半分が消失する。熱線が放たれたのは一瞬のことだが、それだけで前方にあった全てを消し飛ばしたのだ。

「うわぁ……生きてるかな、あれ……」

ピラミッドは島の中ほどにあった。当然、その半分も消し飛んでいる。残存する側にいた冒険者であっても、強烈な余波にさらされたことだろう。

「うーん。なんだか申し訳ないんだけど、この世界にいる魔神が束になっても僕に敵《かな》わないのは立証済みだからなぁ」

晴れていく水蒸気の中から、ミツキが姿を現した。

もちろん無傷であり、ヴァンもアレクシアもミツキの心配などまったくしていない。

アインは力を出し尽くしたのか、動きを止めていた。

「頑張ってるからとりあえず様子を見てたけど……この手のバトルを自分でやるのはもう飽きたからさ。正気に戻ってもらおうかな」

ミツキがやる気なら、力と力がぶつかりあう派手な戦闘を演じるのも可能だっただろう。だが、ヴァンが生まれたころにはもうミツキの興味はそこから離れていたようだった。

ミツキが右手をアインに向けて伸ばした。

アインの身体から、触手がずるりと抜け落ちた。殻が、鱗が、鯨が、鮫《さめ》が。アインの身体に取り込まれていた海洋生物がボロボロと落ちていく。

山のようだった巨体は次第に小さくなっていき、ミツキたちの前に現れたときの姿になっていった。それだけにとどまらず、さらにアインの身体は変貌を遂げていく。

巨大な水晶でできた蜘蛛《くも》がアインの身体から飛び出ていったかと思えば、竜や炎の鳥といった、様々な姿をした魔神たちがアインから引き剝がされていくのだ。

それらの魔神も、ミツキに対する怨念を持つものたちだろう。だが、今さら個で勝てるとは思わないのか、恨めしげな形相を見せながら何処かへと消えていった。

そして、残ったのはアインそのものだった。力なく海面に浮いているが、特に損なわれている箇所はない。完全にただの人の姿となっていた。

「これってゆで卵を生卵に戻せるというか、カフェオレをミルクとコーヒーに分離できるというか……」

「ミツキ様がそうしたいと思われたのなら、そうなるのがこの世界の理ですから」

ここまで混沌と化した存在を元に戻すなど、普通ならできるはずもない。だが、他の誰にできなくともミツキには可能だった。

「これで正気に戻ったでしょ。頭もはっきりしてるから会話はできるはずだよ」

ミツキがアインに近づき話しかけた。

「アリエルを……返せ！」

海面が弾け、アインの姿が消えた。

ヴァンは周囲を見回した。少し離れた海面に、アインが立っていた。

静かだった。

さざ波すら立たず、海面は鏡のように凪《な》いでいる。

その様は、持ちうる力の全てを内に溜《た》め込んでいるかのようだった。

「覚醒か……」

思わずヴァンはつぶやいた。

ギフトには、限界を超えて初めて現れる力がある。全力を出し尽くし、それでもなお敵わない。

その絶望を乗り越え、勇者としての真の力を発現させたのだろう。

離れた場所から見ているだけのヴァンの背に冷や汗が流れた。たいていの相手には勝てるつもりのヴァンであっても、今のアインに勝てるかがわからなかったのだ。

アインの姿が消えた。

次の瞬間、聖剣を振りかぶったアインがミツキの前にいた。

それは魂を振り絞った一撃だった。残された全てを燃やし尽くすような、全身全霊を懸けた一撃だった。

聖剣がミツキの頭頂部を捉える。完璧な斬撃だった。これが勇者と魔王の対決なら、勇者の勝利に終わったことだろう。

だが、ここにいるのは世界の全てを支配する大賢者だ。

聖剣はへし折れた。

二つに折れ、あらぬ方角へと飛んでいったのだ。

アインは聖剣を捨て、殴りかかった。右拳がミツキの顔面を捉え、アインの腕がぐしゃりと折れた。続けて放った左拳が、右肘が、左膝が砕けた。

折れた腕で殴りかかり、どうしようもないほどに粉砕された。

それでも諦めず、アインはミツキにしがみついた。

首筋に噛《か》みつき、歯が折れた。

使える箇所がなくなり、頭突きを繰り出した。

「うあああああああ！」

額が砕ける。しがみつく力がなくなり、アインは海面に倒れた。

それでもじたばたと、砕けた四肢をばたつかせ、叫び声を上げ続けた。

「これが君と僕の実力差なんだ。悲しいことにそれはどうあっても覆ることはないんだよ……まあ、奇跡の大逆転勝利、なんてものがあるならぜひ見てみたいものだけど」

ミツキが少し悲しそうに見下ろしていると、やがてアインは動きを止めた。限界の限界を超えて、全ての力を出し尽くしたのだ。

「アリエルを返してくれ……元に……戻してくれ……」

身体だけではなく、アインの心は完膚なきまでに折れていた。

どれほどの努力も執念も、ミツキの前では何の意味もないことを十分に悟ったのだ。

後は懇願し、慈悲に縋《すが》るしかないと思い知ったのだろう。

ヴァンは、情けないとは思わなかった。大賢者を前にすれば当然のことだとしか思わなかったのだ。むしろ、よく頑張ったほうだろう。

「さっきも言ったけど閉じこめてるわけじゃないから後は本人の意思次第というか……アレクシア」

「はい」

「彼を僕の家に連れていってもてなしてあげてよ。そこで家族同士、十分に話し合ってもらおう」

「承知いたしました」

アレクシアがアインの傍へと下りていき、共に姿を消した。

「じゃあ戻ろうか」

ミツキがヴァンのいる高さまで飛んできた。

「あれ、どうしたらいいんだろうね……」

ヴァンは、ピラミッドへと眼をやり、途方に暮れた。

「もう中を通ってうんぬんじゃないし、生きてる人は次のステージに行けるってことでいいんじゃないかな？」

「まぁ……もう当初のルールどおりじゃないから、今さらだよね……」

「それと、これ。いるんでしょ？」

ミツキは、透明な丸い石をヴァンに差し出した。

「ああ。犬の中にあったやつだね」

賢者の石だった。アインの攻撃で吹き飛ばされたものをミツキが回収したらしい。

「どうするかな。元々は参加権の証だったし、高遠《たかとお》くんに渡しておこうか」

ヴァンがふらふらと飛びはじめると、ミツキもゆっくりとついてきた。

4話　ざんねん！　わたしのぼうけんはこれでおわってしまった！

「牢獄エリアとはいっても、けっきょくのところダンジョンでござるよね？」

天空の城フィールドのピラミッド内、牢獄エリアに花川大門《だいもん》、二宮諒子《にのみやりょうこ》、キャロル・S・レーンの三人はいた。

彼らは夜霧との合流を目指してここまでやってきたのだ。

花川のクラスはモンクのためカンフー着を着ている。諒子はサムライなので羽織袴《はかま》、キャロルはニンジャだが、忍ぶつもりなどなさそうな赤く派手な忍者装束を着ていた。クラスに応じた格好をすると能力に補正があるので、多少おかしな格好になるとしても着ないわけにはいかないのだ。

「入ったら出られないってところが牢獄なんではないですかね？」

キャロルが深く考えずに言った。

「牢獄でモンスターが襲ってくるというのもおかしな話だと思うのですが」

襲ってきた蜥蜴《とかげ》人間を一刀両断にしながら諒子が言った。

「うーん、看守？」

「適当に襲いかかってきてるだけで、管理しようという意思は見られませんけどね」

「ラストダンジョンの割には拍子抜け感があるでござるね。たいしたギミックはないようでござるし」

「なんか広いですし、ダンジョン感はないですけどネー」

通路は幅、高さともに十メートルほどだ。ところどころに分岐がありそれなりに複雑なので迷宮にはなっているが、罠《わな》や仕掛けらしいものはなかった。それに賢者の石を持っていると次の階層へのゲートがある方角はわかるようになっているので、さほど迷う要素がない。

ゲートを通るには賢者の石が必要なので、それが仕掛けとは言えるかもしれないがパーティメンバー全員が賢者の石を持っているし何度でも使えるので、この点に関しては何も考える必要がなかった。

「しかし進むにつれモンスターが強くなっている気がします。油断はしないほうがいいですね」

「でござるな。これまでがどうであろうとラストダンジョンには違いないわけでござるし、とモンスターが出てきたでござるよ！」

賢者の石に導かれて進んでいくと、前方から動く骸骨が五体現れた。

花川が鑑定スキルで見たところ、これまでに出現したモンスターと強さは変わらないようだ。

「花川も戦えば？」

「拙者《せっしゃ》が交じるよりもお二人の連携のほうがスムーズに片付くかと思うのでござるよ！」

「あの、何かコンビのように思われてるのかもしれませんけど、別にキャロルと以心伝心ということはないんですが」

「おー！　つれないですね！　花川なんかには無理な四次元殺法を見せつけてやりますよ！」

実際のところ、諒子とキャロルが難なくモンスターを処理してしまうので花川の出番はなかった。モンクのレベルが上がった花川もそれなりの戦力ではあるが、出しゃばっても足を引っ張るだけだろう。

花川は背後を警戒しつつ、戦闘が終わるのを待つことにした。

「いや……なんとなくの流れでここまで来てしまったのですが……このままでいいのでござるかね？　高遠殿は何もかもを殺しながらどうにかして元の世界に帰るのかもしれませんが……拙者は別に帰りたいわけではないのでござるし……」

帰還が目的なら、何がなんでも夜霧の傍にいればいいはずだ。何人が同時に帰れるのかはわからないが、それでも近くにいるのが一番帰還の可能性が高いだろう。夜霧は冷たいようで甘いところもある。無理矢理ついていけば、嫌な顔をしながらも無下にはしないはずだった。

だが、花川はせっかく異世界に来たのだから満喫したいと思っていた。二度あることは三度あるとは限らない。おそらく、もう異世界転移に巻き込まれることなどないと考えたほうが現実的だろう。

「で、帰らないとすると……それはそれで厄介なのでござるよねぇ……」

この世界は危険過ぎるのだ。ちょっとしたチートで生き抜いていくなど不可能に近いだろう。花川程度の実力でも安全そうな場所を発見できて、そこでのんびりとハーレムライフとしゃれ込んでいたとしても、唐突に発生するわけのわからない事態に巻き込まれる可能性が高いのだ。

「いや……やはりここが拙者の人生にとって正念場でござるよ。このままなんとなく進んでしまうといざというときに取り返しがつかんのでござる！」

花川はこれからありえそうなケースを考えることにした。

まずは夜霧がどうにかして帰ってしまうケース。

この場合、夜霧討伐に向かっている強者たちは軒並み倒されてしまっているだろう。賢者や大賢者も夜霧が帰還するのを見過ごすわけがないので、最終的には戦いになって倒れるはずだ。

「ふむ……それはそれでましなケースですかね？　どうしようもない化け物が軒並み倒れたのなら、拙者がのんびり過ごせる余地があるやもしれませんし……」

だが、全ての強者が夜霧に倒されると考えるのは楽観的過ぎるだろう。今回の件を静観している者たちもいるはずだ。その場合、そんな者たちがいる世界を生き抜く力が必要となってくる。

「やはり高遠殿と一緒に帰ったほうが……続きが気になる漫画もアニメもゲームもあるわけで……いや！　やはり帰ったところでお先真っ暗でござるよ！　うだつの上がらぬ一生を過ごすことに比べれば多少の危険など！」

ではその生き抜く力はどうやって手に入れればいいのか。

単純なところではモンクの力をこのまま伸ばしていくという手があるだろう。レベル上限突破スキルがあるので、鍛えただけ成長していくはずだ。

「しかし、それで手に入るのはヒーラーよりはましな程度の力でござるし……」

これまでに出会ってきた者たちのことを考えると、鍛えたモンクの力が通用するとも思えなかった。神に類する存在が現れた時点で終わりだろう。

「やはり大賢者がくれる力とやらを当てにしたほうがいいのでござるかね？　その力って大賢者が死んでもそのまま残るのでござろうか？　というか大賢者まで高遠殿は倒せるんですかね？」

もう一つのケース。

夜霧は誰かに殺され、世界がやり直しになるという場合だ。

この場合、どの時点からやり直しになるかが問題になってくる。

「……といいますか、そのやり直しは修学旅行のバスが来る前になるのでは？」

夜霧がこの世界にやってきたことで様々な問題が生じたことを大賢者は認識している。現在は、夜霧の影響で世界のやり直しに問題が発生しているとのことだが、やり直しでまた夜霧がやってきては同じことの繰り返しだ。

つまり、世界のやり直しが発生する場合、花川たちはこの世界にやってこられない可能性が出てくる。

「いやいやいや！　それはまずいでござるよ？　であればやはり高遠殿には帰ってもらうのが一番

よいということに？　いや？　あらかじめ大賢者と交渉しておけば拙者だけ喚《よ》んでもらえたりしないでござるかね？」

「何ぶつぶつ言ってるんですかね？」

「おわっ！　どこから聞いてたでござる!?」

戦闘が終わったのか、キャロルが花川の傍までやってきていた。

「別に花川が何を言ってるかまでは興味ありませんが？　キモチ悪いなあと思っただけデース！」

「いや、もうちょっと拙者に興味を持ってもいいのでは？　何か良からぬことを企んでいるかもしれぬでござるよ？」

「んー。そう感じた瞬間に首チョンパですネー！」

「思い出したような片言はやめるでござるよ」

「行きますよ」

諒子が一人で先に行こうとしている。慌てて花川とキャロルはついていった。

しばらく行くと、一部が真っ黒になっている壁があった。これが賢者の石を持っていないと入れないゲートだ。

中に入ると上階へと続く階段があった。振り向くと通ってきたゲートはなく壁になっているので、一度進むと戻ることはできなくなっている。つまり、これまでと同様ということだ。

階段を上って上階のゲートをくぐると空気が一変した。

何かおかしいという予感が押し寄せてきたのだ。

「これは……何かいますね」

諒子が警戒する。

気のせいなどではなく、明らかに生臭く、生暖かい空気が漂っていた。

「中ボスってところでござるかね？　さすがにここまでは簡単過ぎると思っていたところでござるが」

「花川は特に何もしてないですけどね」

「拙者だって出番があれば活躍していたでござるよ！」

「じゃあ出番あげますよー。どうぞどうぞ」

キャロルが下がり、花川を前に押し出した。

「え、いや、マジでござるか？」

「大丈夫でしょー。ここまでの感じからして、いきなり高難度になるとも思えないデス！」

「まあ……そうでござるよね。この地底クエスト、クソゲー感は随所にありますがゲームバランスはそれほど破綻しておらんでござるし……」

花川は周囲を見回した。ここは通路の端なので真っ直ぐに進むしかないようだ。少し先に丁字路があるので、左右どちらに行くかを選択する必要がある。

次のゲートの気配は左側からしているので、素直に考えれば左に行くべきなのだろう。

「花川は索敵系のスキルは持ってないのですか？」

「ないでござるねぇ。情報系だとステータス鑑定ぐらいなのですが、これは視認した相手のステータスを確認するものでござるし」

敵がどこにいるのかがわからないのだから慎重に進むしかない。花川は恐る恐る丁字路に向かって歩いていった。

丁字路の直前で立ち止まり、顔だけを出して左右を確認する。

左を見たとき、赤が見えた。

それが何かと疑問に思う間もなく、花川はすぐに身をもって知ることになった。

花川の顔面が灼熱《しゃくねつ》の業火に焼かれたのだ。つまり、炎が飛んでくるところを目撃したのだった。

眼球は爆ぜ、喉が灼《や》かれ、顔面が一瞬にして黒焦げになる。とても立っていられなくなり、花川は前のめりに倒れた。

――ま、まずいでござる！

普通ならこんなことを考える余裕もないところだが、モンクの耐久力により即死は免れていた。苦痛への耐性もあるため、こんな状況でもそれなりに冷静でいられたのだ。

倒れた花川をキャロルが引っ張っていく。

丁字路の前まで引きずられていく間に、花川はオートヒールによって回復していった。

「いや……これ、ヒーラーのままでしたら詰んでおりましたな！」

魔法スキルの発動には、発声かバトルソングUIの操作がいる。

だが、喉が潰れると発声はできないし、UIの操作には視覚が必要なのだ。つまり、目も喉も焼かれた状態では回復魔法を能動的に発動することができなかった。モンクのオートヒールによる回復魔法の自動発動があったから助かったのだ。

「花川キモいですね！」

「身をもって危険を知らしめた拙者への第一声がそれでござるか！」

「焦げた肌がポロポロと落ちていって、ピンク色の肌が再生していくところなど見るに堪えないデース！」

「そんなことより、何があったんですか？」

キャロルが嫌そうな顔をしていると、諒子が確認してきた。

「それが……何か来たと思ったらいきなり黒焦げでござって……」

「使えないですネ！」

「いえ、いきなり攻撃してくる何かがいることはわかりましたから、まったく無駄ではないですよ」

「さすが諒子たん！　拙者の価値をわかっておられる！」

「で、どうします？」

「火球が飛んできたようですね。避けられない速度でもなさそうでしたが」

キャロルと諒子が相談していると足音が聞こえてきた。

地響きのような音と震動からしてかなりの巨体のようだ。

次の手を考える間もなく、それは通路の角から姿を現した。

ドラゴン。

体高は五メートルほどだろう。四足歩行なので巨大な蜥蜴といった姿だが、背には折りたたまれた翼を備えていた。その顎からはちろちろと炎が漏れ出しているので、先ほどの火球はそこから放たれたのだろう。明らかにこれまでに出てきたモンスターとは格が違っていた。

「花川出番ですよ！」

「ここまでゾンビとかスケルトンとかだったのに、いきなりドラゴンってクソゲー過ぎるでござるよ！」

ドラゴンが大口を開け、火球を射出した。

諒子とキャロルは左右へと逃れ、真ん中にいた花川に直撃する。

ただし、今回は攻撃がくることがわかっていたので、気弾による迎撃が可能だった。両手を揃えて前に出し、気を噴出させる。相殺するとまではいかなかったが、どうにか耐えることはできた。

花川は文句を言おうとしたが、二人はすぐに次の行動に出ていた。

諒子は接近してドラゴンの前足を刀で攻撃し、キャロルは苦無《くない》を眼へ投げつけたのだ。

刃は強靭《きょうじん》な鱗に弾かれた。ドラゴンが前足を振り下ろし、諒子は飛び下がる。巨体の割には素早い攻撃で、諒子が即座に逃げなければ直撃していただろう。

苦無は狙い違わず眼球に当たったが、それだけだった。突き刺さることはなく、表面を滑ってあらぬ方向へ飛んでいったのだ。

「諒子はドラゴン殺しみたいな技は持ってないんですかね？」

キャロルが苦笑いしながら訊いた。

「ないですね。ちなみに今のは斬鉄剣というスキルだったのですが効いている様子はまるでありません」

「え？　では拙者らはどうなるので？」

「しょせん、私は人殺しの訓練を受けているちょっと身体能力が高めの凡人がニンジャクラスを得た、ぐらいの存在ですしね！　諒子は何か奥の手があったりしますか？」

「サムライに多くを求め過ぎですね。できて妖怪退治ぐらいです」

「ざんねん！　わたしのぼうけんはこれでおわってしまった！　というところですかね！　ハハハッ！」

「笑ってる場合じゃないでござるよ！」

少しの手合わせでキャロルは実力差を悟ってしまったようだった。

「勝てないとしても、隙を見て先に進むという手はあると思うのでござるが！」

「いやぁ、無理じゃないかな？　あー、一人囮《おとり》にするとかならいけそうですかね！」

すっとキャロルの姿が消えた。遅れて、諒子の姿も消えていく。おそらく、ニンジャのスキルだろう。

「え？」

「いやいやいや！　それ、三人目にも使えるスキルでござるよね!?」

「いきなり全員消えたら不自然ですよ？」

キャロルの声だけが聞こえてきた。

「二人消えた時点で不自然でござるよ！」

「それでも、とりあえずは見えているのを相手にしようと思うのが自然ですよネ！」

「ううっ！　とりあえず練気でござる！」

モンクの練気は気を溜めるスキルだ。溜めた気は様々な方法で活用できるので、様子見の段階ではとりあえず練気しておけば間違いはない。ただ、溜めた気は一定時間以内に使用しなければならないので、常時使い続けるわけにもいかなかった。

――そういえば、練気で索敵とかできるのでは？

花川は、練気状態だと五感が強化されることに気付いた。聴覚が強化されれば、離れた位置にいる何かを察知することもできるだろう。

意識を集中すると、離れていく足音が聞こえてきた。うまく消音しているようだが完全に消せるわけではないらしい。

つまり、キャロルたちは、もうドラゴンの背後にまで移動してしまっているのだ。

「って！　拙者を蔑ろにしたように見せかけて、実は姿を消して奇襲とかそーゆーのかと思っておったのでござるが！」

二人は花川の叫びに反応するそぶりすら見せなかった。全力でここから遠ざかっているのだ。

空気が揺れた。

花川は咄嗟《とっさ》に飛び上がった。巨大な尻尾が、先ほどまで花川がいた空間を薙《な》いでいた。

強化した感覚で、攻撃を察知できたのだ。

「おや？　もしかしてどうにか――」

モンクの力を使いこなせばドラゴンにも対抗できるのではないか。一瞬そう思ったのだが、飛んでくる火球を見た花川は儚《はかな》い夢だったと悟った。

咄嗟に溜めた気を防御に回す。炎球の直撃を喰《く》らって吹っ飛ばされはしたものの、かろうじて大火傷《やけど》は回避することができた。

天井にぶつかり、床に落ちて転がる。花川はすぐに立ち上がったが、見上げた先にはドラゴンの前足があった。

やはり、巨体に似合わず素早い動きが可能なのだ。

ドラゴンの巨大な足が振り下ろされる。

溜めた気は使い果たした。

もう回避も防御も間に合わない。

「だ、誰か助けて！」

花川もこの局面で都合良く助けが来るなどとは思っていない、苦し紛れの叫びだった。

「はい」

だから、返事があったことに花川は心底驚いた。

爆音と共にドラゴンの身体が傾く。振り下ろされた足は花川に当たることなく床を叩いた。

花川は慌てて後退り、声がしたほうへと振り向く。

そこには、アイドルのステージ衣装のような服を着た少女が立っていた。

「クラスメイトを見捨てていくなんてひどいですね」

「あー、見捨てたことはあった気がそこはかとなくするのでござるが……」

転移直後に夜霧たちを見捨てたことなど忘れたかのようなことを言っているのは、クラスメイトの秋野蒼空《あきのそら》だった。

5話　そんな重い誓約をほいほいしたくはないでござる！

俗に言うなら、秋野蒼空は頭がお花畑な少女だ。

自分のことが大好きで、危機感がなく、能天気な平和主義者というのが彼女だった。

先天的な性質もあるのだろうが、後天的な環境によるものも大きかった。

彼女は裕福で過保護な家庭で育ったのだ。

蝶《ちょう》よ花よと育てられ、何不自由なく過ごしてきた。

美しく、聡明《そうめい》で、気立てのいい彼女は挫折を知らず、全ての望みを叶えてきたのだ。もちろん、ここで言う全てとは一般的にそう難しくない事柄ばかりだ。どうしようもないことなど最初から望みはしなかった。

そんな彼女にとって世界が、温く、優しく、甘いものに見えるのは当然だろう。世界は自分を中心に回っていると考えるようになるのはごく自然なことだった。

もちろん、そんな態度を表せば人から嫌われることはわかっている。時と場合にもよるが、基本的には謙虚でいたほうがいいということぐらいは承知していた。

いくら実家が裕福で、自分が優秀だとしても、世界一の資産家でもなければ、独裁国家の権力者でもない。できることと、できないことを分けて考えるぐらいは当然だった。

その点でいえば、アイドルという立場は、彼女が望めばなれる範囲の現実的なものだった。

彼女がアイドルになったのは、それが世間に対する義務のようなものだと思ったからだ。

彼女は自分の容姿が、音楽的才能が、身体能力が優れていると自覚している。それを閉じた世界に押し込めておくのは世界の損失だと本気で思っていたのだ。

つまり、自分の才能を有効活用する方法としていくつか考えた中にあったのがアイドルだったのであり、アイドルに対する夢や憧れから目指したものではなかった。

そんな彼女ではあったが、やはり才能はあったのだろう。すぐにアイドルグループのセンター兼リーダーになってしまったが、本人にすればそれも当たり前の、なるべくしてなったものであったようだ。

中学生のときにアイドルになった蒼空が入学したのは、芸能コースのない普通の高校だった。

これにはさしたる理由はなく、強いて言うなら自宅から近かったというだけのことだった。蒼空は至れり尽くせりの実家から出ていくつもりなどさらさらなかったのだ。

全国的な有名人が毎日そのあたりの高校に通っているとなれば、大騒ぎになりそうなものだが、蒼空の周囲は実に穏やかなものだった。

これは、蒼空のオーラによるものだろう。彼女が醸し出す雰囲気に周囲は誘導されていた。通りすがりの一般人に対しては近寄りがたい雰囲気を演出し、クラスメイトには一般人として気軽に接しろと暗に誘導していたのだ。

まさに、彼女がこうあってほしいと望んだように、彼女の世界はできあがっていた。普通なら夢と現実の乖離《かいり》や齟齬《そご》が発生するものだが、彼女に限ってはそれも存在していなかったのだ。

このまま、平和で穏やかな世界が続いていくことを彼女は疑いもしていなかったが、そこで発生したのが唐突な異世界転移だ。

さすがに、こんな異常現象までは彼女の与《あずか》り知らぬことであり、どうしようもなかった。

しかし、だからといって彼女は取り乱したりはしなかった。

賢者に召喚されて異世界へ。自分を主人公だと思っている彼女にとっては、それほど不思議なことでもなかったのだ。

転移当初、彼女は取り立ててリーダーシップを発揮しようとは思っていなかった。

学校では一生徒であり続けるというのが彼女のスタンスだったのだ。他に適切な人物がいるのなら任せればいい。幸い、矢崎卓《やざきすぐる》が自分からリーダーを買って出たのでそれでいいと思っていた。

矢崎の最初の決断が、ギフトを得られなかった四人を囮にして街へ向かう作戦だ。

反対意見を述べつつも、蒼空もけっきょくは賛成した。もしかすれば、全員でミッションをクリアする方法もあったのかもしれないが、限られた時間の中ではあれが限界だったのだ。それに、この作戦を言いだしたのは矢崎であり、検証したのは鳳春人《おおとりはると》だった。能天気な平和主義者である蒼空だが、その作戦に積極的に関わったわけではないので自分への言い訳はどうにでもなった。

作戦が功を奏したのか、蒼空たちはドラゴンに襲われることなく街に辿り着きファーストミッションをクリアした。

次はセカンドミッションで、その情報がそれぞれの視界に表示される。

セカンドミッション。
目的：偉業の達成
アドバイス：
偉業とは誰もが認める優れた仕事のことです。魔王を退治するとか、未開の地を開拓するなどですね。ですが、具体的に何が偉業となるかはこの世界に不慣れなあなたたちにはわからないでしょう。
そこでマニー王国の王様に協力を依頼しました。困っていることがあるかと思うので助けてあげてくださいね。

こうアドバイスされては王都を目指すしかない。

いつの間にか何人かのクラスメイトがいなくなっていたが、彼らには彼らの思惑があるのだろう。

捜すことはせず、残った者たちで先に進むことになった。

列車に乗れば王都には簡単に到着するらしかったが、それでは各自の成長が望めない。そこで、修行をしながら王都へと向かうことになった。

最初のうちはうまくいっていた。

矢崎がリーダーシップを発揮し、皆もそれを頼もしく思い従っていたのだ。

だがそれも、ハクア原生林を進むにつれて雲行きがおかしくなってきた。

それぞれのギフトの詳細が知られるにつれ、実力差が露呈してきた。ギフトは各自の性格や特技に応じて与えられるものなので、まるで公平ではなかったのだ。

こうなると戦いが得意な者だけが戦い続け、成長していくことになる。すると、戦えない者は肩身が狭くなってくるし、強力な力を持つ者が恩着せがましくなってくるのも自然なことだった。

矢崎では、クラスをまとめることができなくなっていった。将軍《ジェネラル》には統率スキルがあったが、これは全員が納得できる作戦においてのみ有効であり、無理矢理に従わせるような能力ではなかったのだ。

矢崎自身にはこの難事において皆を統率しきるだけの力がなかったのだろう。このままでは次のミッションをクリアするどころではないと判断した蒼空は、仕方なく新たなリーダーとなることにした。

蒼空が皆をまとめると決意したのなら、後は簡単なことだった。

蒼空にはギフトなどに頼らなくとも、人に慕われる、人を従わせるカリスマ性があったのだ。

それに、蒼空のクラス、アイドルの能力である誓願を利用できたのも大きかった。

誓願は蒼空に対して誓いを立てることにより願いが叶うという力だ。つまりクラスメイトに力を使わないという誓いを立てさせ、能力をランクアップさせる願いを叶えたのだ。これにより、クラスメイト間での能力使用に制限を加えることができた。

蒼空がリーダーとなってからは順調だった。

表面上はまとまったし、修行も難なく進んでいったのだ。効率よくレベルを上げていき、これなら先に進んでもいいだろうと原生林を抜けた。

そこから先は、列車で王都へと移動し、王都の地下にあるとされる魔界に挑むことになる。

魔界の完全攻略も、自分たちならどうにかなるだろうと蒼空は思っていたのだが、けっきょくそこで蒼空は命を落とすことになった。

魔界六層において突然始まった、クラスメイト同士の殺し合い。その最中、いきなり現れた謎の肉塊に呑《の》み込まれたのだ。

そして、世界がやり直された。

前回とは異なり、すぐに世界は謎の生物により汚染された。蒼空も地底クエストへと向かうことになり、そこで大賢者のメッセージを聞くことになる。

クラスメイト消失の理由を、高遠夜霧の力についてを知ったのだ。

蒼空はごく自然に、高遠夜霧を殺してクラスメイトを助けるべきだと考えた。なぜなら、単純に犠牲になる数が違うからだ。これからも犠牲者を増やしていく大量殺人鬼一人と、罪もなく死んだ多数のクラスメイトを天秤《てんびん》にかけたなら、クラスメイト側に傾くのが道理というものだろう。

夜霧は何でも殺せるということだが、蒼空はその力を恐れてはいなかった。

蒼空は楽観的なのだ。

相手は神でも王様でも化け物でもなく、話ができるただの高校生だ。道理を説けば、罪の重さを思い知るだろう。そして、自殺してクラスメイトたちを助けてくれるだろうと本気で信じているのだった。

＊＊＊＊＊

「とにかく助けてくれるんでござるね！」

情けない限りだが、花川は藁《わら》にも縋る気持ちで蒼空に訴えかけた。

「はい。そのつもりですよ？」

蒼空がにこやかな笑みを浮かべる。計算され尽くしたその笑顔に花川の心拍数が上がった。

何がどうなったのかは花川にはまるでわかっていないのだが、とにかくドラゴンは動きを止めている。花川は蒼空の傍まで移動した。

ドラゴンの右足はズタズタになっていた。右足に力が入らなくなり体勢を崩したのだろう。だが、その右足も治りつつあるようだった。魔法を使っている様子はないので、自然治癒しているのだろう。巨大で素早く口から炎を吐いてくる上に、多少の怪我はすぐ治ってしまうとなるとなかなかの強敵だった。

「あのー、蒼空たんのクラスってアイドルでござるよね？　戦っているところを想像できないのですが……実は強かったりするのでござるかね？」

不安になった花川は訊いた。ドラゴンはダメージを受けているようだし、蒼空が何かをしたのだろうとは思うが、蒼空が戦えるようには見えなかったのだ。

「まさか。アイドルは戦ったりしませんし、強くもないですよ」

「え？　でも、蒼空たんが何かして、ドラゴンがやられたのでは？」

「私は、助けを呼んでるようでしたから来ただけです」

嫌な予感がして、花川は蒼空をマジマジと見つめた。

確かに可愛いし、ダンジョンに似つかわしくないアイドル衣装もよくできている。だが、この局面で助けになるかと言えば、そんな気がまったくしなくなってきたのだ。

「助けてくれるんでござるよね？」

「そのつもりはありますけど……具体的にどうしましょうね？」

「ちなみにアイドルのスキルというのは？　拙者が想像するに、歌ったり踊ったりして、敵を魅了したりとかでござるかね？　まあ味方につけるとまではいかなくとも、興味が失せるですとか、へイトが下がるとかしてくれれば御の字でござるが！」

「私の主なスキルは誓願ですね。誓いに応じた願いが叶えられ、誓いを破ると罰則があるというものです。ああ！　では花川くんがうまいこと願えばいいんじゃないですか？」

「いや、そんなことしてる余裕はなさそうでござるが！」

すっかり回復したドラゴンが、花川たちを睨《にら》み付けていた。ドラゴン自身も何が起こったのかわかっていないのか、多少の警戒はしているようだが、いつまでも様子見はしないだろう。

暢気《のんき》に誓いを立てるなどしていて、見過ごしてもらえるとはとても思えない。

「あの、ちなみにさくっと願いを叶えてもらったりは？」

「そうですね。右手を使うと死ぬ、などの制約にすればお手軽にパワーアップできると思いますが」

「さすがにそんな重い誓約をほいほいしたくはないでござる！」

ドラゴンがまさに動きだそうとしている。そんな中、うまくバランスの取れた誓いを考えるなど無理だった。

「ですが、どうにかなるとは思いますよ？」

蒼空は何も恐れてはいないようだった。

気付けば、花川たちの周囲には人が溢《あふ》れていた。

ハッピを着てウチワを持った少年、スーツを着た中年男性、制服姿の少女など、様々な年代、性別、職業の者たちがいつの間にか花川たちを取り囲んでいるのだ。

「これは何でござる？」

「私のもう一つのスキル、狂信的《ファン》で熱狂的《ファン》な信奉者《ファン》ですね。私のファンの方々がどこからともなく現れて私を助けてくれるんです」

「どこからともなく過ぎるでござるよ！　ここ異世界のダンジョンの中なんでござるけど!?」

そのファンたちがドラゴンに突撃していった。

ドラゴンが右足を振り下ろすと、小太りの少年がぐしゃりと潰れた。特に強くはないらしい。だが、次の瞬間、ドラゴンの右足が爆発した。

ドラゴンが怯《ひる》む。その隙にスーツの男性が左足に取りつき、そして爆発した。

「ぐぉおおおおお！」

その咆哮は痛みからか、混乱からか、それとも恐怖からか。

ドラゴンはとまどっていた。

死を恐れぬ人間が次々に襲いかかってきて、自爆攻撃をしてくるのだ。理解できず、恐れるのは当然だろう。

「その……では、先ほど拙者を助けていただいたのもこれでござるよね？　何も知らないような言い草でしたが？」

そのうえ、これからどうするかもよくわかっていない様子だった。

「困ったことにこのスキル、私にはまったく制御できないんですよ。勝手に出てきて、勝手なことをされるんです。それだと私が何かしたとも言えない気がするので」

「あ……」

つまり、全て他人事であり、自分が責任を負うつもりはまったくないようだった。

「しかし自爆攻撃とは……」

「ファンの語源はファナティック、狂信的から来ているらしいですね。私の熱烈なファンならそれぐらいはできるんじゃないでしょうか」

「その、彼らはもしや拙者らがいた世界から召喚されてここに来ているとか……」

「まさか。そうだとすればとてもこんなことをしてもらうわけにはいきません。これは魔法で作られた幻影みたいなものだと思います」

とてもそうは見えなかったのだが、花川はそれ以上訊く気にはなれなかった。蒼空がそう信じているのならそれでいいのだろう。

ドラゴンはもう、花川を気にしてなどいられないようだ。

倒しても倒しても、潰しても潰しても、わらわらとどこからともなく人間が現れる。それらにはたいした力はなくとも、自らの身体を爆裂させるのだ。一つ一つはたいしたことのない威力でも積み重なれば話は変わってくる。

ドラゴンの体表は頑丈なようだが、それでも自爆攻撃で傷付いていた。すぐに治りはするが、立て続けに攻撃されると治りきらなくなる。治るといっても、傷つき失われた箇所を補うのだから、何かしらは消耗するはずだ。

「えーと……ミツバチが密集して熱でスズメバチを殺すといったようなのを何かで見たのでござるが……」

ドラゴンの動きが鈍くなり、ファンたちは個別に爆裂するのをやめた。とにかくドラゴンに群がり、よじ登り、覆い尽くす作戦に移行したようだ。

花川には、その様子が熱殺蜂球のように見えたのだった。

「これは少々離れたほうがよさそうですね」

蒼空がドラゴンに背を向け、悠々と立ち去っていく。

花川はドラゴンをチラチラと見つつも、蒼空の後を追った。

しばらくして爆音と共にダンジョンが揺れた。

十分に距離を取ったはずだが、それでも爆風が届くほどだった。

そして、大量のソウルが流れてきた。

ソウルは、バトルソングというシステムにおいての経験値のようなものだ。モンスターが死ぬとソウルが放出され、それを吸収すれば強くなれるという仕組みだった。

ソウルはすぐに大気に溶けてしまうので、倒した際に傍にいたものが一番恩恵を受けることができる。その意味では今回のように距離を取り過ぎるとうまみはないのだが、それでもドラゴンのソウルは膨大だったようで、大気に溶けきれずに飽和したソウルがここまで届いたのだろう。

特に何もしていない花川だったが、棚ぼた的に若干成長してしまっていた。

ドラゴンが死んだことは確実なので、二人は先ほどの戦闘現場へと戻った。

ドラゴンは原形を留めていなかった。大量の血と肉片と化し、ダンジョンの床と壁と天井にへばりついているのだ。さすがにここから回復することはできないようだった。

「これは……凄まじいでござるな……」

「どうにかなって良かったです」

ファンが大量に犠牲になっているようだが、花川はそれには触れなかった。蒼空が言うように、魔力で生み出された何かなのだろう。ドラゴンの死骸に交じって、人間の死体も大量に残っている気もしたが、それもやはり気のせいなのだと自分に言い聞かせた。

「えーと、蒼空たんもゲームクリアを目指しているのでござるよね？」

「正確には高遠くんを説得したいのですが、それにはこのエリアを進んでいかなければなりませんし、似たようなものですね」

「拙者もとにかくここは抜けたいのでござるが、ご一緒してもよろしいですかね？」

花川は少しばかり迷った。

蒼空には関わらないほうがいいのではという気もしているのだ。だが、一人でこんな危険なダンジョンを進めるわけもなかった。ここで生き残るには仲間が必要なのだ。

「はい、クラスメイトですから助け合わないとですね」

「では、ゲートへ向かうとするで……そういえば蒼空たんは賢者の石を持っているので？」

花川は天空の城エリアの浜辺でのことを思い出した。

そこには大量のプレイヤーが集まっていたのだが、そこに蒼空の姿はなかったように思うのだ。

オリジナルの賢者の石は数が限られているし、入手は難しいだろう。魔女が増やした複製品を手に入れるしかないはずだった。

「牢獄エリアに入ってみたものの先に進めなくて困っていたら、譲ってもらえました」

「……なるほど！　さすが蒼空たんですな！」

賢者の石はパーティに一つあればいいので、余っていれば譲ってもらえることもあるのだろう。

花川は余計なことは考えないことにした。

6話　理屈はわかんないけど、高遠くんを信じることにするよ

夜霧たちが神殿の奥に進むと、小さな部屋に出た。

「特に何もないね」

「待機するだけならこんなものかな」

十メートル四方ほどの部屋で、中央にソファセットが置いてある。パーティ単位で待機する想定ならこの広さで十分なのだろう。

「一通り見ておこうか」

窓はなく、正面に扉が一つ。左側に二つ、右側に一つ。入ってきた扉はなくなっていた。これは牢獄エリアのゲートと同じ仕様で一方通行なのだろう。

左側の扉の先はトイレだった。扉のマークからすると男女別に分かれているのだろう。夜霧は男子トイレを覗《のぞ》いてみた。そこにあるのは何の変哲もないトイレであり、清掃が行き届いていて不快感はなかった。

知千佳の様子からすると、女子トイレにもおかしなところはなかったようだ。

右側の扉の先は給湯室のような場所だった。水やお湯が出るタンクが設置されていて、茶葉や食器が用意されている。

次に正面の扉の先を見てみたが、そこには何もなかった。

真っ白な空間が広がっているだけだったのだ。

「どこにも行けないってことかな？　ここから出たら落ちる？」

『ふむ。そもそも出られないようだな。壁をすり抜けて外を見ようとしたが行けなかった』

夜霧は扉の向こうへと手を伸ばそうとしたが、途中で何かに遮られた。何もない空間が広がっているように見えるが、実質は壁があるようなものだった。

夜霧は扉を閉め、ソファに座った。

「ねぇ。今さらだけど、これってかなりヤバイ状況なんじゃないの？」

知千佳は夜霧の向かい側に座った。

「確かにね。ここに閉じ込められっぱなしだと飢え死にするしかなくなるか」

「これって高遠くんを倒す手段になりえるんじゃゃ？」

この場合、誰かに殺意があるわけではない。夜霧たちはただ放置されているだけだ。

「まぁ……最悪の場合はどうにかするよ。でも、それで済ませるならわざわざ俺を殺させるために焚《た》き付けたりするかな？　めんどくさいことだけど、大賢者ってのはこの状況を楽しんでるみたいだし」

大賢者はあえて様子を見ている。それならば、餓死のようなつまらない幕引きを望んでいるわけではないだろう。

「それもそうかな。いろいろ手の込んだことをしてるわけだし」

納得したのか、開き直ったのか。知千佳も無駄な心配はやめることにしたようだ。

「このお菓子って食べていいと思う？」

知千佳がテーブルを指さした。そこには皿があり、焼き菓子が置かれていた。

『それはさすがに油断し過ぎではないか？』

夜霧は皿の上からクッキーを手に取った。

嫌な予感はしないので毒が仕込んであるといったことはなさそうだ。夜霧はクッキーを口にした。

「うん。たぶん大丈夫。おいしいよ」

「ほんとだ」

安心したのか、知千佳もクッキーを食べはじめた。

『敵に出された飲食物など口にせぬのが基本なのだが……』

「それを言いだすと何もできないよ」

そもそも異世界であり、その中に作られたゲームのような空間であり、全てが賢者の掌の上だ。これまでに飲み食いした物全てでも怪しかったと言える。今さら茶菓子を警戒することにたいした意味はないだろうと夜霧は思っていた。

「で、一応訊いておきたいんだけど、こんな部屋に閉じ込められた場合って高遠くんの力でどうにかなるもんなの？」

「そうだな。たとえばただの牢屋とかに閉じ込められた場合は、鉄格子なり壁なりを殺せば外に出られるわけなんだけど」

「でも、この部屋って謎空間にあるんだよね？」

『うむ。先ほどまでおったピラミッドの上にある神殿とは繋がっていない、別の場所ということになるな』

「俺は物理学とか空間とか次元とかに詳しいわけじゃないから、ここからの話はひどくふんわりとした感じになるけどいい？」

「逆に物理学の専門的な話をされても困るんだけど」

「ここみたいな場所は、さっきまでいた空間と隣り合ってるっていうか、重なって存在する狭間の空間みたいなところなんだと思う」

「さっそくわかんねぇな！」

「うーん、まあ俺が言ってることが正しい確証なんてまるでないんだけどさ。何かの拍子でふと紛れ込む神隠しの世界とかってあるだろ？」

「常識みたいに言われても……まあ、なんとなくはわかる、かな？」

「まあ、そういうもんだとしてさ。すぐに行き来できるような近い空間の場合は、俺の力で空間の

間にある壁みたいなのを殺して穴を空けることは可能なんだ。その穴を通れば元の空間に戻ることもできる」

「さすがにふんわりしてるって前置きするだけのことはあるね」

「俺も感覚的に捉えてるだけで、何の理論的説明もできないからなぁ」

何の証拠もないし、証明もできないあやふやな話だったがなんとなくそういうものとしておくしかなかった。そもそも異世界の現象を納得できる形で理解するのも説明するのも難しいだろう。

「じゃあ元の場所に戻るだけならどうにかなるってこと？」

「たぶん。感覚的にはできるだろうなって気はしてる」

「曖昧だなぁ……」

「だからとりあえずはのんびり待ってればいいよ」

「うん。理屈はわかんないけど、高遠くんを信じることにするよ」

知千佳に理解してもらうのは難しいと思っていたが、夜霧が対応可能であることは納得してくれたようだった。

「あ、じゃあさ。空間の壁を壊したりってので元の世界に戻ったりはできないの？」

「できるよ」

「って元の世界は近くにあるわけじゃないから無理……ってできるの!?」

「他に手段がなければそうするしかないって方法はある」

夜霧は顔をしかめた。夜霧にとっては本当に最終手段であり、できればやりたくはないからだ。

「……まあ予め説明しておいたほうがいいか」

今後何が起こるかわからないが、緊急手段としてその方法を選ぶことがあるかもしれないし、ギリギリの状況では説明などしていられないだろうと夜霧は考えた。

「やることは単純だよ。元の世界と、この世界の間にある何かを全部殺してなくしてしまえばいい」

「何か……って？」

「わからない。けど、何かしらあるんだろうと思う。別の世界とかそういったものが」

『うむ……元の世界の座標数値を知ることはできたが……具体的にどう使えばいいのかはわからぬ。ここから元の世界までどの程度の距離があるのかはさっぱりわからん。そもそも単純な距離に換算できるものかもわからぬしな』

「それは……やらないほうがいいね……」

具体的に想像したのか、知千佳の顔が若干青ざめていた。

「うん。俺が力を使うのは、基本的には身を守るためだ。ただ帰りたいってだけで、間にある何もかもを殺していいってことにはならないよ。でも……他に手段がなければ」

「さすがにそこまでのことはちょっと覚悟できないかな！」

元の世界までの間に何があるのかはわからないが、そこに知的生命体の住む世界があるのだとすれば、その全てを滅ぼすことになるだろう。そんな業を、たかが二人の高校生が背負い切れるはずもない。知千佳が躊躇《ちゅうちょ》するのも当然のことだった。

「だから、現状何をやってるのかいまいちよくわからない感じはあるけど、とりあえずは賢者たちがやってる何かに巻き込まれておくしかないかな、と思ってる。その間に何か帰還の方法を知ることができればいいんだけど」

「そうだよね……帰る方法をどうにかしないといけないんだけど……」

今のところ夜霧たちの目標は地底クエストをクリアして地上に戻ることだ。

帰還方法については、これといった目処《めど》はついていなかった。

＊＊＊＊＊

花川と蒼空は順調に牢獄エリアを進んでいた。

ドラゴンのいた階層の後は弱い敵しか出てこなくなったのだ。おそらく一定階層ごとに強力なボスが出てくる仕様で、しばらくはこんな感じなのだろう。

出てくるのが、ゾンビやらゴブリンやらといった雑魚なら花川でも倒すのはそう難しくない。蒼空自身には戦闘力がないようなので、雑魚処理は花川の役目となっていた。

――まぁ……この程度の雑魚を倒すのに、蒼空たんのファンに出てこられるのもそれはそれで嫌でござるしな！

蒼空のファンに雑魚を倒させるのは可能ではあるだろうが、その度に爆裂されてはたまったものではない。

――しかし……それはそれとして、少々問題があるのでござるが……。

花川はいつの間にかハッピを着ていた。背に秋野蒼空命と書かれている、アイドルのファンが着ているような派手なハッピをカンフー着の上に羽織っているのだ。

「蒼空たん？」

「なんですか？」

「その、拙者が着ているこれについてはご存じでござるか？」

「花川くんが用意したんじゃないんですか？」

「いえ、なんでもないでござる」

アイドルがファンのために応援グッズを用意などするわけがない。蒼空からすれば、花川が自主的に蒼空を応援するために用意したとしか思えないのだろう。

――これは……いつの間にか、蒼空たんの狂信的《ファン》で熱狂的《ファン》な信奉者《ファン》が発動して、拙者が巻き込まれているのでは？　何かあれば蒼空たんのために自爆してしまうのでは？

今のところ、蒼空を守るために身体が勝手に動くといったことはない。だが、自分自身の意思で雑魚敵と戦闘を行っているつもりではあっても、この選択が蒼空の能力の影響下にないと断言はできなかった。

「あ、また出てきましたよ」

「任せるでござるよ！」

行く手の先、角から豚頭の獣人が現れた。

花川は右拳を前方に突き出した。

拳の先から気弾が放たれ、豚頭が弾け飛ぶ。

この程度の敵なら時間をかけて気を溜める必要はなく、自然に纏っている気を打ち出すだけでよかった。

楽勝だし、対応には何の問題もない。

問題があるとすれば、いつの間にか右拳に握り込んでいるペンライトだろう。ライブに持っていくような、様々な色に光るライトを花川は持っていたのだ。

「……ま、まぁ、明かりが必要な場所では便利かもしれないでござるし……ただで手に入ったのであればお得ということかもでござるし……」

確実に蒼空の能力に絡めとられていっている気はするが、花川はとりあえず無視することにした。ここで蒼空と離れてはまたボスが出てきたときに詰むかもしれないからだ。それぐらいなら、蒼空のファンとして同行するほうがまだましかもしれないだろう。

獣人がやってきた角を曲がると行き止まりになっていて、ゲートが存在していた。

ゲートを通り、階段を上って、上層へと移動する。

出たところは通路の端で、前方に道が延びている。

少し先に三人の人影が見えて、花川は警戒した。

「あ、秋野さんじゃないですか！」

人影が振り向く。そこにいたのは、諒子とキャロル、そしてホテルのコンシェルジュであるセレスティーナだった。

「こんにちは。キャロルたちもいたんですね」

「とりあえずこれに参加しとかないと置いてけぼりって感じですからネ！」

「少しは申し訳なさそうな感じを出してもいいと思うのでござるが!?　拙者無慈悲にも置いていかれたでござるよね！」

「ごめんねー！」

「軽っ！　ふわふわっに軽いでござるよ！　拙者、蒼空たんが来なければ確実に死んでいたのでござるけど!?」

「人は人生で一度は死ぬものですよ？」

「えーと……その格好、妙にはまってますね」

特に言うべきことを思いつかなかったのか、諒子は実に適当なことを言った。

この二人にとって本当に花川はどうでもいい存在であったようで、無駄に傷付くだけだと思った花川はそれ以上の追及をやめることにした。

「で、セレスティーナさんと合流したんでござるか？」

「はい、一人で進んでおられたので声をかけたんです」

「セレスティーナはめちゃ強なんデース！　サクサクですよー！」

「では拙者らも合流ということでよろしいですかな？」

「うーん、私たちはいいけど、セレスティーナさんがなんて言うかなぁ？」

あっさり合流かと思いきや、キャロルが思うところがあるようなことを言いだした。

「いや、合流に異議があるとはまさか思わなかったでござるが!?」

「もちろんご一緒いたしますよ。皆さん、ホテルのお客様ですからね」

セレスティーナはあっさりと受け入れた。今さらホテルの客であることはほとんど関係ない気もするが、セレスティーナにとっては重要なことらしい。

「セレスティナーさんは、糸を使うのでござるよね？」

「はい、ここまでの敵で対応できなかった相手はおりませんのでご安心ください」

そう言っている間に、遠くでモンスターがバラバラになっていた。

「ドラゴンも大丈夫だったのでござるか？」

「はい、特に問題はなかったですね。そちらはゴルバギオン四天王は大丈夫でしたか？」

「四天王でござるか？　遭ってないでござるね。さすがにそんなトンチキな輩と遭遇していれば忘れるわけもないでござる」

セレスティーナによれば、通路の途中で魔王ゴルバギオンの配下を名乗る者たちが、他の参加者を狩っていたとのことだった。

「そうですか。通るゲートによってルートが分岐しているようですね。とはいえ、今後遭遇する可能性もありますから注意なさったほうがよいでしょう」

「だとしても、セレスティーナさんがいれば安心でござるな！」

花川は、地底クエストに来る直前にセレスティーナに助けられている。彼女の糸の威力を目の当たりにしているので、その実力を疑うことはなかった。

諒子もキャロルも花川のことなどどうでもいいと思っているようだし、蒼空はファンの一人ぐらいにしか思っていない。ホテルの客を守ろうとするセレスティーナのほうが、クラスメイトよりも親身になってくれそうだった。

「では参りましょう。ゲートはあちらのようです」

賢者の石によりゲートの位置がだいたい判明しているうえに、長く伸ばせる糸により周辺地域の探索までできる。セレスティーナに任せておけば牢獄エリアの脱出など楽勝だろう。

そう思った直後、花川は何の前触れもなく唐突に意識を失った。

7話　何の前触れもなく、いきなり死ぬとかないでござるよね？

気付けば花川は暗闇の中にいて、わかるのは自分に意識があることだけだった。

何も見えないし、身体の感覚もなかった。手足に力を入れてみても、動いているのかもよくわからない。もしかすると夢を見ているのかもしれなかった。

そう思うぐらい、この状況には現実感がなかったのだ。

——拙者、どうなったのでござる!?

こうなる直前の出来事で覚えているのは、セレスティーナとの会話だ。記憶は次のゲートに向かおうとしたところまでで、気付けばこんな状況になっている。

——ステータスオープン！

慣れれば発声しなくとも自分のステータスを感覚的に表示させることができる。だが、いつものようにやってみたが何も表示されはしなかった。システムＵＩは視覚を通して可視化されるものなので、これが夢でないのなら目が見えていないことになる。

——さすがにこれはしゃれになってないのでござるが？　もしかして拙者死んでる？

苦痛はなかった。むしろ、感覚そのものがないといった状況で、それこそが恐ろしかった。

——え?　これマジのやつでござる?　本当に死んでるでござるか?　嘘《うそ》でござるよね?　こんな、何の前触れもなく、いきなり死ぬとかないでござるよね?　死ぬにしたって、美少女をかばってとかで、さりげなく心に残るようなイベントを起こしつつとか、最後に一言残すとかそーゆーのはないのでござるか!?　いやいやいや、それはないでござろう!　こんな物騒な世界でござるから何かの拍子に死んでしまうかもしれないとはそこはかとなく思っておったでござるが、それでも何か爪痕を残すぐらいのことはできてもいいのではござらぬか!?　こんな呆気なくなーんにもなく死んでしまうものなんでござるか!?

心の中でわめき立ててみたが、もちろん誰も応えてなどくれない。

——いやいやいやいやいや!　これはありえないでござるよ!　様々な問題が山積しつつも最終的にはなんとなくなし崩しにふんわりとうまくいく感じかと思っておったのでござるが?　何もかもいい感じに解決して、高遠とかのめんどくさいのはどっかに行って、拙者は悠々と異世界チートライフに突入という流れだったのでは?　いや、まだでござる!　落ち着くでござるよ!　たとえ死んでいるのだとしても、諦めるのはまだ早過ぎるでござるよ!　なんといってもここは異世界!死が全ての終わりではないはずでござる!　たとえば死者復活などもありうるのでは?　いや、ヒーラーであった拙者の知る限りでは死者復活系の魔法はなかったですけれども!　絶対にないとは言えないでござろう?　というかあってほしいのでござるが!　それにこの世界ならアンデッドという手もあるはずでござる！　ゾンビ的な何かとして、とりあえず存在し続けることは可能なのでは？　いや、どうせなら最高位アンデッド、リッチ的なのを目指すのはどうでござる？　異世界転生してアンデッドになって世界征服目指したり、ハーレム作ったりというのはもはや定番なのでは？　って、この状況からどうやってアンデッドになればいいのでござる！　誰か！　拙者の魂を召喚したりしてくれないでござるか！　おーい！　もしもーし！　……え？　いや、これ、マジで完全に終わりでござるか？

じわじわと絶望が押し寄せてきた。

心の中でどれだけ叫ぼうと、何の手応えもない。空回りしているだけだと、虚空に言葉を吐き捨てているだけだということがはっきりとしてくるのだ。

何もできず、どうにもならないという実感だけが増していく。

全てを諦めてからどれほどの時間が経ったのか、気付けばぼんやりと光が見えていた。

全てが霞《かす》んでいるが、何かは見えているらしい。そう気付いた後は早かった。目の焦点が合っていないだけなのだ。

必死になって目の前にあるものを捉えようとし続けていると、次第にはっきりと見えるようになってきた。

「よかった！　お目覚めになられたのですね」

セレスティーナの顔が目前にあった。

花川は横になっていて、傍に座り込んでいるセレスティーナに上から覗き込まれているのだ。

諒子、キャロル、蒼空は視界の端にちらりとその姿が見えた。彼女らはさほど心配はしていないようだった。

「拙者……生きてるでござるか？」

「はい。先ほどまでは不明瞭な状態でしたが、現時点では生きているといってよいかと思います」

「いやー、正直グロくて正視に堪えなかったデスヨ！」

そう言いながらもキャロルは花川の様子を見ていたようだ。

どうやら花川は生死の境を彷徨《さまよ》っていたらしいが、意識は急速に戻ってきていた。

「何がどうなったのでござる？」

「突然、牢獄エリアが崩壊したのです。外部からの攻撃のようでして、糸を張り巡らせて警戒はしていたのですが、事前に察知することは不可能でした。直撃していれば全滅していたことでしょう」

花川は上体を起こした。

外が見えていた。先ほどまではあったはずの壁がなくなっているのだ。

ここからでは被害規模の詳細はわからないが、外が一望できる状態になっているのでピラミッドのかなりの部分が消し飛んでいるらしい。

通路は床も天井も壁も傷だらけになっていたが、花川たちの周囲だけが何事もなかったかのように綺麗《きれい》なままになっている。

「攻撃を喰らっていないのであれば拙者はなぜこのようなことに？」

「攻撃の余波ですね。咄嗟に糸をドーム状に固めてガードしたのですが、防御陣の構築が間に合わず、飛んできた瓦礫《がれき》が運悪く花川さんに……」

「頭にでっかいのが突き刺さってたよ。目玉とか飛び出てたし」

キャロルは実に面白そうにしていた。蒼空と共に花川が現れたときよりもよほど興味がありそうだ。

「その、具体的な被害状況の報告はご遠慮願いたいのでござるが！」

「では、これ以上の説明はやめておきましょうか」

「いえ、知らないのは知らないで気になるのでござるが！」

「どっちなんですか……」

諒子が呆れていた。

「では簡単に説明しましょう。全身の異物を取り除き、傷口は糸で縫合し、可能な限りの治療を行いました。ただ脳の損傷が激しかったようでそこには手出しできず、後は花川さんが持つオートヒールスキルに委ねた形になります」

「……拙者の知識によれば、頭が潰れた場合ヒールは効かないと思うのでござるが……」

魂だのソウルだのスピリッツだのがある世界ではあるが、人間の意思と思考と記憶を司るのは基本的には脳髄だ。機能さえ標準的な状態に戻せればどうにかなる他の臓器と決定的に違うのはそこで、たとえ脳がそれなりに修復できたとして、そこに宿る人格が元通りになることはほぼありえないというのが花川がヒーラー時代に得た知識だった。

「賢者の石のおかげでしょうか。私たちにとってはゲートを通過するための鍵でしかありませんが、体内の賢者の石は通常の魔法の域を超えた治療を可能とするのかもしれません」

「なるほど……それに、ルーたんの腕を吸収したりしてますから、それも神の力といえなくもないでござるな……ん？　ということは拙者もしや不死身なのでは？」

「過信は禁物かと。今回は私が状態を整えたからうまくいった、というだけかもしれませんので」

「ま、まあそうでござるよね。不死身だとしてもほいほいと命知らずな真似をするつもりはないでござるよ」

　話をしているうちに花川の体調は良くなっていった。

　花川は立ち上がり、改めてあたりを見回した。

　何が起こったのかはわからないが、尋常ではない破壊が行われたであろうことは外を見れば一目瞭然だった。

　破壊は、ピラミッドどころか、島そのものにも及んでいるのだ。壁が消え、崖のようになってしまった端まで行くと、下方に見えるのは海だった。左右を見渡すと大荒れになった海が広がっている。おそらく、巨大な何かが島を通過し、そこにあった全てが消失してしまったのだ。

「このピラミッドが崩壊せずに残っているのが奇跡とも思える状況でござるね……」

死にそうになった花川だが、それでもまだ運が良かったほうなのだろうと自分を慰めた。

「しかし、これではゲートが潰れてしまい、先に進めないのでは？」

「何を言ってるんですか、花川。もう進みたい放題ですよ？」

そう言ってキャロルは何もない空間へと身を躍らせた。

「キャロルたん!?」

落ちるかと思われたキャロルが、上空へと飛んでいく。

花川は端から慎重に身を乗り出して上を確認した。上層階に移動しているキャロルの姿が見えた。

手には鉤縄《かぎなわ》を持っているので、どうやらそれをひっかけて移動したようだ。

「外に出られないから苦労していました。出られるなら、屋上までいくなど造作もないことなのデース！」

「なるほど？　ですがそれなら最初から中に入らず外を登っていけばよかったのでは？」

「済んだことは気にしないことデース！」

「キャロルが思い出したように片言になるのはなんなんでしょうね……」

「外からは無理でした。今の状況だと……大丈夫なようですね」

「それは糸で調査できたのでござるか？」

「はい、屋上まで届きましたので」

セレスティーナは、ピラミッドの中に入る前に糸で外壁の調査を行ったとのことだ。それによれば、一定の高さに壁がありその向こうに行くことはできなかったらしい。

「で、それはそうとして、どうやって上へ？　キャロルたんが拙者を抱きかかえてくれるでござるか？」

「移動に関しては私に任せていただければ」

そう言うと、セレスティーナはピラミッドの外へと足を踏み出した。

今さら誰もセレスティーナが落ちていくとは思わなかっただろう。事実、セレスティーナは宙に浮いていた。

糸で身体を吊《つ》るなり、足場を作るなりしているのだろう。

「四人程度なら同時に運んでも問題ありませんよ。よろしいですか？」

花川、諒子、蒼空が同時に頷《うなず》く。花川たちの身体がふわりと浮き上がり、ピラミッドの外に優しく運び出された。

遥《はる》か下方には攻撃の余波によるものか渦巻いている海がある。下半身がゾワリとし、花川は上だけを見ていようと心に誓った。

「あ、私は自分で行けるからいいですよ」

キャロルは鉤縄を使ってスルスルと壊れたピラミッドを登っていった。

花川たちは一定の速度でスムーズに上昇しはじめた。

特に何事もなく、花川たちは屋上に辿り着いた。

辿り着いてみれば、やはりピラミッドが半壊していることがよくわかる。正方形だったであろう屋上が、半分ほどになっているし、破壊の痕跡があたり一面にあるのだ。

そんな屋上にはかなりの人影があった。お互いを警戒しているのか、まばらに位置している。ラスボクエに挑戦している冒険者たちだろう。彼らもピラミッドが壊れたのをいいことに、外から上がってきたようだ。

「牢獄エリアをクリアすると、次のエリアがあるような話じゃなかった？」

キャロルがあたりを見回して言う。

屋上には何もなかった。

このフィールドの名称は天空の城だ。見上げれば巨大な雲があるので、そこに城があるのだろうが、行く方法がわからない。

「魔女の人が言っておりましたな。アンティチェンバーエリア、控えの間でござるか？　挑戦者が揃うまでそこで待機するとか……もしやここがそうなんでござるかね？」

「そうは見えないですけどね。今までと変わりないようですし」

蒼空が言うように、ここはまだ牢獄エリアの一部なのだろう。

「では、どうしたもんでござるかね？」

牢獄エリアであるピラミッドのゴール地点まで行けばいいだけだと花川は思っていた。

だが、実際に来てみればこの後どうすればいいのか皆目わからない。

「見たところ……皆さん、落ち着いた様子ですね。待つことにしているようですし、我々もそれに倣うしかないのではないでしょうか」

そう言うセレスティーナも落ち着いたものだった。

「そうでござるな。特に何ができるわけでもなさそうでござるし」

「では、私はこれで」

「え？　セレスティーナさんはどちらへ？」

セレスティーナが離れていこうとしていたので、思わず花川は声をかけた。

「見たところパーティ単位で分かれておられるようですね。ここまでは特に何もありませんでしたが、この先パーティ間での争いになるかもしれません。私としては、ホテルのお客様であった皆様に危害を加えたくはないのですが、目的達成のために必要となればそれもやむを得ず……だとしても何かあった場合にいきなり皆様を攻撃するのもどうかと思いますので一旦は距離を置いておこうかと」

そう言われると無理に引き留めることもできず、セレスティーナが離れていくのを見守るしかなかった。

「あー！　そういえば私と諒子と花川でパーティだったですね！」

「私も離れたほうがよさそうですね」

そう言って蒼空も離れていった。

「しかし、あの二人が敵に回るとするとなかなかに厄介な気がするのでござるが？」

「というかセレスティーナさんが相手だと勝ち目ゼロですネ！」

「蒼空たんが相手でも勝ち目ゼロでござるよ……」

「そうですか？　秋野さんはそれほど強くなかったと思うのですが」

マニー王国王都地下にある魔界。そこで蒼空も近接戦闘を行っていたらしい。浅い階層の敵は難なく倒せるぐらいの実力はあったらしいが、それでもサムライやニンジャといった戦闘専門ジョブに敵うほどではなかったというのが諒子の見立てだった。

「あー、実はでござるね、かくかくしかじかで」

「ちゃんと説明してくださいよ」

花川は蒼空を守るためにファンがどこからともなく現れることを説明した。

「で、花川はその手先で、いつ裏切るかわからないというわけですネ！」

「あぁ！　客観的に見ればそうとしか見えない状況でござるよ！」

花川は、秋野蒼空命と背に書かれたハッピを羽織っていた。

花川は慌てて、ハッピを脱ぎ捨て、ペンライトを放り投げた。

「今さら格好だけ取り繕われても」

「大丈夫デスよ。裏切るかもしれないとわかっていれば問題ありません！」

「裏切らないでござ……と断言もできないのでござるよね……なにせそのハッピも自分で着た覚えはないでござるし……」

いつの間にか蒼空のファンになっていて、蒼空のために命を顧みない行動を取るかもしれない。自分でも、自分のことが信用できない状況だった。

「まあ秋野さんと対決するようなことになるまでは保留でいいでしょう」

何を保留するのか。花川が問いただそうとしたところで、空を飛んで何者かがやってきた。

「あれは賢者の……」

一人は花川に賢者の石を埋め込んだヴァン。もう一人はヴァンよりは小柄な仮面を被った人物だった。

8話　それで隠れられると思われるのはとても心外ですネ!

ヴァンともう一人が半壊したピラミッドの屋上に降り立った。

元は正方形だったであろう屋上だが、今は半分の長方形になっている。二人はその中央付近に着地したのだ。

「やあ。僕はミツキ。賢者たちをとりまとめている大賢者だよ。この仮面は無作法かもしれないけど、許してほしいな。普段は気にしてなかったんだけど、素顔だと大勢の前に姿を現す際には問題があるみたいなんだよ」

仮面の人物、ミツキが穏やかな声で言う。仮面のため年齢はわからないが、声からすると少年のようだった。

「じゃあ今から説明を……あ、僕が仕切っちゃってよかったかな?」

「もういいよ。じいちゃんが好きにやっちゃってよ」

ミツキが訊くと、ヴァンが呆れたように言った。

元々、この地底クエストはヴァンが作りあげて運営しているものだ。ラストクエストで行われるイベントもヴァンが仕切るべきものだったのだろう。

まばらに散っていた冒険者たちが中央に集まっていく。花川たちもミツキの傍へと近づいていった。

警戒しているのか、そのまま距離を取っている者もいた。大賢者の声は離れていても聞こえてきたので、説明を聞くだけなら近づく必要はないのかもしれない。

――見た顔がそれなりにあるでござるな……。

花川が印象に残っている者で言うと、まずは魔女のような格好をしているエヴォン。賢者の石大量増殖の張本人で、浜辺で出会っている。

他には前回の世界でのことになるのだが、峡谷の塔で出会った者もいる。やけに露出度の高い女と、ひょろりと背の高い青年だ。浜辺にはいなかったので、別ルートからやってきたのだろう。

塔で見たときの女は全方位に光線を放ちまくっていたので、それだけでやばそうだということがわかる。青年のほうはたいしたことはなさそうで、花川は少しばかり親近感を覚えた。

「サキュバス姉さんの姿がありませんな？　脱落したのでござろうか」

「そうじゃない？　強かったけど、ピラミッドの崩壊に巻き込まれたりしたら助からないだろうし」

「ですなぁ。まあ皆チート級に強いという話でござるし結構生き残ってはいるようでござるが……まあ死んだ奴らよりも結果的に生き残っている拙者のほうがよほどすごいということになるので

「は？」

「棚からぼた餅、怪我の功名、塞翁が馬ですね！　花川の能力がこの結果に繋がった可能性はゼロでーす！」

「いや、微妙に使い方間違ってるでござるが……それはともかく人間ではない者もいるようでござるな」

　こちらも浜辺にはいなかった者たちで、人外を含むパーティのようだ。

　額に角の生えた少年、岩石のような肌の大男、三対の目を持つ細身の男、足元まで届く長髪を前に垂らした顔の見えない女、Tシャツにジーンズといった格好の黒髪の少年の五人組らしい。

「角の少年は見た覚えがありますな。最初に賢者の石を入れられた中にいたような。もしやあれがゴルバギオン四天王とやらでござるかね？」

　七つの賢者の石を割り当てられた六人と一匹。花川もそのうちの一人であり、角の少年も一緒にいたのだ。

「ん？　パーティは最大四人では？　五人いるようでござるが……」

「一緒にいるからって同じパーティとも限らないんじゃない？」

「そうでござるな。使い魔という可能性もあるでござるし」

　厳密なことを言いだせば、蒼空を守るために勝手に現れるファンはどうなのかという話にもなる。気にするだけ無駄かもしれなかった。

「あ、誰かまた来ました……ね？」

キャロルが花川の背後を見て訝しげな様子になっている。不審に思った花川は振り向いた。

「ぶふっ！」

あまりにも予想外の相手がそこにいて、花川は狼狽《ろうばい》した。

この世界はやり直され、時間が戻っている。前回の世界では死んでいた者であってもここに現れることはあるかもしれない。だが、花川はまさかそれがここへやってくるとは思いもしなかったのだ。

それは異形だった。

人の姿をしてはいるが、全身が黒く、刃物のようになっていた。殺意を具現化したような禍々《まがまが》し

い化け物であり、花川はその存在に見覚えがあったのだ。

「針鼠《ヘツジホツグ》……なんでこんなとこに来るんでござるか!?」

賢者アオイに連行されていた際に、共に峡谷で遭遇した化け物だった。

「ってルーたん？　どういうことでござる!?」

針鼠《ヘツジホツグ》のあまりのインパクトで霞みそうになったが、針鼠《ヘツジホツグ》の背後には四人の女がいた。

女神のルーと、その娘らしいヒルコ、エルフの少女と、戦士らしき女だ。

針鼠《ヘツジホツグ》はルーを狙っていたはずなのだが、どう見ても今の針鼠《ヘツジホツグ》に敵意があるようには見えないのだ。

「何がどうなってるのか気になるところではござるが……触らぬ神に祟《たた》りなしでござるよ」

針鼠《ヘツジホツグ》は見た目通り、とても好戦的な存在だ。下手に近づけば何が起こるかわからない。花川は、そっとキャロルの背後に隠れた。

「それで隠れられると思われるのはとても心外ですネ！」

針鼠《ヘツジホツグ》を先頭にして、ルーたちも大賢者ミツキの近くにまでやってきた。

「やあ。今はルーって名乗ってるんだっけ。ずいぶんと久しぶりだ」

「ミツキ……」

二人の関係はわからない。だが、ただならぬ雰囲気を花川は感じ取っていた。愛憎入り交じるといった表情をルーは見せているのだ。

「言いたいことはたくさんあるかもしれないけれど、ここでは一旦措《お》いておいてくれないかな？襲ってくるなら逃げるだけだよ？　ルーがこのゲームにちゃんと参加してくれるなら、後で時間は取るからさ」

それで一旦は納得したのか、ルーはそれ以上は何も言わなかった。

「さて。遅れて来る人もいるみたいだし、もうちょっと待ったほうがいいかな？」

「待たなくてもいいと思うよ。この状況で屋上まで来られないのなら参加資格はないと見做《みな》していいと思う」

本来のラスボ戦は賢者の石がここに七つ集まったときに始まるものだったはずだ。

だが、賢者の石は七つどころではなくなっている。今さら、本来の仕様で進めるのは無理があるのだろう。

「うん。じゃあ、おめでとう。ここにいる皆は最終エリアで最後の戦いに挑む資格を得た。だらだらするのも締まりがないから、これで締め切りだ。後から来てもダメ……ってここにいる皆に言っても意味がないね」

浜辺にいた者たちはほとんどがやってきているようだし、他のルートからやってきた者もいるようで、かなりの数のパーティがここには揃っていた。

「来た順にアンティチェンバーエリアに行ってもらうのが本来のルールなんだけど、入り口が壊れちゃってね。ルール説明はここでさせてもらうよ」

同じ説明がここにはいない夜霧にもなされるということだった。

「最終エリアはここからさらに上空、雲の上だ。天空の城フィールドだからもちろん城はあるけどそんなに重要でもないかな。トーナメントにするんだよね。今何人いるんだっけ？」

「70パーティだよ」

「適当に戦ってもらって、勝てば次のラウンドへ。半分勝ち上がったら次のラウンド開始だ。中途半端な数だから第二ラウンドに進めるのは32パーティにしよう。これで全6ラウンドだ。まあ途中で高遠夜霧を倒せたならそこで終わりなんだけど」

そもそもが夜霧を倒して世界をやり直すのが目的だ。夜霧を倒した後も続ける意味はないのだろう。とはいえ、わざわざ勝ち抜き戦などをするのは、いろいろな戦いを見たいという興味本位からくる思惑があるようだ。

「……まぁ、立ち回り次第ではどうにか……なる気がしないのでござるが!?」

諒子とキャロルが強いといっても、チートとまでは言えない。ここにいる者たちと戦えば、為す術もなく敗退する可能性は非常に高かった。

「……これは……困りましたね。とにかく高遠くんと合流できればと思っていたのですが……」

諒子が深刻な顔になっていた。

「ハハハッ！　これ、高遠くんが優勝目指してるなら、合流しても高遠くんに殺されちゃうってことじゃないですかネ！」

「笑い事じゃないでござるよ！　あの！　これって今から辞退とかできないでござるかね！」

花川は慌てて、ミツキに詰め寄った。

「面白いことを言うね。面白いからそのまま参加してもらえるかな」

仮面でミツキの表情はわからないが、口調からは本当に面白がっているように思えた。

「あ、その！　別に負けたからって死ぬわけではないでござるよね？　ほら、殺し合いだとは明言されてないのでござるよ！」

「そうだね。別に僕も人が死ぬところを見たいわけじゃないし、お互いが納得できる方法で勝負すればいいと思うよ」

勝敗に関してはこのようなルールとなった。

ルールは対戦時に決めていい。

ルールを合意できなかった場合は、相手パーティを全滅させれば勝ち。

参ったを宣言するなど、負けを認めて降参してもよい。

「ヴァンくん、入り口を用意してくれるかな?」

「うん」

ヴァンが指を鳴らすと、床から板状の物体がせり上がってきた。板の表面は真っ黒なので、ピラミッド内にあったゲートと同じようなものだろう。

「このゲートに入ると最終エリアのどこかに出現するよ。場所はランダムだけど、出現場所が近くなり過ぎないようには配慮してある。全員が揃ったらスタートだ」

ヴァンが説明した。

「なあ、先着で何かもらえるって話じゃなかったか?」

そう訊いたのは角のある少年だった。

「うん。能力をあげるって言ったね。けど、どんな能力にするかこんなところで言うのもまずいんじゃないかな?」

「能力はいらないけどよ。代わりに要望があるんだが」

「なんだろう? 面白そうだったら聞いてもいいよ」

「お前らの仲間に眼鏡《めがね》の奴いるだろ。あいつをぶっ殺してえんだ。どこにいるか教えろ」

「眼鏡っていうとシロウかな?　管理区域にいるんだけどプレイヤーは行けない場所だね。じゃあこうしよう。地底クエスト関係の賢者もラスボクエに参加ってことでどうかな?」

「じいちゃん!?」

寝耳に水だったのか、ヴァンが心底驚いていた。

「いいぜ、それで。勝ち進めばどっかで必ずぶっ殺せるってことだしな。それにてめぇもついでにぶっ殺せるなら願ったり叶ったりだぜ」

角の少年はヴァンを睨みつけた。

彼もヴァンによって賢者の石を埋め込まれているので、怨みはあるのだろう。

「どうせ暇だろう?」

「まぁ……もうゲーム運営はどうでもよくなっちゃってるけどさ」

「もし負けて死んじゃってもさ。どうせ世界はやり直されるんだから、元通りだよ」

ミツキは実に気軽に言った。彼にとって、世界がやり直されるのは既定路線のようだ。何が起ころうと最終的には夜霧は死に、世界は以前の状態に戻ると確信しているらしい。

「気軽に言ってくれるなぁ……まあそれでじいちゃんが楽しいならいいよ」

驚きはしたようだが、ヴァンもそれほど深刻には受け止めていないようだった。

「なあ、俺もいいか?」

全身を覆うようなボディスーツを着た青年が言った。

明らかにこの世界にはない滑らかな材質でできていて、各所に硬質的な部品も配置されている。花川には、ＳＦに出てくるような戦闘服か、スマートな宇宙服のように思えた。

「うん。でも、わざわざ訊くってことは、君も能力以外のお願いなのかな？」

「まあな。俺の力って大規模なんだよ。まともに使ったら星の一つも吹っ飛ぶようなやつなんだけど、一対一とかできそうにないんだよな。一気にまとめて倒してもいいのか確認しときたいんだけど」

「なるほど。実際にそうできるかはともかくとして、それがありなら勝ち抜き戦の意味がないね。じゃあ戦闘は他に影響が出ない別空間ですることにしよう。そんな調整はできるかな？」

「できるよ。元々チャンネルを分ける設定はあるし。対戦開始は……パーティ間の距離が十メートル以内になったとき、でいいか」

ミツキに訊かれてヴァンが答えた。

「その、簡単に思いつくところとしては複数のパーティと同時に十メートル以内になった、なんてこともありうると思うのでござるが？」

「事細かに決めるのも面倒だからね。例外についてはその都度僕が判断して適切に処理するよ」

話はそれで終わりなのか、ヴァンは黒いゲートに向かった。薄い板状のゲートを通り、ヴァンの姿が消える。

続いて、冒険者たちもゲートを通っていった。

少しでも有利に事を進めたいのなら、先にゲートを通って最終エリアの様子を確認し、作戦を考えるべきだろう。だが、皆に焦っている様子はなかった。行儀良く、順番にゲートを通っていくだけだ。彼らには自信があるのだろう。夜霧の能力に対抗し、殺すことができると思っているのだ。

——拙者たち、とりあえず高遠殿と合流しようとしてただけだというのに、なぜこんなことになってるでござる？

どこで何を間違えたのか。

振り返ってみれば反省点はいろいろとありそうだが、とりあえずは流れに身を任せるしかない。

花川もゲートに入った。

出た先は、森の中だった。

「雲の上みたいな話でしたが、そんなファンタジーな場所とは思えませんネ！」

「先に入った人たちはいませんね」

「それはそうなんでござるが……なんで大賢者様もここにいるのでござる？」

花川、諒子、キャロルが揃っているので転移はパーティ単位なのだろう。だが、それに加えて大賢者ミツキまで傍にいるのだった。

「能力をあげるって話だよ。人前でする話じゃないから個別にしようと思ってさ」

「ははぁ。もらえるものならもらいますが、先着十名という話だったでござるよね？　拙者らかなり後のほうだったかと思うのでござるが」

花川たちが屋上に着いたときには、生き残りの冒険者はほとんど揃っていた。花川より後からやってきたのは、ルーたちぐらいのものだろう。

「そうなんだけど、いらないって言う人が結構いてさ」

「いる！　いるでござるよ！」

「そういうわけで、君たちに順番が回ってきた。能力はあと二つ。屋上に来た順だと……その子と君だね」

思い出したのか、そういった情報にアクセスできるのか。ミツキは少し考えたあとに、キャロルと花川を指さした。

屋上に到達した順番ということであればそうなるのだろう。キャロルは鉤縄で先行していて、花川は糸で運ばれてセレスティーナたちよりも先に着いたのだ。

「さあ、どんな力が欲しい？」

「んー……」

キャロルが考えはじめた。能力がもらえると言われて即断もできないだろうし、当然だろう。

「五分以内で決めてくれるかな。もう戦いが始まるから、そんなには待たせられないんだよ」

「ちょっ！　それって二人で五分てことでござるか!?」

「君は君で考えておけばいいだろう？」

「そうでござるけど！」

「能力ってどんなんでもいいんでござるかね？」

「いいけど目的は忘れないでほしいな。あくまで高遠夜霧を倒すためだからあまりにも無関係な能力だと承服しかねるけど」

「ということは、拙者が宇宙一のイケメンで、拙者とエッチなことをするのがこのうえない喜びになるという世界に改変とかは駄目なんでござるか!?」

「なんというか……早めに殺しておいたほうがいい気がしてきたんですが……」

諒子がゴミを見るような目で花川を見ていた。

「じゃあ決めましたよ！　能力無効化でいいデース！　どんなのも、たとえば大賢者から与えられた能力であっても全部無効化でーす！」

「いいよ」

「これで、そこの丸いゴミ、じゃなくて花川がこの後にどんな能力を望んでも無効化できますよね？」

「そうだね。そういうルールになるね。じゃあ詳しい説明はこれを見てね」

ミツキは小さな用紙をキャロルに渡した。

「な、なんですと!?　じゃあこれまで散々虐げられた拙者の下剋上《げこくじょう》！　諒子たんとキャロルたんをわからせるというのができないのでござるか!?」

「なんとなく嫌な予感がしたので屋上に先行したのは正解だったデスネー！」

「じゃあどんな能力にすればいいんでござるか！」

「ふむふむ……これを見た感じだといろいろ制限もあるから、花川はもうちょっと考えたほうがいいかもしれませんよ？　まあ、私たちに何かしようとしても無効ですけどネ！」

「制限！　どんな能力でもいいんじゃないんでござる!?　後出しでそれはずるくないでござるか!?」

「そう言われても、論理的に矛盾することは実現できないし、無限にエネルギーを調達するのも不可能だろう？」

――ここはどうするべきでござる？　あまり真面目に考えてなかったのでござるが？　やはり高遠殿を殺せる能力でござるか？　倒せば大賢者もその後の人生に便宜を図ってくれたりもするでござろう？　って、攻撃系の能力をいくら考えたところで返り討ちにあうだけかと思うのですが！高遠殿を攻略するなら搦《から》め手《て》でござるかね？　いや、無理はしないほうがいいでござるよ。高遠殿の攻撃対象にならないように立ち回れる能力のほうがいいのでは？　それならいろいろできる万能系のほうがいいんでござるかね？　そのほうが応用が利く？　ですが、そういうのは器用貧乏といいますか、思わぬ落とし穴とかがありそうでござる。制限あるとか言ってるでござるし！　それにリソースでござるか？　そんなこと言われてもよくわからんのでござるよ！　あああ！　もっと考える時間がないと無理でござる！　とにかく！　高遠殿が帰るにせよ、死ぬにせよ、拙者にとって重要なのはその後でござる！　つまり、最後まで生き抜ける能力と、その後を有利に生き抜く力でござる！　ってどうしろというのでござるかぁ！

「時間切れだね」

「……へ？」

「これ以上皆を待たせたくないし、僕も待ってるのは退屈になってきたよ」

「そんな！　じゃあ拙者の能力はどうなるでござるよ！」

「何もなしも可哀想だから僕が適当に選んだ能力をあげるよ。使い方はこれを見てくれるかな」

ミツキがメモを渡してきた。

花川が受け取ると、ミツキの姿が消えた。

『ラスボクエスト、最終ステージ、第一ラウンド開始！』

空に文字が浮かび上がり、どこからともなく開始を告げる声が聞こえてきた。

9話　幕間　朝だよ、お兄ちゃん！　学校に遅れちゃうよ！

それは、いつかどこかにあった世界でのこと。具体的に、よりわかりやすく言うならば、現代日本に似通った世界での話だ。

それは似ているだけであって、たとえば夜霧たちがいた世界と直接の関係はない。平行世界なのかもしれないし、いずれかの時点から分岐した少し違う世界なのかもしれないし、偶然の産物で同じように生物が進化し、文明が発展した世界なのかもしれないが、いずれにせよ後に大賢者となるミツキは、そんな世界で生まれたのだった。

＊＊＊＊＊

ミツキが目覚めると、少女の顔が目の前にあった。

「……おはよう?」

寝ぼけた頭ではすぐに状況が理解できなかったが、どういうわけか制服姿のユメノが覆い被さっユメノの顔がやけに近く、不思議に思って見つめていると、ユメノは慌てて身体を起こした。

「お、おはよう!?　朝だよ、お兄ちゃん!　学校に遅れちゃうよ!」

「ん?　ああ……ありがとう」

壁の時計を見れば、起床時間の少し前だ。もう少しで目覚まし時計がなるため、起こされなくても大丈夫なのだが、起こしにきてくれたのなら礼は言っておくべきだろう。

「ちょっとっ!　何やってんのよ、あんたたちっ!」

まだぼんやりとしたままでいると窓が開き、隣家に住む幼馴染《おさなじ》みのリオが怒鳴り込んできた。

隣家とはベランダが近接しているため、気楽に行き来ができるのだ。

「おはよう。何って起こされてたんだけど」

「そうですぅ!　起こしてただけですぅ!」

「なんで!　乗っかる必要があんのよっ!」

「そういえば、そうだね」

ミツキは腰のあたりに乗ったままだったユメノをそっと押しやってから身体を起こした。

「まったくっ!　油断も隙もないわねっ!」

「というか、リオちゃんこそ何しにきたわけ?」

「わ、私も起こしにきたのよ!　ほっといたらいつまでも寝てるからねっ!」

「いや……さすがに目覚ましをかけてるからそんなことは……」

だが、何かにつけて世話を焼いてくれる二人を迷惑に思っているわけではない。むしろありがたいことだと思っていた。

「あの、着替えるから出てってくれないかな？」

「あ、ごめん」

二人は扉から出ていったが、窓から入ってきたリオまで階下へ下りていったのはよくわからなかった。

制服に着替えて一階のダイニングに行くとメイド姿の少女、アカネが待ち構えていた。

「おはようございます。朝食の準備ができております」

「うん。ありがとう」

「食事の用意ぐらい私にだってできるのに、なんでこんなことに……」

ユメノはそう言うが、彼女の料理技術は褒められたものではないためミツキとしては助かっている。

ミツキの両親は海外出張中でしばらく帰ってこない。その間に身の回りの世話をするために雇われたのがアカネだった。

家政婦が来るというから中年女性だとばかり思っていたのだが、なぜかミツキと同年代で、しかも泊まり込みで家事全般をこなしてくれている。

「ていうか、なんでリオちゃんまで朝ごはん食べてんの!?」

「いいじゃない。ついでなんだし」

朝食を食べ学校に向かうべく玄関に行くと、義妹のユメノ、幼馴染みのリオ、メイド服から制服に着替えたアカネもついてきた。皆、ミツキと同じ学校の生徒なのだ。

外に出ると、家の前には黒塗りの高級外車が停まっていた。

「ミツキ様！　おはようございますですわ！」

車の傍にいるのは、クラスメイトのレイカだった。

見てのとおりと言ってしまうと若干侮蔑的な意味合いが出てきてしまうかもしれないが、レイカはお嬢様だ。

「レイカ。一緒に登校するのはいいんだけど、車で来られるのはちょっと……」

「そうよ！　道が狭いんだからちょっとは考えなさいよ！」

「大丈夫ですわ！　周辺住民の方には許可をいただいておりますので」

「周辺住民の私は聞いてないですけど!?」

「まあ！　これは失礼いたしました。世帯主の方にお話を通しておけばよろしいかと思っていたのですが……今後の参考にさせていただきますわ」

「それ、何?」

「とりあえず、リオさんにも許可をいただこうかと」

レイカは札束を手にしていた。実に生々しい限りだ。

「いらないわよ、そんなの！　行くわよ！」

リオが怒りながら歩いていく。ミツキはその後についていき、仲の良い女子たちもさらにその後ろにぞろぞろとついてきた。

少しばかりおかしな光景かもしれないがこれがミツキの日常だった。

しかし、そんな日常は唐突に打ち破られた。

それは正に青天の霹靂《へきれき》で、雲一つない穏やかな空から突如として雷が落ちたのだ。

ミツキの目前、数歩先への落雷。一つ間違えばミツキは死んでいただろう。

アスファルトには亀裂が走り、砕けた破片が周囲に撒き散らされている。その落下地点に、女の子が立っていた。

白い貫頭衣を着た小さな女の子だ。

「うむ！　こうやって近くに寄ってみれば見た目がよいのはもちろんのこと、芳醇《ほうじゅん》な香りがするな！　たまらぬ！」

ミツキたちは固まっていた。

至近距離に雷が落ちたのだ。驚愕《きょうがく》し混乱するのは当然のことだし、そのうえ突然女の子まで出現したとなれば理解が追いつかないのも当たり前のことだ。

「さて。あまりのんびりもしておられんか。こやつが覚醒したことに気付いた者は他にもおるだろうし、邪魔が入る前にとっとと連れていくことにしよう」

とても美しい少女が近づいてくる。

ミツキは何もできなかった。ただ、その歩みを見ていることしかできなかったのだ。

そして、さらなる破壊が巻き起こった。

爆発と衝撃と粉塵《ふんじん》。結果から見れば、それは横から一直線にやってきて、目の前の少女を蹴り飛ばしたのだ。

家々が倒壊し、塀が砕け、瓦礫が派手にばらけ飛ぶ。

それを間近で見ていたミツキたちが無傷で済んだのは奇跡なのだろう。瓦礫はミツキたちに直撃しそうになったのに、逸れていったのだ。

「何が……起こってるの……？」

「さぁ……何がなんだか……」

リオが呆然《ぼうぜん》と言うも、ミツキにもわけがわからない。

「何者かは知らんが、妾《わらわ》の邪魔とはな！　その胆力は褒めてやろう！」

「消滅させるつもりで蹴ったのですが……これで決着がつかないとなると困りましたね」

白い少女が感心したように言うと、後からやってきた赤い服の女が苦笑していた。

「安心せよ。妾に喧嘩《けんか》を売った以上、中途半端は許さん。お主の完全敗北まで付き合ってやるわ！」

「私も決着をつけて速やかに立ち去りたいところなんですが……もうお一方《ひとかた》も来てしまいましたので」

赤い女が、白い少女の背後を見て言う。

ミツキがそちらに目を向けると、青い服の女が降臨してきていた。天上から眩いばかりの光が降り注いでいて、光の中をゆっくりと降りてくるのだ。

「ちっ……面倒なことになりおった……」

白い少女が苦々しい声で言った。

そう思うのは、ミツキも同じだった。

＊＊＊＊

世界は天盤の中にあり、天盤は〝海〟の中にある。

〝海〟は広大で、そこには無数の天盤が存在しているが、さらに外側の世界があることは想像に難くない。

世界の外には、さらに外があり、それらを含む外も存在する。基本的な法則すら異なる世界が複雑に絡み合う入れ子構造。そんなものが世界全体であるらしい。

らしいというのは、全てを確認できるわけもないからだ。

とはいえ、これが全てだとされているものがある。これらの世界に存在する最上位の知的生命体の認識の及ぶ限りの範囲。便宜上、究極集合世界と呼ばれているのがそれだ。

それぞれの世界は基本的な法則が似たようなものもあればまったく別のものもあり、全てを統一的に表すことはできない。

つまり、ある世界では例外とされることでも別の世界にすればごく当然のことがあるのだが、そんな例外の中にあって全ての世界において例外とされる事象が存在する。

それはただ、〝例外〟と呼ばれていた。特別な名などなく、文脈の中でそうと意識されるだけの存在。あえて名付ける必要がないほどの、ごく少数の存在だ。

それは、一つ一つは取るに足らない存在であり、ただその特性が全世界において共通的に作用するというだけのものだった。

大賢者ミツキも、そんな〝例外〟の一つだったのだ。

ミツキのそれは、どんな存在にも好意を持たれるという特性だった。

相手によってその効果は様々で、男性に対してはそれほどでもなかったりはするのだが、特に効果を発揮したのが女神に対してだった。

女神。神に類するものの内、女性である存在。世界を創造し支配する最上位知性体に、特定世界のごく一部の生物の特徴である性別があるというのは不思議な話ではある。だが、これは強い人間原理に類するものによって説明が可能だった。

つまり、究極集合世界における神とはそのようなものなのだ。そのような特徴を持つ神にとって都合の良い世界群、別の言い方をすればそのような存在によって観測されているのが究極集合世界であり、それらの世界では男女の性別を持つ神が存在していることが大前提となっているのだ。

その、最上位の知性体である女神たちが、ミツキの存在に気付いた。

その三体の女神が後にアレクシア、ＵＥＧ、ルーと呼ばれることになるのだが、このことがミツキの数奇な運命を決定づけた。

これが一体であったなら、ミツキは囚われ、永遠に愛でられることになっただろう。

だが、そうはならなかった。

三体の女神たちは、ミツキを巡って争いを始めたのだ。

同等の力を持つ三女神による三《み》つ巴《どもえ》。

誰もミツキには直接の手出しができなくなり、ミツキの寵愛《ちょうあい》を誰が受けるかは、真にミツキ次第となってしまった。

仕方なく三女神は協定を結び、ミツキと接触できるのは他女神の監視のもと、一定の時間だけということになる。

その後、三女神はミツキの歓心を得るために、できうる限りのことをした。

贈り物をし、力を与え、望みを叶える。

世界は激変した。大陸は形を変え、そこに住む人々の暮らしも文明も根底から覆された。ただ、ミツキを喜ばせるためにと、女神たちはあらゆることをやったのだ。

女神たちは熱狂し、狂騒した。それはまさに恋狂いといってよかった。

ミツキに愛されることができるならば他には何もいらない。全てを捧《ささ》げてもいい、己などどうなってもいいと、そう思うようになるまでにさほどの時間はかからず、最初にそうしたのがアレクシアだった。

一見、アレクシアの一人負けのように見える状況にはなった。

だが、ミツキはその時点で、他の女神たちからも少しは力を分け与えられていたのだ。

女神の力がそれぞれ１００だとしよう。恋の鞘当《さやあ》てにおいてどの女神もミツキに10の力を与えている状況だった。ミツキの歓心を得るために力を与えるのはいいとして、与え過ぎれば他の女神に優越されることになる。そのため力の贈与は慎重に少しずつ行われていたのだが、そこでアレクシアが一気に80の力を与えたのだ。

つまりミツキの力が１１０、アレクシアが10、ＵＥＧが90、ルーが90。そんなバランスになってしまった。

確かにアレクシアは弱体化し、恋愛闘争からは脱落したかのようになった。だが、女神たちよりもミツキのほうが力があるという状況になってしまったのだ。

当事者ではあるものの半ば傍観していたミツキだったが、こうなってくると話は変わる。

元々惚《ほ》れられやすく、常に異性が身の回りにいてあれこれと関わってくる人生ではあったが、さすがにこの状況にはミツキもうんざりしていたのだ。

ミツキは、その力をアレクシアに貸し与えた。力を投げ出し、全てを捧げたアレクシアに同情したのだ。

協定は破棄され、三女神による乱戦が始まった。

力が拮抗《きっこう》しているなら千日手に陥ることもあるが、三割も力が違えば勝敗は決まり切っている。

二体の女神が協力すれば対抗できたかもしれないが、元々協力しあうような関係でもなく、アレクシアはそれぞれを個別撃破した。

こうして、ミツキは自由の身となった。

ついでとばかりにほとんど全能の力を手に入れたミツキだが、元々はただ美しいだけの少年に過ぎない。

有り余るほどの力は正に持て余すしかなく、そこから長い試行錯誤の日々が始まるのだった。

ACT 2

10話　高遠夜霧はここだぁぁああ!!

アンティチェンバーエリア内に、どこからともなく説明の声が響いていた。

その声によれば、戦いはバトルロイヤル形式のトーナメントで、最後まで勝ち残ったパーティの勝利となるらしい。

戦いはパーティ間の距離が十メートル以内になったところから開始。それぞれのパーティは別チャンネルへと移動しそこで雌雄を決する。決着がつけば次のラウンドへ進むとのことだった。

対戦相手を死滅させれば勝利だが、同意があれば勝利条件を別に設定することもできる。参ったを宣言して、勝負をやめることも可能。

当初聞いていたラスボスのラスボを倒すという話でもなく、先ほどヴァンが言っていた百以上のパーティによる単純な殺し合いというわけでもないらしい。

どうせならすぐに決着がついたほうが楽でいいのに。それが夜霧の正直な気持ちだった。

「じゃあ、殺し合いをしなくてもいいかもしれないってこと?」

「無理じゃないかな。みんな俺を殺しにきてるんだろうし……あ、でも俺が目的なら、俺の死亡を勝利条件にすれば壇ノ浦《だんのうら》さんは――」

「別に私が助かりたいから言いだしたわけじゃないからね」

知千佳が強い語調で遮った。

「俺が死んだらまた世界をやり直すとか言ってるし、俺が負けた後のことを考えても意味がないか」

「そもそも、高遠くんが負けるところが想像……いや、想像はできるけど、実際は無理って感じ？」

「ルールによっては負けることもあるかもしれないけど、殺されることはないと思うよ」

「その、こんな状況で高遠くんが力を使うのは納得できてるの？」

知千佳が訊いてきた。

夜霧が力を使うのは身を守るためだ。だが、このルールで戦うなら、積極的に力を使う必要が出てくると思ってのことだろう。

「納得できてるわけじゃないけど、この戦いに参加してるってことなら相手も覚悟はできてると見做していいと思うよ」

おそらくは、全員が夜霧を殺すためにやってきている。だとすれば、身を守るために力を使うのはやむを得ないし、いつもと同じことだろう。

「わかった。私も覚悟するよ」

実際のところ、知千佳に何かをしてもらうつもりはない。夜霧が力を使うのだから、全ての責任は夜霧が負うべきなのだ。

だが、そう思いつつも、夜霧は知千佳の言葉を頼もしく感じていた。


『ラスボクエスト、最終ステージ、第一ラウンド開始！』


空中に文字が浮かび上がり、どこからともなく開始を告げる声が聞こえてきた。

参加者が揃ったのだろう。立ち上がろうとした夜霧は、机の上に先ほどまではなかった物があることに気付いた。

それは、賢者の石だった。

「え？　なんで？」

知千佳もそれが出現した瞬間を見ていないようだった。

「やっぱり一つは持っとけ、ってことかな？」

意図はわからなかったが、この先の展開で必要なのかもしれない。夜霧は賢者の石をリュックサックに入れてから立ち上がった。知千佳も立ち上がり、二人は出口らしき扉へと向かう。

扉を開くと、そこは森だった。

「今さらこれぐらいじゃ驚かないよね……」

「まぁ……瞬間移動の類は散々あったからなぁ……」

いきなり別の場所にいるぐらいのことに、二人は慣れ過ぎていた。

だが、夜霧はそれでも知千佳の手を握った。意味があるのかはわからないが、そうしていれば別々の場所に飛んでしまわないだろうとなんとなく思っているからだ。

扉をくぐる。

二人は森の中に移動した。通ってきた扉は当然のように消えていて、振り返っても背後に建物はなかった。

ここは森の中にある道の上のようだった。一直線に、木々の生えていない空間が続いているのだ。

「ここは雲の上ってことでいいのか？」

『さて。これだけ適当に場所移動させられてしまうと、実際の位置にはさほど意味はない気がするが……まあわかる範囲で確認してみるか』

いつものように、もこもこが上空に飛んでいき、戻ってきて今度は地面へ潜っていく。

しばらく待っていると、地面からもこもこが現れた。

『天空の城、と言っていい場所のようだ。大雑把に構造を言うと、直径二キロほどの岩盤が浮いていて、周りは前後左右どこも雲になっている。雲の中に空洞があって、そこにあるようなイメージだな。岩盤の上には森や草原、湖などがあり、中央には城下街と城がある』

「直径二キロの円状の場所に、１００パーティぐらいいるとして……適当に歩いてて遭遇するものかな？」

『隠れようと思えばいくらでも隠れられそうではあるし、積極的に探せば見つけられそうでもある』

「何にも言ってないに等しいな！」

『どうとも言えぬだろうが、こんな状況！』

「誰か見かけなかった？」

『開けた場所でのほほんとしておる者はおらんかったな』

さすがに簡単に見つかる場所に姿をさらしている者はいないようだった。

「けっきょくは戦わないといけないんだし、逃げ隠れしても仕方ないよな。となるとこちらからどうやって探すか」

「それは相手も一緒なんじゃないの？　みんな高遠くんを狙ってるわけだし」

「それもそうか。じゃあ大声をあげてみようか。でも、俺はそんなに声を張れないんだけど」

「私か。まあ、いいけどさ」

知千佳が大きく息を吸い、一気に解き放った。

「高遠夜霧はここだぁぁああ!!」

鼓膜が破れるかと思うほどの大音量が知千佳から発せられ、そのあまりの大声に夜霧は仰天した。

慌てて耳を押さえたが時すでに遅く、耳鳴りを避けることはできなかった。

「あ、ごめん」

しばらくして落ち着いたところで夜霧は耳から手を離した。

「……すごいな」

『今のは全方位に放ったわけだが、指向性を加えればちょっとした遠距離攻撃にもなるぞ！』

なぜかもこもこがドヤ顔になっていた。

「指向性って……人間にそんなことができるの？」

「まぁ……こんな感じ？」

耳元で囁《ささや》かれたように感じて夜霧はぞわりとした。

「壇ノ浦さんっていろいろすごいよな」

『うむ。本当にいろいろすごいのだが、異世界などという環境では驚いたりぼへぇっとしたりするだけでまるで活用できておらん！』

「そんなこと言われたってさぁ。ようやく慣れてきた感じはあるけど、異世界で実力を出し切るなんて普通できないと思うよ？」

『それは壇ノ浦流そもそもの課題でもあるな。まさか異世界などという根本的なルールの異なる状況までは想定しておらんかったからな』

「それは想定しなくてもいいんじゃ……こんなこと二度とあってほしくないしさ……」

『それはそうと、何組かやってきてるようだぞ？』

夜霧はキョロキョロとあたりを見回した。

前後の道に敵らしき姿はないので、森の中からやってきているのだろう。だが、耳が麻痺《まひ》していて音で何者かの気配を探ることはできなかった。

では、夜霧よりも感覚の鋭いであろう知千佳なら敵の居場所を認識できているのかといえば、知千佳もキョロキョロとあたりを見回していた。

「自分の声で耳が麻痺して……」

『加減は必要だが？』

「だよね！　ごめんね、あほみたいに大声出して！」

「向こうから来てくれるなら問題ないよ」

意味があるかはわからないが、夜霧は一方の森を見た。夜霧の意図を酌んだのか、知千佳は反対側の森を見ている。

夜霧が待ち構えていると、森の奥に人影が見えた。

「あれ？　花川？」

その特徴的な体型で、瞬時に認識できた。

花川の後ろにいるのは諒子とキャロルだろう。そう思った瞬間に彼らの姿が消えた。

「高遠くん！」

知千佳が道の先を見ている。

髪を縦ロールにした貴族風の女が立っていた。

森の中から出てきたのがそのあたりで、そこが夜霧たちから十メートルの距離なのだろう。

つまり、花川が消えたのではなく、夜霧たちとその対戦相手が別チャンネルへと移動したのだ。

風景に変わりはないので、街と同じでまったく同じ場所がいくつも用意されているようだ。

「さっき花川くんとか言ってなかった？」

「ちらっと見かけたんだけど、まあそれはいいとして」

「いいんだ」

「戦うとして、勝敗はどうやってつけるんだ？」

これまでのことを考えれば、殺し合いになるのだろう。だが、先ほど聞いたルールでは、それ以外の条件で勝敗を決めることも可能ということだった。

「おーほっほっほっ！　私は、どちらかが死滅するまで戦うデスマッチを提案いたしますわ！」

縦ロールの女が、高笑いしながら言った。

「うわぁ……なんなのこのお嬢様テンプレ感……」

知千佳の腰が若干引けていた。あまり関わりになりたくないとでも思っているようだ。

「なあ、それってデフォルトの条件だろ。勝利条件について相談しないか？」

「却下ですわ！」

即答だった。取り付く島もないとはこのことだろう。

「恨み骨髄！　あなたはズタズタのボロボロにして！　生まれてきたことを後悔させてやりますわ！　お覚悟なさって！」

怨みがあると言う割には、どこかご機嫌のようにも見える女だった。

＊＊＊＊

「高遠夜霧はここだぁぁああ!!」

とてつもない大音声が森に響き渡った。

「これは、知千佳たん？」

「壇ノ浦さん……でしょうか？」

花川たちは、これからどうするかと思案しているところだった。

「敵を探すのが面倒だから、来てもらうという作戦ですネ！」

「それは作戦なのかどうか……合流するという意味ではわかりやすいですが」

「合流して大丈夫なんでござるかね。とりあえず殺して、第二ラウンド進出！　とかされるのでは……」

「ぼうっとしてたら他のパーティに先を越されると思いますけどネ。とりあえず向かうしかないんじゃない？」

これだけの大声だ。確実に他のパーティにも届いているだろう。

そして、その言葉が事実かはともかく、高遠夜霧の名が出たとなれば確認しないわけにはいかないはずだった。

「あっちでござるね！」

花川たちは、声がしたほうへと駆けだした。

殺されるかもしれないなどと言いはしたが、いきなり殺されることはないと花川は踏んでいる。夜霧に会ってしまえばどうにでもなるだろうと楽観していたのだ。

木々をすり抜けながら、目的地へと最短距離で向かう。今の花川はモンクであり、身体能力も向上していた。森の中だからともたつくことはなく、軽やかに移動することができるのだ。

前方で森が途切れていて道らしきものがある。そこに夜霧と知千佳らしき人物の姿が見えた。間に合った。

だが、そう思ったのも束の間、二人の姿は唐突に消えてしまった。

そのまま道へ躍り出たが、やはり二人の姿はない。

「これは……」

「先を越されましたネ」

「なるほど。チャンネル移動をしたということでござるか」

あたりを見回すが、夜霧たちの気配はどこにもなかった。

地面を見てみれば誰かがいた痕跡ぐらいはあるが、どこに行ったかなどわかるわけもない。

「そうなると高遠さんたちと合流するには第二ラウンドに行くしかないですね」

「ではどうしたものでござろう？」

「ここで待ってれば誰か来るんじゃないですカ？」

「なるほど。あの声を聞けば、皆ここに集まってくるはずでござるしね」

耳を澄ましてみれば、全方位から草擦れの音が聞こえてくる。

かなりの数のパーティがここを目指して集まってきているようだ。

そして、森から影が飛び出してきた。

ほんのわずかにあたりの光景がぶれ、すぐに収まった。

現れたパーティと十メートル以内となり、チャンネル移動が行われたのだろう。

「ちっ。お前らが俺の相手か」

「これは……」

花川は少々とまどった。

現れたのが小さな子供たちだったからだ。

「なんというか、実にやりにくい相手でござるな……」

先頭に立っている少年は十歳ぐらいだろう。背後には五、六歳ぐらいに見える幼女が二人と、さらに幼い男の子が一人。

先頭の少年がリーダーのようで、実に生意気そうな顔をしている。

「とてもカワイイですネ！」

「そうなんでござるが……こんなのいたでござるか？」

屋上では離れて警戒していたパーティなのだろう。なぜなら、近くで見ていれば忘れようがないからだ。

彼らは、頭部に猫耳が生えている猫型獣人だった。

11話　そんなキャラなのに悪役令嬢知らないの!?

「突然だけど」

「君は転生するよ！」

「はい？」

真っ白な空間の中、二人の少女に言われて田中悠利依菜《たなかゆりいな》はとまどった。

前後の脈絡なく、唐突にこんなことになっていたからだ。

「どういうことかしら？　まったく意味がわからないのですけど」

だが、こんな状況であっても悠利依菜はわめき散らしたりはしなかった。それは上流階級の人間の振るまいではないと思ったからだ。

もっとも、田中悠利依菜は上流階級などとは縁のない一般的なサラリーマン家庭の生まれなので、そうありたいと心に決めているだけなのだが。

「死因聞きたい？」

「そんなに面白くないと思うけど」

少女たちは同じ顔で、同じような格好をしていた。違いがあるとすれば、若干髪の色が違うぐらいだろう。

どちらも可憐《かれん》で、可愛らしい少女だった。

「死んでいるというのは前提であり、確定事項なんですのね」

死んだ自覚はまったくなかった。

だが、以前のことを思い出そうとしても頭に靄《もや》がかかったようになっている。

記憶がひどく曖昧になっているのだ。

幼いころのほうがまだ覚えていて、高校生ぐらいのことになるともうほとんど覚えていなかった。

高校に入学はしたはずだが、今も高校生なのか、それとも卒業しているのかもわからないぐらいだ。

「まあ、そこらへんを漂ってた魂を拾ってきただけだから」

「君が知らないなら、わかんないんだけどねー」

「訊きたいことはたくさんありますが、まずあなた方は何なのです？」

「マルナです！」

マルナと名乗った少女がくるりと回る。

「リルナです！」

リルナと名乗った少女もくるりと回る。

「二人合わせてっ！　マルナリルナです！　いぇい！」

マルナとリルナは息の合った動きで、手を叩き合わせた。

「その、名前以外何もわからないのですけれど？」

「やることに意味を求められても困るよ」

「だって面白そうだから以外の理由はないからね！」

マルナとリルナは神だ。

なぜか悠利依菜はそう確信していた。

神はいちいち、自分が神であることを説明などしないのだろう。人は、神と相対したなら、そうとわかるものなのだ。

「ふぅ……わかりました。意味や理由を問うても無駄ということですわね。では、これから私はどうなるのです？」

「悪役令嬢になってもらうよ！」

「ざまぁで断罪で無自覚愛されだよ！」

「なぜ？　と問うのは無意味でしたわね。ですが悪役令嬢とは？」

「え？　そんなキャラなのに悪役令嬢知らないの!?」

「アニメとかやってたでしょ？」

「小説とか漫画とかで読まなかった？」

そう言われても知らないものは知らない。

すると、マルナリルナが簡単に説明を始めた。

それは、乙女ゲームに登場するキャラクターの一類型であり、主人公を迫害する立場にあって、最終的には主人公に負けてその地位を追われたり、処刑されたりする役割のキャラを指す名称なのだそうだ。

そして、その悪役令嬢に転生した者が主人公として本来の主人公からヒーローを寝取ったりするジャンルのことを悪役令嬢モノと言ったりするらしい。

「なるほど？　では、私は何かのゲームの世界に行くということでしょうか？」

「うん。そうできればよかったんだけど」

「実は悪役令嬢が登場する乙女ゲーってのが実際にはなくってさ」

「……存在しないのに、そんな物語がメジャーになっているというのですか？」

「不思議だよね！」

「だから、それっぽい状況をお膳立てしてみたよ！」

マルナリルナが支配する世界にはいくつもの国があるらしい。

そんな中にはいかにも悪役令嬢的な立ち位置の令嬢もいるらしく、その令嬢に悠利依菜の魂を押し込めようというのがマルナリルナの計画だった。

「元の令嬢の魂はどうなるのですか？」

「消すよ。混ざるとややこしいし」

「それと、君を選んだのは令嬢っぽいキャラだったからだよ」

神のすることだ。文句を言ったところで仕方がないのだろう。真っ白な謎空間にいて、全てを神に支配されているのだから、従うしかなさそうだった。

「事情はわかりました。ですが、私は悪役令嬢とやらになってどうすればいいのですか？　先ほどのお話のとおりであれば、罪を暴かれ処刑されて終わりではないのですか？」

「そこでチートだよ」

「チート？　ズルとか騙《だま》すとかそういった意味の言葉ですわよね？」

「チート能力。ズルいぐらいの素敵な能力だね」

「それをあげるから、その力でどうにかしてくれるかな？」

当然、拒否できるわけもなく、悠利依菜はそれを受け入れるしかなかった。

＊＊＊＊＊

悠利依菜は取り押さえられていた。

後ろ手にねじり上げられ、床に押しつけられている。

およそ、令嬢に対する扱いとは思えなかったが、根回しは十分に済んでいるということなのだろう。

何かのパーティなのか、着飾った者たちが大勢いるようだが、誰一人として悠利依菜を助けようとはしていなかった。

「ユリリカ・ラ・トリオール。不思議そうな顔をしているが、まさか自らの罪を自覚していないのか?」

そう言うのは、一際華麗な服に身を包んだ青年だった。

罪も何も、ここがどこで、話しかけてきているのが誰かもわからない。

このとき、悠利依菜が考えていたのは、名前が似ているからマルナリルナに選ばれたのかということだった。

――ユリリカ・ラ・トリオール。しっくりときませんわね。

何度か反芻《はんすう》してみたが自分のこととは思えなかった。ならば自分は田中悠利依菜のままでいいだろうと考えた。

「まさかこんなところで取り押さえられるとは思っていなかったか。残念だったな。アイリスにしたことの証拠は全て押さえてあるし、逮捕状も発行済みだ」

青年の傍にいる、軍服らしき格好の男が一枚の用紙を示してきた。

それが逮捕状なのだろう。何やら書かれているが、悠利依菜にはさっぱり理解できなかった。言葉は理解できても、文字は理解できない状態のようだ。

アイリスというのは、青年の腕に軽く摑まっている、気弱そうな女のことだろう。口ぶりからすると、ユリリカが彼女に何かしたらしいが、当然何も覚えてはいなかった。

「当然、婚約は破棄だ。残念だったな。嫉妬に狂った女の顚末《てんまつ》がこれだよ」

——まあ、何もわからないのなら、何も考える必要がないということですわ。

ごちゃごちゃと言っている彼らはただの障害物でしかない。政治的に、法律的に、倫理的に問題があるかなど知ったことではないのだ。ただ、自分を不当に拘束し、裁こうとしている者たちにむかつき、どうにかしてくれようと思うだけのことだった。

悠利依菜は腕に力を入れた。

あっさりと、押さえつけていた男が吹き飛んだ。天井にぶつかり、ぐしゃりと音を立て、床に落ちて動かなくなる。

「な！」

青年が呆然となっていた。

ユリリカはこのようなことができる少女ではなかったのだろう。現実をすぐには把握できていないという様子だ。

悠利依菜はゆっくりと立ち上がった。

「えーと、そちらの方がアイリスでよろしくて？」

「ひゃ、ひゃい……」

青年にしがみついている少女が、怯《おび》えた声で返事をした。

「で、そこの偉そうな方はどなたです？」

「な、なんだと！　あいつを捕らえろ！　いや、殺せ！　現行犯だ！」

「こんなか弱い女を相手に、ずいぶんと物々しいことですわね？」

青年の傍にいた兵士が抜刀する。合わせて部屋の片隅で様子を窺《うかが》っていた兵士たちも殺到してきた。

鋼の刃が、悠利依菜の頭部に叩き付けられる。

悠利依菜はまったく反応できなかった。悠利依菜は戦いの素人だ。殺意と共に振るわれた刃を躱《かわ》す術など持ってはいない。だが、取り立てて問題はなかった。

なぜなら、彼女の身体はとても頑健だからだ。マルナリルナに与えられたチートの一つが、このただ身体が頑丈というだけの能力だった。

何人もが、悠利依菜を切り裂き、突き刺そうとしてくる。だが、どれ一つとして彼女を傷付けるには至らなかった。ドレスがボロボロになっていくだけだったのだ。

――さすがに慣れてきましたわね。

動体視力も向上しているのか、慣れてしまえば兵士たちの動きを捉えるのは簡単だった。

悠利依菜は振り下ろされた刃を摑み取った。刃がぐしゃりと曲がる。そしてそのまま適当に投げ捨てた。

「ぎゃあああああ！」

飛んでいった刃が誰かに当たったようだが、悠利依菜は気にしなかった。向かってこない者をわざわざ殺そうとは思わないが、こんな状況になっているというのにぼんやりと残っているほうが悪いのだ。

剣を奪われた兵士がつんのめる。

悠利依菜は手を振り回した。武術の心得のない、適当に手を伸ばしただけの平手が兵士の頭部を捉える。

兵士は、回転しながら飛んでいった。その軌道上にいた者たちを巻き込みながら、一直線に壁に激突し、そのまま壁を突き抜けていった。

これもチートの一つ。ものすごく力が強いという能力だ。

殴り、蹴り。奪った剣を叩き付け、突き刺す。

これも慣れればどうということのない作業だった。何をされても痛くもなんともないのだ。落ち着いて、一つ一つ確実にこなしていけばいいだけのことだった。

「あなたは彼らを誉《ほ》め称《たた》えるべきでしょうね。途中から勝ち目のない相手だとわかっていたでしょうに、それでも果敢に挑んだのですから」

「お前は……お前はいったい何者だ……ユリリカじゃないのか……」

「私は田中悠利依菜。由緒正しい田中家の……特に由緒はなかったですわね。それで、あなたのお名前は？」

青年は怯え切り、口を閉ざしたままだった。

埒《らち》が明かないと思った悠利依菜は、アイリスへと近づいた。

「アイリスさん。こちらはどなた？」

「エルンスト・デ・マルティン様……マルティン王国の……第一王子様です」

「そう、エルンスト様……前後の事情はまったく存じ上げませんが……死んでくださいませ」

悠利依菜は、エルンストの頭頂部めがけて手刀を振り下ろした。エルンストには何が起こったのかまるでわからなかっただろう。彼は左右に真っ二つになり、血と臓物を派手にぶちまけた。

悠利依菜とアイリスは返り血で真っ赤に染まった。

「ひゃあああああ……」

アイリスがへたり込み、失禁した。

「アイリスさん」

「ふぁ、ふぁい……」

「ところで、ここはどこなのかしら？」

「王宮にあるホールです……」

「王宮……ということはどこかに王様もいらっしゃるのかしら？」

「は、はい……詳しい場所は存じ上げませんが……」

アイリスの立場はわからないが、王族というわけではなさそうだ。素朴な見た目からすると庶民の出なのかもしれなかった。

「そう、ありがとう」

悠利依菜は悠々と出口らしき場所へと向かいはじめた。もう、誰も悠利依菜を止めようとはしない。ほとんどの者は逃げ出し、あるいは腰を抜かしてへたり込んでいた。

「その……王様にどのような……」

アイリスが絞り出すようにして言った。案外、肝が据わっているのかもしれなかった。

「第一王子を殺したのですから無事では済まないでしょう？　ですから、先手を打とうかと思いまして。ほら、私、悪役令嬢らしいですから」

「悪役令嬢……もしかしてあなたも転生して……」

悠利依菜は足を止めた。

「あら？　あなたもなのかしら？」

「その……悪役令嬢ってこういうものではないのでは……？」

「私は何をどうしろとは言われておりませんわ。解釈は自由ではなくって？」

悠利依菜は再び歩きだした。

＊＊＊＊

それからの悠利依菜は、好き放題に、全てを力で押し通した。

悠利依菜は向かってきた者を全て倒し、王を倒し、国を乗っ取ったのだ。

もちろん、国を奪ったところで悠利依菜に政治的手腕など何一つない。悠利依菜の気まぐれで全てが決まる、最悪の独裁国家、田中王国が誕生したのだ。

悠利依菜にはバックボーンがない。転生前のことはろくに覚えていないし、ユリリカとしての人生も知らない。だから、なんでもできた。

民が貧困に喘《あえ》ごうと、飢え苦しもうと、戯れに殺されようと、特に何も感じなかった。

そもそも、国を維持するつもりすらないのだ。いつ滅びようと構わないと思っているのだから、何もかもがどうでもよかった。

そんな悠利依菜が唯一愛するのが猫だった。

人間ならあっさりと殺せる彼女だが、猫にだけはでれでれに甘かったのだ。

必然、人間よりも猫が優先される国となった。猫を傷付ければ死刑は当然として、猫の行く手を遮るだけでも死刑となり、人々が飢えていようが猫にだけは贅《ぜい》を尽くしたごちそうが与えられる国となったのだ。

悠利依菜に力を与えた神は、その後何も言ってこなかった。ならば、これで満足しているのだろう。

そして、悠利依菜の愛猫であるミーちゃんが唐突に死んだとき、悠利依菜の悪逆は終わった。

悠利依菜は生きる気力を失い、自室に閉じこもったのだ。

元々たいした意味もなく支配した国だ。その後どうなろうと知ったことではなかった。

しばらくして、世界のやり直しが起こり、大賢者の言葉により事情を悟った悠利依菜は激怒した。

ミーちゃんが死んだのは寿命だと思っていた。だが、それは高遠夜霧という少年の仕業だという。

赦せるわけがなかった。高遠夜霧を殺し世界をやり直す。それは、悠利依菜にとって当然のことだった。

＊＊＊＊＊

森の中。一直線に続く道の上で、夜霧は敵らしき女と対峙していた。

『高遠夜霧　ＶＳ　田中悠利依菜　ＦＩＧＨＴ!!』

空に文字が浮かび上がっていた。勝利条件について合意が得られなかったため、デフォルトの条件で対戦がスタートしたのだろう。

パーティ単位での戦闘ではあるが、名前は一人ずつなのでリーダーの名が表示されているようだ。

縦ロールの髪型で貴族風のドレスを着た女が田中悠利依菜で、名前からすると夜霧たちと同じく日本人のようだった。

「当然、俺の力は知っていて、攻略できるつもりで来てるんだよね？」

いきなり襲いかかってくるわけではなかったので、夜霧はとりあえず話をしてみることにした。

もしかすれば、よくわからないまま夜霧を殺しにやってきた可能性もあるかと思ったのだ。

「当然ですわ！　即死能力ですって？　そんなもの全ての攻撃に耐性を持つ私に通用するはずなどないでしょう？」

悠利依菜が馬鹿にするように言った。実際、夜霧のことを見下しているのだろう。身長は夜霧よりも低いが、その視座はとても高い位置にありそうだった。

「戦いたくないというのなら自害なさいな。そうすればミーちゃんは蘇《よみがえ》るのですから！　いえ、やはり私のこの手で八つ裂きにでもしないと気が済みませんわ！」

「わかったよ。戦おう」

そうは言うものの、夜霧は特に動きを見せなかった。

倒すべき敵だとは思うものの、自分から積極的に攻撃を仕掛けようとは思わなかったのだ。

「これ、私はどうしてたらいいんだろう……」

『うむ……敵は一人だからな。戦場の支配者が使えぬこともないが、これ、敵が了承せんと発動せんしな……』

「その条件に多大な問題があるよね……相手が嫌だって言ったら使えないわけだし……」

『仕方なかろうが。全ての能力を無効化するとなると、それぐらいの制約は必要になってくるのだ』

「そもそも、あいつが殺したいのは俺だからね。壇ノ浦さんは見といてよ」

この場合、夜霧が戦うからといって知千佳をこの場から離れさせる必要はない。近くにいてもらったほうが守るためには都合がいいのだ。

そして、悠利依菜の姿が消えた。

突風が夜霧の傍を通り抜けた。

背後から地面を擦るような音が聞こえる。

振り向けば、倒れた悠利依菜がゴロゴロと地面の上を転がっていた。


『高遠夜霧　ＷＩＮ！』


決着がついたと判定されたのか、空に文字が浮かび上がった。

「勝った」

「何の実感もないな！」

おそらく悠利依菜は目にも留まらぬ速さで接近してきたのだろう。夜霧はその動きをまるで認識できなかったが、その行動に対して自動的に能力が発動したのだ。

動きだしたところで悠利依菜は死に、その勢いのままず っ飛んでいったということのようだ。

悠利依菜の身体が消えた。

「え？　ここってさっきの部屋？」

周囲の様子が変わっていた。森の中ではなく、室内になっているのだ。

「アンティチェンバーエリアか」

どうやら、対戦終了後は次のラウンドまでアンティチェンバーエリアで待機するといった流れのようだった。

12話　私のフラッシュ眼鏡を使えばよかったものを

賢者シロウは城下街にいた。初期出現場所がここだったのだ。

実に面倒なことになったとシロウは思っていた。

シロウは積極的に活動する賢者ではない。特に何をするつもりもなく、安穏としていられればそれでいいというタイプであり、ヴァンのゲームに協力したのは侵略者《アグレッサー》対応を免除してくれるという話だったからだ。

ゲーム内で武器や防具を作って、ゲームバランスを調える。それだけで賢者としての義務から逃れられるのは願ったり叶ったりだったのだ。

どうせ最終的には大賢者が全てをやり直すのだから、負けようがさほどの問題はない。

さっさと負けてしまおうかとも思ったが、それも大賢者の望むところではないだろう。シロウの戦いが面白くなるかはわからないが、それなりに盛り上げる必要性はあるのかもしれなかった。

「よお！」

声だけが聞こえて、シロウはあたりを見回した。人影は見当たらなかった。声の主は建物の陰にでも隠れているようだ。

一瞬光景がぶれ、シロウは対戦用チャンネルへ移動した。つまり、姿は見えないが何者かが十メートル以内の距離にまでやってきたのだ。

「お互いが何者かもわからないまま戦いを始めるんですか？」

「雑な誘導だな！　お前の前には出ていかねぇよ。武器にされちまうからな！」

「どこかでお会いしましたか？」

「俺は魔王ゴルバギオン四天王、最弱のナルティンだ！」

「……覚えがないですね」

少し考えてみたが、そんな人物に心当たりはなかった。

「そういや前回は名乗ってなかったか？　ほら、お前が高遠夜霧に説明にきたときに、店売りレベルの剣にした奴だよ！」

「……武器にしたのなら、元に戻ることはないはずですが？」

シロウの能力は生物の武器化で、一度武器にしてしまえば元に戻ることはなかった。

「お前が武器にしたのは本体じゃねぇんだよ」

「なるほど。そういうこともあるんですね」

「つーわけで勝負な！　死ぬまでやろうぜ！」

「いいですよ。ただし武器化での無力化も死亡と判定していただきますが」

『賢者シロウ　ＶＳ　魔王ゴルバギオン　ＦＩＧＨＴ!!』


空に文字が浮かび上がった。

パーティのリーダーはゴルバギオンとやらなのだろう。やる気なのはナルティンのようだが、他の四天王もいると考えたほうがよさそうだった。

改めてあたりを見回したが、敵の気配はない。

武器化するには視界に収めなければならないのだが、そのことには敵も気付いているのだろう。周囲には建物が多く、死角も多かった。隠れようと思えばどこにでも隠れることができそうだ。

まずはこの環境をどうにかする必要がある。

シロウは花壇や植木鉢といった、目に付く場所にある植物を爆弾に変えた。ただの植物なのでそれほどの威力は見込めない。だがある程度まとまった数があれば話は変わってくる。それらは連鎖的に誘爆し、周囲の建物を吹き飛ばしたのだ。

爆煙と粉塵があたりに漂う。視界が遮られるので敵にとってはチャンスだろう。だが、動きは見られなかった。

しばらくして周囲が見渡せるようになった。建物は倒壊し、周囲は開けている。

敵はいなかった。少なくとも、現時点では周囲の建物に潜んでいたわけではないようだ。

「めんどくさい……」

襲ってくるのならさっさとすればいいのに、何をもったいつけているのか。シロウはこの状況を不気味だとか不穏だとは思っておらず、ただただ面倒に思っているだけだった。

「ヴァン。相手に戦う気がない場合はどうすればいいのですか？」

シロウはどこへともなく話しかけた。

『うーん。消極的な試合は面白くないからね。その場合は負けかな』

「だそうですよ？」

「うっぜぇ。運営頼りかよ！　これは作戦だよ！　おい運営！　だったら時間決めとけよ！」

声は聞こえてくるが、やはりどこにいるのかはわからなかった。

『じゃあ五分何もしなかったら負けで。今のところ何もしてないのは君のほうだからね？』

「わーったよ！」

シロウは再度あたりを見回した。

やはり敵はいないし、気配もない。そう思ったところで、後頭部に衝撃があった。

何かを喰らった。そして、それは額にまで貫通しているのだ。

そのまま前へと倒され、シロウはうつぶせになった。おそらくは針のようなものがシロウの頭部に突き刺さり、地面へと縫い付けられたようになっているのだ。

油断はしていなかった。先ほどまでは周囲に誰もいなかったはずであり、遠方からの攻撃には十分に注意していた。

「どこから出てきました？」

「地面」

「なるほど」

シロウは、ナルティィンが大量の魔物を呼び出したことを思い出していた。その際は、手に持っている巨大な柱から出てきていたが、地面を利用しても同じようなことができるのかもしれない。

「その程度じゃ死なねぇよな」

続けて後頭部に衝撃があり、鼻や口や頬を通って地面に何かが突き刺さる。どうあっても視界を封じたいようだった。

「体内に賢者の石がありましてね。これがある限りほとんど不死身のようなものなんですよ」

故にこの状況もさほど問題はなかった。

シロウは無理矢理身体を起こそうとした。

「あ、そ。だったら引きずり出してやるよ」

両手で地面を押して上体を起こそうとしたが、首のあたりを足で押さえつけられた。

背中に刃物が突き入れられる。

そして、勝負は決した。

カラリと音がして、剣と化した敵が地面に転がったのだ。

シロウは悠々と身体を起こした。シロウを地面に縫い止めていたのは返しのついた針だったのだろう。多少強引ではあったが、無理矢理に引き抜いたのだ。

立ち上がるころには頭部の傷は治っている。シロウは敵が変化した剣を拾い上げた。

この結果は単純な理由によるものだった。シロウの武器化は対象に触れることでも発動できるのだ。これはシロウが能動的に触れなくともよく、相手の近接攻撃を受けるなどの一瞬の接触でも問題はなかった。

「これならレアと言っていいと思いますよ」

そして、強烈な光が周囲を照らし出した。それはシロウの背後から放たれていて、それにもかかわらず何も見えなくなるほどの激しさだ。

「ふふっ……ナルティンもまどろっこしい。私のフラッシュ眼鏡を使えばよかったものを」

背後からの声。だが、振り向けば確実に目が潰れるほどの光が放射されているため、確認はできなかった。

「四天王のお仲間ですか？」

「はい。私は四天王の一人、英明のクレイズ」

「そういえばそちらのリーダーはゴルバギオンという方でしたね」

当然、ナルティンを倒すだけでは勝敗はつかないのだった。

シロウは、無造作にナルティンソードを背後へ向けて振った。もちろん敵がどこにいるかもわからないので当たるわけもない。

「ぎゃあああ！」

だが、背後から悲鳴が聞こえてきて、光が途絶えた。

シロウは振り向いた。

頭部に目が三対ある男が倒れていた。額から上が切り飛ばされていて、最上段の眼にかけられていた眼鏡も壊れている。光っていたのはその眼鏡のようだ。

ナルティンソードは遠隔攻撃が可能で、しかも自動的に敵を切り裂くといった効果まであるのだった。

クレイズの後ろには、岩のような肌の大男と、長い髪で顔を隠した女と、Tシャツにジーンズといった格好の黒髪の少年が立っていた。

「よお。俺がゴルバギオンだ。よろしくな」

黒髪の少年、ゴルバギオンが気さくに言ってきた。

おそらくゴルバギオンパーティの全員が視界に入っている。シロウは武器化の能力を使った。それでこの戦いは終わりだ。

だが、何も起こらなかった。何一つ変化はなかったのだ。

「おいおいおい。こっちは魔王だぞ？　そんなお手軽状態異常が通用するかよ」

「……だったらナルティンを助けてあげればよかったのに……」

ぼそりと女が言った。

「あれは男の勝負だろうが。タイマン張ってるのに余計なことできるかよ。つーわけで今度は俺と勝負な」

「私が次の相手だった気もしますが……まあいいでしょう。魔王様にお譲りいたしますよ」

額を断たれて死んだはずのクレイズが立ち上がっていたが、シロウは特に何も思わなかった。その程度では死なない者などいくらでもいるとわかっているからだ。

「四天王全員とやるのも面倒だろ。ちなみにこいつらは使い魔扱いだから、俺を殺さない限り勝負はつかねぇ」

「そうですか」

シロウは遠隔攻撃を放つと同時に距離を詰め、ゴルバギオンに斬りかかった。

賢者であるシロウの身体能力は常人の域を遥かに超えている。剣術も修めているので、近接戦闘もそれなりにはこなせた。

ゴルバギオンは遠隔攻撃を喰らうがままにし、ナルティンソードを掴み取った。

「これは直撃喰らったらまずい気がしてな。さすがは四天王を元にしただけはある」

「くっ！」

力を籠める。だが、びくともしなかった。放して距離を取ればいいのかもしれないが、現状で頼りになるのはこのナルティンソードぐらいであり、そう簡単に手放すことはできなかった。

「ちなみにこれってお前が死んだら元に戻るとかあるか？」

「ないですね。私が死のうがそのままです」

「じゃあ仕方ねぇな」

ゴルバギオンが力を籠《こ》めると、ナルティンソードは砕け折れた。

「これで四天王の枠が空いたわけで……お前を四天王にしてやるよ」

「正気ですか!?」

シロウも負けることはあっても、まさか勧誘されるとは思っていなかった。

「おう。つーか拒否権はねぇよ。これは四天王任命っつー能力で強制だから」

その瞬間、シロウは自分が魔王ゴルバギオンの配下であり、四天王であると自覚した。


『魔王ゴルバギオン　ＷＩＮ！』


空に文字が浮かび上がる。チャンネル移動が始まり、どこかの部屋の中にシロウたちは移動した。

「どこだここ？」

「次のラウンドまでの待機場所、アンティチェンバーエリアです」

シロウは恭しくゴルバギオンに答えた。

戦う相手がいなくなったのだから、ゴルバギオンの勝利となるのは当たり前の話だった。

＊＊＊＊＊

セレスティーナは森の中に出現した。

瞬時に糸を放ち周囲を探索する。何パーティかがすぐに見つかった。

対戦相手としてどのパーティを選ぶべきか、セレスティーナはそれほど悩まなかった。単純に一番近くにいるパーティへと向かいはじめる。

森を抜けると、崖際に出た。おそらく、空中に浮いている島の端なのだろう。

そこに、四人組のパーティがいた。

柄が悪そうな輩で、女が一人に男が三人。一見は全員が男のようにも見えたが、女は男装をしているだけのようだ。身なりと立ち姿に気品があるため彼女がリーダーだろう。

全員が剣を帯びているが、やはり女の剣だけはものが違うようで、セレスティーナは彼女の正体におおよその見当がついた。

セレスティーナが近づいていくと、少し視界がぶれた。お互いの距離が十メートル以内になり、対戦用チャンネルに移動したのだ。

チャンネル移動に気付いたのか、女がセレスティーナへと視線を向けた。

「こんにちは。さて戦いましょうか」

「ほう？　見た感じルールがどうとか言ってきそうに思えたがずいぶんと直情的だな」

「私の目的は高遠夜霧さんを殺すことですので」

「ん？　だったら交渉で有利なルールを策定するとかって手もあるだろ？」

「いいえ。最終的に高遠さんが死ねばいいだけですので、私はその可能性が高くなるように行動しています。つまり私に負けるような相手が勝ち進んでも意味がないですし、私に勝てるのなら目的が達成される可能性が高いと判断いたします」

「割り切り方がすげぇな。俺、お前みたいなわかりやすい奴は好きだぜ？」

「それはありがとうございます」

「ちょっと話さねぇか？　俺はデグルってんだが」

「私はセレスティーナと申します。とあるホテルでコンシェルジュをやっておりました」

「なるほど。そんな雰囲気だな。ところでだ、俺とあんたはどっかで会ったことがあるか？」

「お目にかかったことがないのは確かですね。人の顔を覚えるのは得意としております」

「じゃあ気のせいかね？」

「いえ、デグルさんが私に会った気がする理由はわかるかと思います」

「気になるから聞かせてくれよ。俺はたぶん、それが喉につっかえてる気がするんだ」

「デグルさんは王族でしょう。その剣は聖剣オーズ、マニー王家に伝わるものですよね」

「へぇ。これ、そんなご大層なもんなのかよ」

「ご存じなかったのですか？」

白を切っているようには見えなかった。剣の正体を本当に知らなかったのだろう。

「これは拾ったんだよ、王家縁《ゆかり》の品ぐらいのことはなんとなくわかったが」

「なるほど。普通ならありえないですが、この混沌とした状況でならありうるのかもしれませんね」

「で？　拾ったのが事実だとすると俺が王族ってのは怪しくならねぇか？」

「そうですね。後は王家の皆様方に似たお顔立ちをしていらっしゃることぐらいでしょうか」

「それだけどよ。俺は自分の顔をそんなにはマジマジと見たことがなくてな。もしかしてあんたとも似てるってことはねぇか？」

「はい。私も王家に連なる者でございます。傍流ではありますが」

「はぁー。そんなんそこらへんにゴロゴロいるもんか？」

「ゴロゴロはいないでしょうね。私と妹は王家の中でも異端でございまして。出奔に際しても邪魔をされませんでしたし、その後に捜索された気配もありませんでした」

「今日だけで王族関係者に二人も会うってのは出来過ぎてる気もするが」

「特殊な状況ですしね。異能の力を持つ王族が世界を救うために一所《ひとところ》に集まるというのもありうるのではないでしょうか」

「俺は別に世界を救うつもりなんざさらさらないが……まあ、気になったことは聞けたしな。やるとするか」

『デグル　VS　セレスティーナ　FIGHT!!』

デグルの言葉でルールの合意ができたと判断され、試合が開始された。

そして、勝負は一瞬にしてついた。

『セレスティーナ　WIN!』

デグルたちはバラバラになった。四肢が、首が、胴体が切断され、地面にばらまかれたのだ。

セレスティーナは彼女たちに何もさせなかった。試合開始前から、彼女たちの全身に糸を巻きつけていたのだ。

決着により、チャンネル移動が始まる。気付けばセレスティナーは、どこかの部屋に移動させられていた。

「おそらく王家の無効化能力でどんな異能にでも対応できると思われていたのでしょうが、あいにく私の糸はただの剣術なのです」

デグルは糸が巻かれたことに気付けもしなかったし、防ぐこともできなかった。つまり、実力そのものはたいしたことがないのだ。だが、異能が相手の場合、無効化能力以外にはたいした力を持っていないデグルでも勝ち進めたかもしれず、その状況はセレスティーナの望むところではなかった。

早めにデグルを始末できてよかったと、セレスティーナは考えていた。

13話　花川が丸呑みされて中から攻撃するというのはどうですかネ！

ある日、姉のミレイユが帰ってこなかった。

それ以来、ダニエルたちは困窮することになった。

父親は失踪していて、母は病気で寝たきりだったのだ。姉がいなくなっては、まだ幼いダニエルたちだけではどうしようもなかった。

いつまで経っても帰ってこないミレイユはすでに死んでいたが、ダニエルたちにはそれを知る術がなかったのだ。

ダニエル、妹二人、弟一人、母親の五名。食い扶持をどうにかできるのは、他の兄弟に比べれば年長であるダニエルぐらいだった。

ダニエルは盗みを行うことにした。まだ幼い子供に働き口などなく、そもそも他の方法を思いつきもしなかった。

猫獣人の身体能力を活かし、食料品店などから少しばかり食べ物を拝借する。

家族五人がどうにか生きていけるだけなら、かろうじて調達することはできた。

だが、しばらくして母親が死んだ。彼女は病気で、高価な薬を飲み続ける必要があったのだ。ダニエルは金を用意することができず、そもそも薬の入手先も知らなかった。

家族が四人になった。その分、負担は減り、生活は楽にはなった。

だが、ダニエルの心労は増していき、限界に達することになる。

油断からか、盗みがバレ、叩き殺されたのだ。

その後、妹たちがどうなったのかはわからない。

そして、気付けばダニエルは再び母親と暮らしていた。今までの苦労は夢だったのだ。

母親は元気だし、父親はいなかったが、兄弟四人と共にそれなりに暮らせている。

多少の違和感はありつつも、これでよかったのだとダニエルは自分に言い聞かせた。

その後、世界規模の災厄により、ダニエルたちは地底クエストへの移住を余儀なくされる。

いきなりわけのわからない状況になりはしたが、ダニエルには冒険者としての才能があったようで、すぐに環境に適応できた。

しばらくして、大賢者のメッセージによりダニエルは姉がいたことを、母が死んだことを思い出した。全ての元凶が、高遠夜霧という少年だと知ることになったのだ。

＊＊＊＊＊

「やる気満々でござるがちょっと待つでござるよ！　勝負するのはいいとして、殺し合いは避けたほうがいいかと思うのでござるが！　ほら、そっちはちっちゃな子とかもいるわけでござるし！」

花川は慌てて、対戦相手である猫獣人の子供たちに呼びかけた。

「あぁ？　知るかボケ！」

一番大きな猫獣人が吐き捨てるように応えた。

『ダニエル　VS　二宮諒子　FIGHT!!』

その返答により勝敗条件の合意に至らなかったと判断されたのだろう。初期設定であるどちらかが全滅するまでの殺し合いとして勝負が開始されたようだった。

「あちらの大きなのがダニエルだとして、なんでこっちは諒子たんなんでござる!?」

「リーダー名なんでしょ」

「拙者がリーダーなのでは!?」

「本気で言ってる？」

半ば本気だったが、キャロルが純粋に疑問に思って訊いているように思えていたたまれなくなった花川は口を閉ざした。

「相手が子供だからと油断はできません」

諒子が気を引き締める。

殺し合いだというなら、相手が幼かろうが、弱そうだろうが舐《な》めてかかるわけにはいかなかった。

「でもどうするんでござる？　拙者、おっさんとかなら平気でござるが、さすがにこんな子供相手だと……」

花川が躊躇していると、キャロルが苦無を投げつけた。

苦無は、一番幼い男の子に突き刺さった。

「キャロルたん!?」

「見た目で手加減しなきゃならないなら、変身能力とか使われたら手出しできなくなってしまいますネ？」

「そうかもしれんでござるけど容赦ないでござるな！」

キャロルは続けて苦無を投げつける。

だが、それはダニエルによって弾かれた。

ダニエルの身体が一回りほど大きくなり、他の者たちをかばうように前に出たのだ。

耳が生えている以外はほとんど人間だったはずだが、突然全身に毛が生えている。それにより身体が大きく見えるのだろう。つまり、ダニエルはかなり獣寄りの獣人と化したのだ。

ダニエルの身体がさらに大きくなり、前傾姿勢になっていく。変化はまだ終わってはいないようだった。

「変身!?　だったらその途中で攻撃でござるよ！」

花川は気弾を放った。溜めの少ない牽制《けんせい》攻撃だ。

ほとんど巨大な猫と化したダニエルの顔面に気弾が迫る。そして、猫はパクリと気弾を口にした。

「なっ！　どういうことでござる!?」

花川の攻撃と同時に、諒子が駆けていた。

抜刀し、側面からダニエルの首筋に斬りつけたのだ。気弾の着弾と同時であり、そちらに気を取られていれば諒子の斬撃には対処できない。

そんなタイミングのはずだったが、諒子の刀は猫の頭部に噛み取られていた。

諒子が飛び下がる。刀は、半ばから消失していた。

猫の頭部が首の側面にも生えていた。二つ目の頭が、諒子の攻撃を防いだのだ。

「これは……猫ベロスとでも呼べばいいのでござるかね？」

四人いた猫獣人が合体して変身したのか、中心となる頭部の左右に一つずつと、胸の正面に頭がある、四つ首の巨大猫が現出していた。

「ケルベロスをもじるなら頭は三つなのでは？」

「ははぁ、キャロルたんは知らないのでござるかぁ？　ケルベロスは五十の首を持つという説もあるのでござるよぉ？」

「ふざけている場合ではありませんよ。少々まずい状況です」

諒子が折れた刀を見せてきた。

「食べられたようです。普通では考えられませんよ」

「獣人というのはこんなことができるものなのですカ？」

「拙者、この世界での経験はそこそこあると自負しておるのですが、獣人が変身するような話は聞いたことがないでござるね」

この世界には獣人がいるが、それは一部に動物の特徴を備えた人々のことで、ほとんど人間と同じようなものだった。耳や尻尾が生えていて、多少は身体能力が高かったりするが、その程度の違いしかない。

毛むくじゃらになったり、動物そのものに変身したり、ましてや巨大化するわけがないのだった。

「鑑定スキルに反応がないのでギフトとも異なるようで……ということは大賢者からもらった力でござるかね？」

「見た目がこれなら花川的にはやりやすくなったのではないですカ？」

「見るからに化け物ですからな。で、能力は食べて消す、とかでござるかね？　でしたら」

花川は少し気を溜めて、複数の気弾を上空に放った。

食べて消滅させるのが能力だとすれば、頭部以外を攻撃すればいいのだ。

「はあああ！」

花川が気合いを入れると、気弾が急降下を開始した小規模な威力の気弾が、雨のように降り注ぐ。致命傷とはならなくとも、これで攻撃が有効な箇所がわかるはずだ。

だが、花川の気弾はダニエルにダメージを与えることはできなかった

背のあちこちから生えた頭が、降ってくる気弾を食べ尽くしてしまったのだ。

「ははぁ……やはり四つとは限らないと……え？　これどうしたらいいんでござる？」

ダニエルが突進してきた。

花川たちは慌てて飛び退《の》き、ダニエルは森に突っ込んだ。

森の一部が消失した。そこにあった木々が綺麗になくなったのだ。

「なるほど？　近距離攻撃しかなさそうでござるが……攻撃に対しては無敵に近いという感じでござるかね」

「花川が丸呑みされて中から攻撃するというのはどうですかネ！　無敵に思えた敵が内部からの攻撃に弱かった、なんていうのは定番ですからネ！」

「食べられた瞬間に消失するんではないですかね！　というかでござるよ？　あれが大賢者の力だというのなら……キャロルたんの無効化能力が通用するのではないでござるか？」

「私の無効化能力は、基本的には防御能力なのデース！　私に触れた能力が無効になるというものですが……嚙まれた場合どうなるのかは疑問ですネ！　能力は無効になっても、そのまま嚙み殺されるのではないでしょうか」

「使えないでござるな！　諒子たんはサムライのなんかすごい能力とかないんでござるか！」

「私の力は刀に特化していますからね。斬りかかった刀を食べられると為す術がありません」

「そういう花川はどうなんです？　何か力をもらってましたよネ？」

「そういえば確認してなかったでござるが……この状況でのんびりメモを見てられないのでござるが！」

ダニエルがまたもや突進してくる。花川たちは躱し、再び距離を取った。

その巨体に慣れていないのか、攻撃は雑なものだった。だが、慣れてくるのは時間の問題だろう。時間が経つほどに花川たちは不利になっていくだろうと思われた。

「確認するなら今のうちやもしれませんな。えーと……」


能力名：キズナカウンター。

これまでに絆《きずな》を結んだ仲間がピンチに助けにきてくれるよ。

これまでの行動の是非が問われるね！


「な、なるほど？　ということは……高遠殿！　助けてでござるよ！」

助けてくれそうで、絆があると言われればあるような気がする。そんな人物は高遠夜霧ぐらいしか花川は思いつけなかった。

ダニエルが突進してきて、突然方向を変えてきた。

花川はギリギリで回避した。

ダニエルが工夫を凝らしはじめた。捉えられるのはそう遠い未来ではないようだった。

「助けにこないのでござるが！」

「絆ありましたっけ？」

傍にきたキャロルがメモを覗き込んでいた。

「率直な疑問という感じなのが辛いでござるな！」

「とても素直に考えると、花川のピンチに助けにきてくれる味方とか思いつかないデース！」

「拙者をディスるよりあれに勝つ方法を考えてくれないでござるかね！」

キャロルが苦無を投げつける。だが、それはダニエルには届かず、いずれかの頭が口にして終わった。

「じゃあこんなのはどうですかね」

キャロルが球形の塊をダニエルに投げつけた。

導火線の付いたそれは焙烙玉《ほうろくだま》。戦国時代に使用された火薬武器で、忍者も使ったとされるものだ。

焙烙玉はダニエルの足元で爆発した。さすがに爆発の衝撃までは食べられないだろう。花川はそう思ったのだが、すぐにそれが浅はかな考えであることを思い知らされた。

破片が、土煙が、衝撃が、一点に吸い込まれていく。足に生えた猫の頭部が爆発で生じた諸々をことごとく喰らったのだ。

「これでは飛ぶ斬撃も無駄でしょうね」

「三人揃ってどうにもならんでは――」

文句を言いかけた花川だが、突然生じた苦痛で固まった。

左腕を見る。苦無が突き刺さっていた。

「これはどういう?」

「猫が吐き出しましたネ」

「となると……」

キャロルと諒子が左右に飛び、困惑していた花川はその場に残された。

折れた刀が花川の足に突き刺さり、いくつもの気弾を喰らい、焙烙玉の破片をしこたま浴びる。

何が何だかわからないまま、花川は吹き飛ばされた。

「食べたものを吐き出す力もあるとはやっかいですネ!」

「言い訳をしておきますと、花川くんならオートヒールがあるから大丈夫かと思いました」

「その、でけぇ猫が今にも突っ込んでこようとしてるんでござるが、これは助けてくれるので!?」

花川が狙われているのをいいことに、二人はさらに距離を取った。

ダニエルが花川めがけて突っ込んでくる。

花川は動けなかった。そして、オートヒールの回復を待つにしろ、自らヒールで回復するにしろ、多少の時間は要するのだ。暢気に回復していては、ダニエルに食べられてしまうことだろう。

つまり、もうどうしようもない状況だった。

「こうなったら化けて出てやるでござるよ！　四六時中キャロルたんに張り付いて、プライベートなど無きがごとしにしてやるのでござるー！」

これは終わりかもしれないと、花川は観念した。

目をつぶり、最期の時を待ち構える。

すると、ふわりと身体が浮いた。

誰かが花川の襟を摑んで移動しているのだ。

目を開けてみれば、ダニエルから十分に離れていた。その間に、怪我はほとんど治っている。

「なんなんだよ……絆があるとか迷惑過ぎるんだけど……」

何者かが、めんどくさそうに花川を放り出した。

見上げてみれば、そこにいたのは見覚えのある少年だった。

「リュート殿！」

花川を助けたのは魔神アルバガルマの眷属、リュートだった。

14話　花川を死ぬ直前まで痛めつければ、キズナカウンターが発動するのですネ！

「え？　ということは、リュート殿は拙者がピンチのときにお前を殺すのはこの僕だ！　とか言いながら助けにきてくれる役どころだったのでござるか！」

「ほんと、帰りたい……」

リュートは心底迷惑そうな顔になっていた。

リュートは魔神の眷属だ。

峡谷にあった塔で出会い、夜霧を倒すためにと連れ回されたのだった。

最終的には、王都の地下で復活した魔神の妹に殺されたはずだ。

やり直されたこの世界には魔神アルバガルマはいないはずだが、夜霧に殺されたわけではないリュートは存在していたようだ。

「あいつをどうにかしたら帰っていい？」

「え？　高遠夜霧を倒したいみたいなのはないでござるか？」

「マナ様でも勝てなかったのに僕がどうするっていうんだよ」

このまま仲間にして連れていけば役に立つ。そう花川は思ったのだがリュートはすっかり諦めているようだった。

「わかったでござる！　とりあえずこの場を凌《しの》げればＯＫでござるよ！　ですが、あいつはどんな攻撃も食べるし、しかもそれを吐き出すのですがどうにかできるのでござるか！」

「なるほどね。じゃあこんなのでどうかな？」

リュートがしゃがみ込んで地面に掌を当てる。大地が揺れ、ダニエルの姿が消えた。

地面には亀裂が走っていた。リュートの手から、ダニエルのいた位置までが大きく裂けているのだ。

「これは？」

「落とし穴みたいなもんだよ。どこかへやっちゃえば攻撃を食べるとか関係ないでしょ。じゃあね」

用事は済んだということか、リュートの姿がかき消えた。

「……いやいやいや！　これでは勝ったことにならんのでござるよ！」

勝つには相手を死滅させる必要がある。

だが、これではダニエルが死んだかどうかがわからなかった。

花川はダニエルがいたあたりに駆け寄った。覗き込んでみると、亀裂は底が見えないほどに深かった。当然、ダニエルの姿も見当たらない。

「ここ、雲の上ですよネ？　下に落ちたなんてことはないですか？」

隣にやってきたキャロルが訊いた。

「その場合、勝負はつくのでござろうか？　リングアウトみたいなルールはなかったように思うのでござるが」

「ピンチは切り抜けても、これじゃ意味ないですヨ？」

「そんなことを言われましてもでござるよ！　勝手に出てきたリュート殿が勝手にやったのでござるからして！」

「しかし、落ちて帰ってこれないのなら実質的には我々の勝利ということにならないですか。そのあたりを問い合わせてみてはどうでしょう？」

諒子の提案はもっともだった。

大賢者はこの戦いの様子を見ているはずだ。面白いかどうかが全てのようなことを言っていたから、こんな勝敗の曖昧な状況は望んでいないだろう。呼びかければ何らかの返答があるかもしれなかった。

「ですな。とりあえず呼んでみるだけ呼んで――」

空にでも呼びかけようとしたところで、亀裂から凄まじい勢いで何かが飛び出してきた。

当然、出てくるのはダニエル。多頭の巨大猫だった。

「まぁ……それほど幅のない亀裂ですし、駆け上ってきたりも可能かもでござるが……リュート殿？」

一応呼んでみたが、リュートが現れることはなかった。ピンチの基準はよくわからなかった。もっと死にそうな目に遭わないと助けにきてくれないのかもしれない。

「ということは花川を死ぬ直前まで痛めつければ、キズナカウンターが発動するのですネ！」

「さもいいこと考えたと目をキラキラさせるのはやめてほしいのでござるが！」

「ふざけてる場合じゃないですよ。なんだかパワーアップしているようです」

怒りのためか、ダニエルの全身の毛が逆立っていた。

全身から無数の頭部が生えていて、全てを使って花川たちを凝視している。

「そろそろかな」

キャロルがぼそりとつぶやく。

そして、ダニエルが弾け飛んだ。

「何が起こったのでござる!?」

「無効化能力ですネ！」

「え、それは触れなければ発動しないのでは？」

「無効化用のアイテム、封印具を作る能力もあるのですよ。しばらく持っていると能力が使えなくなるという、とても迷惑で使い勝手の悪いアイテムなのデース！」

巨大猫がいた場所に、四人の子供たちが倒れていた。

能力を無効化するだけなら、何かダメージがあったわけではないのだろう。だが、合体変身の反動なのか、四人はろくに動けないようだった。

「でもそんなアイテムをいつ持たせたのでござる？」

「最初に苦無を投げつけましたよね。合体前だったので食べられることがありませんでしたし、合体に巻き込まれてうまく体内に入ってくれたようですね！」

「いや……それ、たまたまうまくいっただけなのでは？」

「で、どうしますか？　今なら皆殺しなど赤子の手を捻るようなものですが」

「さすがに無抵抗の相手をというのは……」

花川はアイテムボックスからロープを取り出し、ダニエルたちを縛り付けた。

ロープの端はキャロルが持っている。ロープなどを経由しても無効化能力は有効とのことだ。

「一応リーダーのようですので、私が話をしますね。花川くんだと無駄に煽《あお》ったりして話が進まない気がしますし」

話の展開によってはひどく嫌な状況にもなりかねない。花川は素直に諒子に任せることにした。

ダニエルが諒子を見た。話ができる状態になったようだ。

「負けを認めてください。認めないなら殺します」

「ド直球でござるな！」

「そう言われても。選択肢がありませんよ」

「まぁ……交渉するといっても特に条件がないでござるな……」

勝敗が決まらなければこのチャンネルから出ることもできないし、決着がついた後はお互いに干渉することができないのだ。他に方法はないだろう。

「わかったよ……俺たちの負けだ」


『二宮諒子　ＷＩＮ！』


そんな文字が空に浮かび上がった。

「俺たちに勝ったんだ。きっと高遠夜霧を倒してくれ。そしてミレイユ姉ちゃんを──」

ダニエルの言葉の途中で、ダニエルたちの姿が消えた。

周囲が室内になっているので、花川たちが移動させられたのだろう。

「なるほど？　勝てば待機部屋に移動するということでござるか？」

「みたいですネ」

小さな部屋だが、一息はつけそうだった。

＊＊＊＊＊

未来的な戦闘スーツを着た男と、つば広の帽子を被り黒いマントを羽織った魔女のような女が戦っていた。

戦闘スーツの粗野な男がサイズ。魔女風の妖艶な女がエヴォンなのだが、今のところ戦いは一方的なものになっていた。

終始サイズが圧倒しているのだ。

エヴォンもそれなりには強いようだが、サイズは比較にならないほどに強いからだ。

だが、それでも勝負は終わる気配を見せていなかった。

サイズの銃から放たれた光線がエヴォンの頭部を貫く。エヴォンは倒れて動かなくなり、一見それで勝負がついたように見えるのだが、新たなエヴォンがどこからともなく現れるのだ。先ほどから何度も何度もエヴォンは倒れているのだが、その度に死体はいつの間にか消えているのだった。

「今のは光属性、遠距離、貫通攻撃、頭部対象だねぇ」

エヴォンが淡々と解説した。

「光属性ってなんだよ。ファンタジーRPGかよ」

サイズはこの世界には魔法などがあることぐらいは知っているが詳しく調べたことはなかった。なぜなら、そんなものがどうでもいいと思えるぐらいの力を持っているからだ。

「いくらでも増えるとはいっても同じことを繰り返すのも芸がない。だから一度喰らった攻撃に対して耐性を得られるようにしているんだ」

サイズはもう一度光線銃を撃った。即時に光線がエヴォンの額に着弾し、弾かれる。額が少しばかり焦げているので無効とまではいかないようだが、確かに耐久力は上がっているようだ。

「私の主な能力は複製だよ。様々な物を複製して改良できるし、それは自分も例外じゃない。つまりこんなことを何度続けたって無駄ってわけさ。どうだろう、諦めて敗北を宣言してくれないかな？」

「んー？　それならそっちが参ったしろよ。お前の攻撃だって俺には通用してないだろうが」

サイズの周囲にはバリアが展開されている。それが物理的な攻撃だろうと、この世界特有の魔法攻撃だろうと全て防いでいるのだ。

「それも時間の問題かな。改良もできるって言っただろ？」

エヴォンが手から炎弾を発射する。炎弾はサイズに届かずにかき消されたが、前回の攻撃よりは威力が上がっていた。戦闘記録《バトルログ》には全ての数値が記載されているので、比較は簡単だ。エヴォンの攻撃力は少しずつ確実に上昇しているのだ。

「じゃあこれはどうだ？」

銃を実弾モードに変え、心臓を狙って発射する。弾は胸をごっそりとえぐり取り、背中へと抜けた。確実に心臓は破壊できている。普通なら即死のはずだ。

現にこの瞬間、エヴォンが死んだとバトルＡＩは判断していた。

だが、派手に血を撒き散らしながら倒れたエヴォンとは別に、新たなエヴォンがどこかから現れる。戦闘記録《バトルログ》を確認してみれば、それは何もない空間にふいに現れていた。

「服に穴は開いたが、マントは無傷だな？」

弾はマントにもかすっていたはずだが、サイズにはすり抜けたように見えた。ログで確認すると、やはり弾はマントに当たっているはずだが、通り抜けていた。つまり、実体がないようなのだ。

「そのとおり。これは星空のマント。私の力の源泉さ」

ただの黒いマントかと思っていたが、よく見てみればその名のとおり小さな、星のような点がいくつも描かれていた。

「じゃあそれを奪い取れば死ぬんだな？」

「無理だろうね。私以外には触れないから」

あっさり不死身の秘密をばらすのだから、当然対策はあるようだった。

「このマントは私が元いた世界に繋がっていて、そこから資源を得て複製を作っているんだ。つまり君は世界丸ごとを相手にしているに等しいんだよ」

「ははっ……マジかよ。そうなるとちょっと疑問に思うところがあるんだが、いいか？」

「なんだい？」

「そんなご大層な力を持ってお前はこんな世界に何しにきたんだよ？」

「バカンスだよ。私は元の世界では救星の魔女と崇められていてね、ざっくり言ってしまうと世界を脅かす魔王を倒したんだよ」

「めでたしめでたしだな」

「でもさ、魔王なんていう敵のいない世界で私のような者はどんな扱いになると思う?」

「単純に考えりゃ邪魔だな」

「そう。完全な平和が訪れた世界に超戦士なんていらないんだよ。いつその矛を向けてくるかわからない不確定要素でしかないわけだ」

「で、どっちだ?」

追い出されたか、逃げたか。どちらかだろうとサイズは考えた。

「自分で出てきたよ。で、餞別《せんべつ》として世界丸ごともらってきた。私が救わなければ滅びていた世界なんだ。私の物と考えて差し支えはないだろう?」

「んー、そいつらに恨みがあるならあんたが滅ぼして居座ったらよかったんじゃねぇの?」

「個別に恨みはないというかいちいち相手にするのも面倒というか。資源扱いぐらいがちょうどいいんじゃないかな」

「その世界の奴らにすりゃぁ差し支えはありまくりだろうが……何にしろ一人に問題を押しつけたのは悪手だよなぁ」

「そういうわけで、私はこの世界でのんびりと過ごしたいんだよ」

「なるほどな。ちなみに俺はなんとなくこの世界に来ただけだ」

サイズは堂々と言い放った。

「だったら負けてもいいんじゃないか？　高遠夜霧とやらは私が倒しておくからさ」

「俺はどっちかといえば大賢者に用があってな。あんたとは目的が違う気がするな」

「そうかい。しかし私の世界の人口は八十七億四千八百二十三万七千七百五十六人だ。この全員が私を複製するための資源になるんだけど」

それは絶望を与えるための言葉だったのだろう。だが、それは失言だった。

「安心したよ。その程度ならどうにでもなるじゃねぇか」

サイズはこれ見よがしに銃を掲げた。

「来い！」

あえて叫んだが特に意味はない。なんとなくのノリでそうしただけだ。

あたりが陰る。上空にやってきた物体が太陽光を遮ったのだ。

「な……」

エヴォンが絶句していた。

おそらく、彼女の世界にはこのような物は存在していないのだろう。それは、宇宙要塞群だった。サイズは球形をした宇宙要塞を無数に召喚したのだ。

宇宙要塞の一つから光が伸びてきてサイズを照らし出す。次の瞬間、サイズは宇宙要塞の艦橋にいた。

「行ったこともない世界の会ったこともない八十億だかの奴らには災難なことだが……」

サイズは一斉射撃を指示した。

球形の要塞から全方位に向けて無数の砲塔が出現する。そして世界は灼熱に包まれた。

天空の城も、その下にある島も、海も、大気も、その世界にある物が全て焼き尽くされ、焼け滓《かす》すらもがさらに焼かれて消滅する。

対戦用チャンネルと呼ばれる空間にある物が、宇宙要塞群を除いて全て消滅したのだ。

バトルＡＩは、エヴォンの消滅を確認した。

多少耐性があろうと、八十七億の身代わりを用意していようと、全てが消滅する圧倒的な熱の前には存在することが許されなかったのだ。


『サイズ　ＷＩＮ！』


何もない空間に文字が浮かび上がった。

そしてサイズは見知らぬ部屋に移動していた。第二ラウンド進出が決まり、アンティチェンバーエリアへと招かれたようだった。

15話　なんなのでござる？　このやけにスムーズな切腹ムーブは？

田中悠利依菜に勝利した知千佳たちは、再びアンティチェンバーエリアに来ていた。どうやら、ラウンド間はここで待機するようだ。

第二ラウンドに進出できるのは32パーティとのことなので、第一ラウンドが終了するまでにはまだ時間がかかりそうだった。

「さっき花川を見た気がするんだよ」

対面のソファに座る夜霧が、知千佳に話しかけた。

「反対側だよね？　私は見てなかったんだけど」

知千佳と夜霧は背中合わせになって敵を待ち構えていた。知千佳が見ている側からやってきたのが悠利依菜で、夜霧が見たという人物を知千佳は確認していないのだ。

「何しにきたんだろうな。まさか俺を殺しにきたんじゃないとは思うけど」

「勝ち目がないのはわかって……るよね？」

これまでの花川の言動を考えれば、何かの力を得ただとか、何かの協力を得られたとかで、増長してやってこないとは言い切れなかった。

「どうするの？」

「状況による」

「だよね」

ただ話をしにきただけであればいい。だが、よからぬことを企んでいるのだとすれば殺すことになったとしても仕方がない。知千佳もその程度には割り切っていた。

茶を淹《い》れて、お菓子を食べながら待っていると、空中に文字が浮かび上がった。


『ラスボクエスト、最終ステージ、第二ラウンド開始！』


「じゃあ行こうか」

夜霧がゆっくりと出口に向かい、知千佳も後に続いた。

出口の扉を出るとあたりは薄暗かった。

ところどころにある蠟燭《ろうそく》が、無造作に置かれた無数の人骨を照らし出している。納骨堂か地下墓所といった施設の中のようだった。

「どうする？　また叫ぶ？」

「雰囲気的に地下かな？　ここに誰もいないならいくら大声を出しても届かないか」

「だったら移動しない？　なんか不気味なんだけど」

「ここから出たほうがいいのは確かか」

戦って次のラウンドに進むにはまず敵と遭遇しなければならない。こんな場所でぼうっと待っていて敵がやってくるかは怪しかった。

夜霧が蠟燭が立てられている頭蓋骨を手に取った。

「うわっ。よく触れるな！」

知千佳も罰当たりだなどと言うつもりはないが、触るとなると不快感を覚えそうだった。

「これはゲームのために用意されたオブジェクトだから本物じゃないと思うけど」

「蠟燭をそのままは持てないし仕方ないか」

夜霧が先頭に立って先に進む。

微かな灯で照らし出されるのは、人骨で作られた壁だった。

「なんなんこの悪趣味な場所！」

「雰囲気作りなんじゃないかな。カタコンベとかもこんな感じらしいし」

『パリのカタコンベなら二キロほどあったと思うが』

「うへぇ……」

とりあえず真っ直ぐに進んでいるが、先はまだまだありそうだった。

分岐はないので迷うことはありえないが、薄暗いため見通しが悪い。

このまま進んで先に出口があるのかと不安になってきたころ、突き当たりに階段が見えた。階段を上っていくと上の階に出た。窓から光が差し込んでいるので地上のようだ。

出口らしき扉を開け外に出ると、公園らしき場所に出た。それほど大きな公園ではなく、周囲には住宅らしき建物が建ち並んでいる。

「住宅街にある公園って感じか。人がいる様子はないね」

知千佳もあたりを見回したが人の気配はなかった。そもそも地底クエストのゲームフィールドなので住民がいるかは怪しいところだろう。

「もこもこさん、空から様子を見てくれよ」

『うむ！』

もこもこが上空へと飛んでいき、ぐるぐると回転を始めた。

「うちの先祖だけどなんか間抜けだな……」

「もこもこさんの偵察方法を気にしたことなかったけど、あんな感じでやってたんだな」

ある程度回ってから、もこもこが下りてきた。

『一人、街の中に現れた。北のほうだ。何者かはわからんが、まだこちらに気付いている節はなかった』

「気付いてるかは関係ないな。奇襲するつもりはないし」

「じゃあ、叫ぶか」

すると、夜霧は知千佳から距離を取り耳を塞いだ。

「高遠夜霧はここだぁ！」

またもや叫ぶ。今度は夜霧も身構えていたので問題はなさそうだ。

出せる限りの大声であり、これで気付かれないわけがないだろう。

しばらくして、建物の陰から少女が現れた。

「秋野さん!?」

やってきたのは、クラスメイトの秋野蒼空だった。

＊＊＊＊

『ラスボクエスト、最終ステージ、第二ラウンド開始！』

花川たちが部屋で待機していると空中に文字が浮かび上がった。

出口から出ると、そこは湖の畔だった。遠くには城らしき建物が見えているが、先ほどまでいた森との位置関係はよくわからない。

花川はとりあえず身構えた。

「またばらけた場所に参加者が出現しているのでしょうな」

「高遠くんも第二ラウンドに進出しているはずですね」

諒子が言う。夜霧も何者かと対戦状態になっていたし、すぐに相手を即死させているはずだ。

「なるほど。しかし、どうしたものでござろうか。高遠殿たちの方針が変わっていないなら、またもやどこかで叫び声が――」

だが、知千佳の大声が聞こえることもなく、空から何かが落ちてきた。

大地が揺れ、衝撃波が広がる。花川はどうにか耐えることができた。多少は身体能力が上がっているのだ。この程度で無様に吹っ飛ばされるわけにもいかなかった。

「あ……あいつらは！」

「よう！」

Tシャツにジーンズといった格好の黒髪の少年が気さくに挨拶してきた。屋上で見かけた、人外を率いるパーティだ。

すでにお互いの距離が十メートル以内になっているのか、チャンネル移動が行われたようだ。つまり、いきなり戦うしかない状況に追いやられていた。

「ちょ、ちょっと待っていただきたいでござる！　いきなり戦ったりするのではなく、ルールについて合意したりといったそんな余裕が多少はあったりするものでござるよね!?」

「いいぜ」

余裕の態度であり、いきなり戦うつもりはないようだ。

「まずは自己紹介とかどうでござるかね！　拙者は花川大門！　こっちは二宮諒子たんで、こっちはキャロルたんでござる！」

「時間稼ぎのつもりなら、一人で全部言ってしまってどうするんですか……」

諒子が呆れたような目で花川を見ていた。

「ああ!?　拙者少々テンパっておりましたでござるね！」

「俺はゴルバギオン。魔王をやってるもんだ。で、こいつらは四天王な」

岩石のような肌の大男が、重厚のブレイア。

三対の目を持つ細身の男が、英明のクレイズ。

足元まで届く長髪を前に垂らした顔の見えない女が、空爪《からつめ》のハルカ。

ロングコートを着込み眼鏡をかけた青年が、最弱のシロウ。

ゴルバギオンがそれぞれを紹介していった。

「ははぁ。魔王軍四天王とかベタで……なんだかさっき見たのとメンバー構成が違ってるような気がするのでござるが？」

「目敏いな。交代したんだ」

角の生えた少年がいたはずだった。他のメンバーは健在なので、シロウと交代したようだ。

「ルールはどうするよ？　特にないなら殺し合いでいいと思うんだが」

花川は魔王軍をまじまじと見つめた。

鑑定スキルを使ってみたが、ほとんど情報を得られなかった。彼らはバトルソングシステムと関わりがないのだろう。

その中で唯一鑑定スキルが通用したのがシロウだった。

クラスは賢者。レベルは一億に達していた。

「え？　なんで賢者が？」

賢者がなぜ魔王軍に与《くみ》しているのかはわからないが、このシロウだけでも花川たちなどあっさり全滅させることが可能なのは間違いなかった。

「スカウトした」

「そんな簡単なことでござるか!?」

「で、どうすんだよ」

「えーと……じゃんけん……とかどうでござるかね？」

苦し紛れに花川は言った。

「いいぞ」

「って、そんなわけにはいかんでござ……いいんでござるか!?」

「まともに戦ったら勝負にならないことは最初からわかってるしな」

「だからって運否天賦の勝負でいいんでござるか！」

「そっちが言いだしたんだろうが」

「わかったでござる！　じゃんけんで勝負するでござるよ！」

「じゃあ一対一の勝ち抜き戦で、負けたほうは死ぬってことでいいな」

「なんでそうなるのでござるか！　こちとらこれでどうあっても死なずに済むと胸をなで下ろしたところでござるのに！」

「さすがにそれは緊張感なさすぎだろうが。合意できないってなら戦うだけだぞ？」

「わかりました。それで結構です」

花川がごね続けると話が進まないと思ったのか、諒子が口出ししてきた。

「諒子たん！　デスじゃんけんなんてあんまりでござるよ！」

「このままでも死ぬだけですよ？」

「んぐ……確かに……多少は勝ち目が増えたわけでござるが……」


『二宮諒子　VS　魔王ゴルバギオン　FIGHT!!』


空に文字が浮かび上がった。ルールについて合意できたと見做されたのだろう。

「こっちは俺が先鋒《せんぽう》だ」

ゴルバギオンが一人で前に出てきた。

「では、こちらは花川大門です」

「はい？」

いきなり名を呼ばれ、花川は困惑した。

「なんで拙者でござる？　そのあたりは相談して決めるものなのでは？」

「私がリーダーですから、順番も私が決めます」

有無を言わせぬ態度だった。

キャロルが花川の背を軽く押して、前へと突き出した。

「じゃあやるぞ。混乱してるようだが、後出しは負けだからな？」

「え？　あ、ちょっと！」

「じゃん、けん、ぽん！」

このままぼんやりしていては不戦敗になる。花川は慌ててグーの手を出した。

ゴルバギオンはパーだった。

「その、拙者の負けでござるか？」

「そうだな」

「その、五回勝負の三本先取なんてことは？」

「特に条件を決めてなかったら普通は一回勝負だろ？」

「で、ですよね……」

「花川！」

キャロルが呼びかけに振り向くと、足元に苦無が突き刺さっていた。

「それで腹をかっさばいてくだサーイ！」

「では、介錯は私が……」

諒子が抜刀した。

「え？　なんなのでござる？　このやけにスムーズな切腹ムーブは？　一切の遅滞のない連携は？」

「日本男児は潔くあるべきですヨ？」

「ルールは守らないとじゃんけん勝負が反故になってしまい、そうなると我々に勝ち目はありませんから」

「負けたら死ぬとは言ったがどう死ぬとかは決めてなかったか。そっちで片を付けてくれるっていうなら俺は文句ないぜ」

花川は針のむしろに座っている気分になってきた。

この場にいる全員が花川の死を望んでいて、一切の躊躇がないのだ。

――もしや……詰んでいるでござるか？

敵が本気なのは言うまでもないが、味方であるはずのキャロルたちまでがこの流れに異を唱える気配がまるでないのだ。

――いやいやいや！　そうは言ってもでござるよ？　いくら拙者を嫌っているような気配を時折

感じたりはしたものでござる！　本気でクラスメイトを見捨てるなんてことは……。

花川はちらりと諒子とキャロルの顔を見た。

冗談のつもりはなさそうだった。この場は花川を切り捨てるのは仕方がない。二人は、そう割り切っているようにしか見えない顔をしていたのだ。

「だ、誰か！　助けてでござるよ！　あ、そう！　キズナカウンターでござる！　リュート殿！　拙者無茶苦茶ピンチなのでござるよ！　助けてほしいのでござるよぉー！」

「助けるも何も、お前が決めた条件での勝負でお前が負けただけだろうが」

ゴルバギオンが真顔で言った。

「まあ、そうなんでござるが……」

いつものようにごちゃごちゃ言ってごまかそうにも、言いだしたのが自分となると反論できなかった。花川は心底追い詰められたのだ。

そして、そのどうしようもない危機にキズナカウンターは応えた。

ガチャリ。

そんな音が聞こえてきて、花川は浮遊感に包まれた。

足元にあった地面がなくなり、落下していく。そんな状況のようだが、意味はさっぱりわからない。

混乱したまま、花川は床に激突した。

結構な高さを落ちたようだが、幸い怪我はしていなかった。花川の耐久力で受け止めきれる程度のダメージだったのだろう。

上空を見上げれば、豪華絢爛《けんらん》な天井があった。どうやら室内らしい。花川はあたりを見回した。白と金がふんだんに使われている贅沢な広間だった。

「もう次から次へと何が何やらなんでござるが！」

「助けてあげたんだから、もう少し感謝ってものをしてもらえないかしらぁ？」

花川は声がしたほうを見た。

玉座らしき豪華な椅子に、ピンク色のドレスを着た少女が座っていた。

「アリスたん！　あぁ！　もしやアナザーキングダム!?」

どうやらここは謁見の間らしかった。

賢者アリスの能力、アナザーキングダムで作られた城の中にいるようだ。

「ものすごく不本意なんだけど……どうやら絆ってものが少しはあったようねぇ」

賢者アリス。

花川は怪我をした彼女を助けたことがあったので、どうやらそれで絆が結ばれていたようだった。

16話　ここは私がプリンセスなイケメンパラダイスだから

賢者アリスのアナザーキングダムは、思い通りになる小さな世界を作りあげる能力だ。花川はとりあえずの安全を手に入れたようだった。

「えーっと……助けていただいたのは感謝しておるのですが、ついでに魔王軍どももボコボコにしてくれたりは……」

「ずいぶんと厚かましいわねぇ。逃げられただけでも感謝しなさいよ」

「それはそうですな！　まずはありがとうでござるよ、アリスたん！」

「ま、私があいつらに勝てるかといえば微妙なところだけどねぇ。だいたいなんでシロウがあいつらの仲間になってんの？」

「お知り合いで？」

「あいつも賢者なんだから当然でしょ。つまりあいつらは賢者を支配下に置けるような力を持ってることになるわぁ」

「でも、この中に引きずり込んだら……」

「無理矢理入れるのはできないんだけどぉ」

「拙者、無理矢理引きずり込まれてるのでは？」

「ちょっとした裏技ねぇ。地面に扉を作ったの。一応は、そっちから入ってきたって扱いになってるの」

　扉を作り、開け、中に入ったところで扉を消す。ぼんやりした相手ならそれで無理矢理入国させることができるが、目端の利く者なら扉が現れたことに気付いて回避はできるとのことだった。

「扉をそのままにしておけば、入ってきたりするんではないですかね？　この中では無敵とかそういう話だったかと思うのでござるが」

　花川が突然出現した扉に落ちたなら、追ってくるのは当然だろうと思えた。先ほどの様子からすると魔王軍が逃走を許すとは思えなかったからだ。

「……中では無敵。なんて自信はもうないわねぇ」

　聞けば、オメガブレイドに散々にしてやられてしまったらしい。

「しかし、拙者はこの後どうすれば？」

「さぁ？　ちなみにここにあんたの居場所はないわよぉ？　ここは私がプリンセスなイケメンパラダイスだから、ブサイクのあんたはお呼びじゃないのぉ。どうしても置いてくれって言うなら、端っこにある腐れ村にでも行ってもらうことになるけど」

「ワードが不穏過ぎるのでござるが!?」

だが、花川に選択の余地はなく、全てはアリスの思惑次第だ。

アリスが押し黙ったので、花川は余計なことは言わずに待つことにした。

「……ヴァンからクレームが入ったわぁ」

「なんの言い訳もできないでござるな！」

ルールに則って勝負して敗北したというのにそれを認めもせずにゲーム外へと逃亡したのだ。ゲーム運営側が文句を言うのも当たり前のことだろう。

「というわけで戻ってこいって話なんだけどぉ？」

「いやいやいや!?　戻ったら死ぬだけなのでござるが!?」

「あ、それは大丈夫ねぇ。あんたのパーティは負けて、魔王軍は第三ラウンドに進んだから」

「え？　何がどうなったのでござる？」

「そこまでは知らないけど」

アリスが壁を指さす。すると、扉が出現した。そこから出ていけと言わんばかりだった。

「そのキズナカウンター？　大賢者様の力だから無下にはできないんだけど、私も賢者としての立場があるからぁ」

アリスの玉座の傍に、フルアーマーの騎士が何人も出現していた。手には長大な槍を持っていて、ゆっくりと花川へと近づいてくる。

「あ、あの！　外側からしか扉を作れないとかって制限があったように思うのでござるが！」

「ヴァンも似たような能力だから、協力すればどうにでもなるのよねぇ」

花川は扉へと追い詰められた。周囲をフルアーマーの騎士で固められてしまったのだ。

「うぅ……わかったでござるよ！　出ていけばいいんでござるね！」

扉を開け、花川は中に入った。

次の瞬間、花川は宙にいた。当然、落下して地面にぶつかる。たいしたダメージではないものの、いきなり重力方向が変化したような現象に花川はとまどっていた。

「オー！　花川！　無事だったのですネー！」

声のほうを見上げてみると、キャロルと諒子が立っていた。

「ここはどこでござる？」

花川はあたりを見回した。湖の畔だった。つまり、先ほどまで魔王軍と対峙していた場所だった。

「対戦用チャンネルからは追い出されていますよ。見た目は変わりませんけど」

「……じゃんけん勝負はどうなったのでござる？」

「あの後、すぐに参ったを宣言しましたネ！」

キャロルがしれっと言い放った。

「え？　……では、最初からそうしていればよかったでござるよね！」

「いきなりじゃんけん勝負を挑んだのは花川ですヨ！」

「まあそうなのでござるが……しかし、今後どうすればよいので？」

「半数が勝ち上がると次のラウンドが開始という話でしたので、まだチャンスはあるのではないですか?」

「なるほど。実際負けた拙者らはマッチング用のチャンネルに戻されたようですしな。今は第二ラウンドなので32パーティいるわけでござるな。第三ラウンドに進めるのが16パーティならまだどうにかなるのでござるかね?」

バトルロイヤル形式のトーナメントという変則ルールなため敗北で即ゲームオーバーになるわけではない。つまり、まだ挽回《ばんかい》のチャンスはあるのだ。だが他のパーティも勝負を進めているだろうし、のんびりしていれば対戦相手がいなくなるだろう。

「出たとこ勝負ですネ!」

それは作戦でも何でもなく、不安しかない状況だった。

＊＊＊＊

秋野蒼空は現役高校生アイドルであり、ギフトで得たクラスもアイドルだった。今もアイドルのステージ衣装風の服を着ているので、地底クエストに移動する際に同じクラスを得たのだろう。

「クラスメイトが来るとはね……」

夜霧も驚いているようで、知千佳も同感だった。

もしクラスメイトが来るとすれば花川やキャロルたちぐらいだろうし、それは知千佳たちと合流するためだろうと思っていた。

だが、蒼空がわざわざ夜霧に会いにきたとなると動機がよくわからなかった。

蒼空が公園に入ってくる。さらに近づいてきて、空間がぶれた。お互いの距離が十メートル以内になったため、対戦用のチャンネルに移動したのだ。

「こんにちは。壇ノ浦さんも一緒なんですね」

そのまま近づいてきた蒼空は二人の目前で立ち止まった。

「そうなんだけど……何しに来たかは訊くだけ無駄？」

知千佳もクラスメイトと再会できたと暢気に喜ぶほどお人好しではなかった。

今、地底クエストの最終ステージに参加しているのはほとんどが大賢者のメッセージを聞いた者たちだろう。だとすれば、蒼空も夜霧を殺しにきたと考えるのが妥当だった。

「いえ。最初から対話を拒むつもりはないですよ。そもそも私は高遠くんを説得にきたんですから」

「じゃあ戦うつもりはないの？」

「少なくともいきなり戦うつもりはありません」

微妙な言い方ではあるが、とりあえずは話をするつもりのようだった。

「説得ってのは？　帰還を諦めろとかってこと？」

夜霧が眉をひそめていた。

「単刀直入に言いましょう。自殺してください」

「かなりぶっちゃけたな！」

「東田《ひがしだ》良介《りようすけ》、福原禎禎《ふくはらよしあき》、橘裕樹《たちばなゆうき》、愛原幸正《あいはらゆきまさ》、城ヶ崎《じようがさき》ろみ子《こ》、篠崎綾香《しのざきあやか》。この六名を覚えていますか？」

「……クラスメイトだよな。橘、愛原あたりは記憶にあるけど……」

夜霧は思い出そうと苦労しているが、知千佳はすぐに察した。少なくとも、このうちの五名が夜霧によって殺されたことを知っているからだ。

「その程度の……認識ですか。あなたは！　殺した人たちのことを覚えていないというんですか！」

「あえて覚えておこうと思ったことはないよ。俺は殺意を向けられたから反撃しただけだし」

「苦楽を共にしたクラスメイトですよ！　それを殺しておいて、罪悪感はないというんですか！」

「そう言われても、そんなに関わりがなかったしな」

高校での夜霧は真面目に授業を受けてはいたようだが、同級生との交流はほとんどないようだった。知千佳も、こちらに来てから初めて話をしたぐらいだ。

今思えば、それも夜霧の能力が故だろう。下手に関わって自分の事情に巻き込まないように、あるいは敵として襲ってきたときに切り捨てられるように。そんなことを考えていたのではと知千佳は考えた。

「俺はできることをやってるだけだよ。だったら俺が殺されればよかったって言うのか?」

「はい」

即答であり、これには知千佳も驚いた。

「あなたが殺されていれば六人は助かりました。簡単な理屈でしょう?」

『こやつトロッコ問題で、ノータイムで多人数を助ける奴だぞ』

「端《はた》から見てれば助かる人数が多いほうがって思うのかもしれないけどさ。自分が天秤に乗ってるなら話は違うんじゃないか?」

「違いませんよ。私があなたなら、誰にも迷惑をかけないようにとっくの昔に自殺しています」

「なるほど。価値観が違い過ぎて話すだけ無駄だって思えてきたよ」

「壇ノ浦さんはどう思うんですか? 彼が死ねば、彼に殺された人たちが生き返ることができるとわかっているんです。ならばそうするべきとは思いませんか? あなたもそう説得するべきではないんですか?」

「おおっと! 急にこっちに矛先が向いたな!」

まさか話を振られるとは思っていなかった知千佳は少しとまどった。

「うーんと……これは前にも言ったんだけど。高遠くんの行動を許容してる時点で、その責任は私にもあるんだよ。高遠くんのしたことを赦せないと思っているのなら、袂《たもと》を分かつべきだった。でも、私はそうしていない。覚悟ならとっくにできてるんだよ」

「なるほど……六千万近くの無辜《むこ》の人々を殺し、罪のないクラスメイトを殺した上での発言がそれですか。ずいぶんと薄っぺらい責任と覚悟ですね。そんなもの、たかが二人に背負い切れる罪ではないでしょう」

「さあね？　背負い切れないならこぼれるだけなんじゃない？　潰されてあげようなんて思わないけど？」

「鳳くんは少し話せばまともではないとわかると言いました。私はそれでも対話でなんとかなると信じていましたが……鳳くんが正しかったようですね。あなたたちは狂っている」

蒼空の傍に五人の男が現れた。なんらかの能力によるものだろう。


『高遠夜霧　ＶＳ　秋野蒼空　ＦＩＧＨＴ!!』


その行動により、戦闘開始と判断されたようだった。

おそろいのハッピを来た男たちが突撃してきて、倒れた。おそらく、夜霧が力を使ったのだ。

「驚きました。この期に及んでも無関係な人を殺せるんですね」

「けしかけてきて何を言ってるんだよ」

夜霧が呆れたように言った。人を喚び出して戦わせるならその責任は蒼空にもあるはずだ。

「何を言ってるんですか？　これはファンの人が勝手にやってきてるだけですよ？」

「そんな無茶苦茶な理屈ってある!?」

だが、蒼空が操っていないから、蒼空は死なずファンとやらだけが死んだのだろう。

「俺の力は知ってるんだよな。それじゃ勝ちようがないんじゃないのか？」

「ええ。ですので持久戦ですね。あなたが常軌を逸した精神性を持っていることは理解しました。ですが、無関係な人を殺し続けられるんですか？」

さらにファンが出現した。老若男女、様々だがその目には殺意が溢れていた。蒼空が命令しているわけではないようだが、明らかに夜霧への憎悪をたぎらせているのだ。

「秋野さんのほうがよっぽどひどいことしてるよね!?　大勢を殺すのは赦せないとか言ってなかった!?」

「私は最大限の幸福を追求しているだけです。ファンは私のために死ぬのが幸せですし、高遠くんが死ねば皆が幸せです。これのどこがひどいんですか？」

「だめだ！　話通じねぇや！」

「高遠くんが自殺すれば、世界がやり直されて、死んだ人たちが元に戻る。ならばその過程を問うことに意味などないですよ」

「無駄だよ。無関係の人の代わりに死ぬ気なんかさらさらない」

だが、夜霧は蒼空を攻撃するつもりはないようだ。直接攻撃してこない蒼空に反撃するのは筋が違うのだろう。しかし、さすがにいつまでもこんなことを続けるわけにもいかないはずだ。

「私が攻撃する。ってのはありかな？」

『殺《や》れるか？　見たところ、ファンとやらは秋野の望みを叶えるために勝手に出てきているようだ。気絶させた程度では止まらん可能性があるぞ？』

攻撃を加えることも、一撃で絶命させることも可能ではあるだろう。だが、それを本当に実行できるかと問われれば二の足を踏んでしまう。明確に意志を持って直接命を奪うという行為はそれほど重いのだ。

「のわぁあああああ！　やっぱり！　やっぱりこんなことになるのではないかと思っておったのでござるが！」

知千佳が躊躇していると、素っ頓狂な、どこかで聞いた声が聞こえてきた。

「なんで花川が来るんだよ」

夜霧が呆れていた。

「知らんでござるよ！　というか、ファンは魔力で作られた幻影とかって話は嘘だったでござるよ！」

蒼空の前に、ハッピを着てペンライトを持った花川が出現していた。

17話　せ、拙者が力を抑えているうちに逃げるでござるよ！

花川はアナザーキングダムから戻ってきて、第二ラウンドでの対戦相手を探していたところだった。

魔王軍は花川たちに勝利して第三ラウンドに進出したが、負けた花川たちも他のパーティに勝てば第三ラウンドに進出できるはずだと考えていたのだ。

しかし、第二ラウンドが始まってからそれなりの時間が経っているし、決着のついたパーティも多いのだろう。すぐに対戦相手が見つからず焦っていたのだが、気付けば秋野蒼空親衛隊の一員のような格好になっていて、夜霧たちと対峙しているのだった。

「すまん、花川」

夜霧が、少しだけ申し訳なさそうに言った。

「いやいやいや！　それって操られてる仲間を心苦しく思いながら殺すときの……心苦しく思ってるでござるか？」

「多少は」

「なるほど。無関係な者なら殺せるとしても、クラスメイトならどうか、というところでしょうか」

秋野蒼空の能力、狂信的《ファン》で熱狂的《ファン》な信奉者《ファン》は自動的に発動するため、蒼空が自由に操れるわけではない。だが、蒼空の意向を酌んで、蒼空の望むような結果になるように配慮するのかもしれなかった。

「この場合、蒼空たんを殺せば解決なんではないですかね！」

「秋野を殺しても、ファンは残るし、敵討ちにくるだろ」

夜霧が淡々と答えた。

「そんなわけ……ああ！　別に拙者はこんなことしたいわけでは！」

花川はいつの間にか気を溜めはじめていた。心のどこかには夜霧を殺さなければならないという思いがあり、身体が自然と動いているのだ。

花川が他のファンと違い思い留まっていられるのは、夜霧の脅威を存分に知っているからだろう。狂信的《ファン》で熱狂的《ファン》な信奉者《ファン》により殺意を増幅されていても、夜霧に敵わないということも身に染みて知っているのだ。

「いつまでも続くっていうなら早めに終わらせるべきなんだろうな」

ぼそりと夜霧がつぶやき、花川は青ざめた。蒼空も、そのファンも、まとめて殺そうと夜霧が覚悟を決めたように思えたのだ。

「いやあああああ！　助けてでござるよぉおおお！」

「助けてやるよ。こいつ殺せばいいのか？」

背後からの声に振り向くと、蒼空の首が落ちていた。

「へ？」

蒼空の背後に、チンピラのような男が立っていた。革のズボンに、鋲《びょう》の付いたジャケットを着込んでいる貧相な体格の男だ。

突然のことに花川が呆然としていると、周りにいるファンたちも次々に倒れていった。

「って、ヨシフミ殿ではないですか！」

賢者ヨシフミ。一時期花川は、彼に道化として仕えていた。そのぐらいの絆でも、キズナカウンターの発動条件を満たしているようだった。

「そっちは無理だから、勝手にどうにかしろ」

面倒だったのか、嫌々呼び出されたからなのか。そう言い残してヨシフミは姿を消した。

「何が起こったんだ？」

夜霧も呆気に取られていた。

「一瞬誰か、どっかで見たような人が出てきてたような」

知千佳も首を傾げている。

どちらにしろクラスメイトの秋野蒼空が死んだというのに平然としていて、花川はやはりこの二人はおかしいと感じていた。

「くっ！　力が暴走しようとしてるでござる！　せ、拙者が力を抑えているうちに逃げるでござるよ！」

右手に溜めた気が集まり、噴出しようとしている。花川は左手で右腕を摑んで抑え込むようにした。

「中二病？」

知千佳が哀れな者を見るような眼になっていた。

「そんなこと言ってる場合じゃないんでござるよ！　拙者がしているのは拙者の心配でござる！　高遠殿に反撃されるのを恐れてるんでござるよ！」

『高遠夜霧　ＷＩＮ！』

空中に文字が浮かび上がった。夜霧の勝利が確定したようだ。

そして、夜霧と知千佳の姿が消えた。第三ラウンド進出が決まり、アンティチェンバーエリアに移動したのだろう。

花川は気弾を空へと打ち上げた。

夜霧が目の前からいなくなると、溢れんばかりだった殺意もすっかりなくなっていた。

「いや……その……拙者こんなところに一人で置いていかれてどうすれば……」

今さらながらにあたりを確認すると、ここは公園のようだった。対戦用チャンネルからは追い出されたようだが、仲間のキャロルたちがどこにいるのかはわからない。花川は途方に暮れるしかなかった。

＊＊＊＊

第二ラウンド開始のアナウンスがあり、ライニールと女神ヴァハナトはアンティチェンバーエリアを出た。

そこは通路の途中のようだった。

進んでいくと開けた場所に出た。円形の広場であり、周囲には観客席が階段状に配置されている。

ライニールは円形闘技場を想像した。

「おあつらえ向きというやつね！」

「確かにここで戦えと言わんばかりですけど……」

ちなみに第一ラウンドは草原で戦い、ヴァハナトの女神ビームにより一瞬で決着していた。

ヴァハナトが堂々と広場の中心まで歩いていく。ライニールはその後を恐る恐るついていった。

「これみよがしな場所なんだから、待ってたら誰か来るでしょ！」

「来ますかねぇ。女神の力で捜索とかできないんですか？」

「やーよ。めんどくさい」

ヴァハナトは、本来ならこの時間にはまだ、この世界には出現していない。やり直された世界では基本的には前回と同様の経緯を辿っていくからだ。だというのに、ヴァハナトはライニールとの縁をたぐり寄せて無理矢理に顕現しているのだ。そのため、全力を出せる状態ではないらしく、無駄な力は使いたくないのかもしれなかった。

そこでしばらく待っていると、正面の入り口から音が聞こえてきた。何者かがやってきているのだ。

姿を現したのは三人組で、そのうちの一体にライニールは見覚えがありすぎた。

「針鼠《ヘッジホッグ》じゃないですか！」

ピラミッドの屋上で見かけたときは目を合わせず関係ないと思い込もうとしていたが、こうして目の当たりにすればもう無理だった。これまでに味わった恐怖がライニールの脳裏にまざまざと蘇ってくる。

ライニールは、針鼠《ヘッジホッグ》に何度も殺されていた。千鳥足の漂流者《ランダムウォーク》により死ぬ度にやり直し、試行錯誤を繰り返して辿り着いたのが夜霧たちと出会った峡谷にある試練の塔だったのだ。

「そっちから来てくれたのはありがたいわ！　あんたも復讐《ふくしゅう》リストに入ってるからね！」

「でもちょっとおかしいですよ？　針鼠《ヘッジホッグ》ってあんなんでしたっけ？」

ライニールから見た針鼠《ヘッジホッグ》の印象は、文字通りの殺戮《さつりく》マシーンだ。何を考えているのかまるでわからず、問答無用で襲いかかってくる。だが、今の針鼠《ヘッジホッグ》にはどことなく知性のようなものが感じられるし、おとなしく後ろにいる女たちに従っているように見えるのだった。

とはいえ、今さら逃げ出すわけにもいかない。ライニールたちは敵がやってくるのを待ち構えた。

一瞬風景がぶれ、対戦用チャンネルに移動する。敵は少し距離を置いて立ち止まった。

「そっちも神か。うちはヒルコで、こっちはおかんのルー。もう一人はなんやよーわからん型番ゆーとったから覚えとらん。トゲトゲくんでええやろ」

先頭に立って話している、髪の長い派手な女がヒルコ。少し小柄で女神の威風を漂わせている美女がルー。全身から刃物が生えた鎧《よろい》のような存在が針鼠《ヘッジホッグ》ことトゲトゲくんということのようだ。

「ちなみに後二人おったんやけど、第一ラウンドで死によった。すがりついてくんのは勝手やし好きにせーとはゆーたけど守ったらなあかん義理もないしな。で、どうすんねん。なんかルールとか決めるんか？」

ヒルコは一方的にべらべらと喋り続け、ようやくこちらに話を促してきた。

「ルールはともかくとして、ちょっと訊いていい？」

「なんや？」

「その、トゲトゲくん？　そんなおとなしくしてるような奴じゃなかったと思うんだけど？　いきなり私の頭を貫いたり！　何か探してたみたいだけど、私じゃないとわかったらぽいっと捨ててどっか行ったりした奴なんだけど！」

　ヴァハナトは、話していているうちに思い出してむかついてきているようだった。

「そんなん知らんから本人に訊けや」

　ヒルコは針鼠《ヘッジホッグ》を前に押しやった。

「世界がやり直されたことは把握しているが、記憶に欠損がある。よってあなたのことは知らないし、以前の出来事について、今の私に問われても答えられない。記憶がない以上、以前の世界で何があったとしても私に責任はないだろう。たいていの世界では心神喪失状態の行動について罪に問われることはないからだ。だが、先ほどのあなたの言が事実なのだとすれば、あなたの怒りはもっともだろうし、今現在の私として謝意を述べよう。申し訳ない」

「はぁあああぁぁあ？」

　ヴァハナトは素っ頓狂な声を上げた。おそらくは怒りからくるものだろう。

「なんや、めっちゃ喋《しゃべ》るやん」

「あのー。僕も気になるんで訊いてもいいですか？」

「ええよ」

「その、トゲトゲくんとは仲間なんですか？」

「そうやけど一時的なもんやな。こいつ性懲りもなくおかんを殺しにきよってん。でもな、おかんもなんか妙な状況になっとってな。こいつ、どうも完全体のおかんを倒したいみたいやねん。でや。

だったら、協力しておかんの身体を集めようや、とゆーことになったわけや」

「そのとおりだ。私のターゲットは現時点ではルーと称する個体だが、その構成要素が増加していることを確認した。つまり、ここにいるルーを倒したとて私の目的は達成されないのだ」

「その気になったら倒せると言わんばかりなんがむかつくな」

「賢者の石と呼ばれる状態になっているルーの一部を私は探知することができない。この場合、最善の方法は、賢者の石を探知可能なルーが全ての石を集めるのを待つことだろう。そして、ただ待つよりは協力したほうが目的は速やかに達成することができるというわけだ」

「ちなみにうちらが最後にやってきたんは、ピラミッドの中に落ちてるおかんの身体を集めとったからや」

ピラミッドが崩壊し、何人もの冒険者が死に、彼らの持っていた賢者の石は放置されていたのだ。

彼女たちはそれを集めてからやってきたとのことだった。

「しかしけったいな奴らやな。トゲトゲくんがそんな気になるんか」

「それはまぁ……僕たちには結構な因縁がありまして……」

「ってなんでうちら暢気にお話しとんねん！　戦わなあかんやろが！」

「それなんだけどね。勝ち目がないのはわかってるんだけど」

「え？　勝てないんですか？」

ヴァハナトがそんなことを言いだし、ライニールは驚いた。いつも傍若無人で偉そうにしている女神の態度とは思えなかったのだ。

「そりゃそうね。万全じゃないってのもあるけど、そもそも神としての格が違うもの」

「そらそやな。神の戦いなんてもんはほとんどただのスペック比べや。工夫できる余地なんかそれほどあらへん。けどまぁそれでも戦うゆーあほはぎょーさんおるんやけどな?」

「別にあなたには因縁があるわけじゃないし。だから提案なんだけど。そいつと戦わせてくれない?」

ヴァハナトは針鼠《ヘツジホツグ》を指さした。

「で、そいつに勝ったら代わりに仲間にしなさいな」

「へぇ?　うちはかまへんよ。こいつが勝とうが負けようが知ったことやないし」

「そうですね。本人がそれでいいと言うのなら」

初めてルーが口を開いた。

「受けて立ちましょう」

針鼠《ヘツジホツグ》が了承した。

「ほな始めよか」

『女神ルー　VS　女神ヴァハナト　FIGHT!!』

勝負形式について取り決めがないので、とにかく相手を全滅させれば勝ちというルールのはずだ。

だが、一対一で戦うという雰囲気にはなっているので、ライニールは広場の端まで下がった。

敵陣営も一対一のつもりなのだろう。ヒルコとルーは浮かび上がり観客席に移動した。

「さあて、どうしてくれようかしら？」

ヴァハナトの周囲に武具が出現した。宝剣、宝輪、斧、槍、矛、刀、盾。空中に固定されたかのように浮いている武具はヴァハナトを守る結界であり、攻撃手段でもある。

武具が輝き、光線を放った。手加減なしの大出力による光速熱量攻撃だ。

対する針鼠《ヘッジホッグ》は、ただ刃状の腕を振っただけだった。

光線が、空間が、武具が、切り裂かれる。

「……少しは、遊びなさいよ……」

当然のようにヴァハナトも切り裂かれていた。頭頂部から股間へと真っ直ぐに斬線が走っている。

それですぐに死ぬことはないのかもしれないが、ヴァハナトの敗北は明らかだった。

「あ、あぁ……」

ライニールは言葉を失った。なんとなく、どうにかなるのだと思っていた。だが、現実は甘くはなかった。

これが、ただ単純な力比べなのだろう。お互いに攻撃を繰り出し、強いほうが勝つというだけの身も蓋もない話。針鼠《ヘッジホッグ》はヴァハナトより強かったのだ。

ヴァハナトが、ライニールに向かってゆっくり歩いてきた。

「あぁもう!　なんでこんなことになっちゃったのかしらね?　私はただ、ダーリンと再会したかっただけだっていうのに……」

「え、ええと……」

「降参すればいいわ。あなたごとき、わざわざ殺す意味なんてないでしょうから。手、出して」

「は、はい」

言われるがまま、ライニールは両手を差し出した。

そこに虹色に輝く石が落ちてきた。懐かしの星結晶だ。それがジャラジャラと落ちてきてライニールの両手からこぼれ落ちていった。

「サービス終了にともなう大盤振る舞いってところね。私が死んでもしばらくシステムは残ってるから。サ終までに使い切るのよ」

「う……うぅ……ヴァハナト様……」

「え?　あなたそんな感じだった?」

ライニールを散々な目に遭わせた張本人がヴァハナトだ。これで解放されるのだから喜ばしいはずなのだが、なぜか涙がこぼれ落ちそうになっていた。

やり直されたこの世界でのヴァハナトとの旅路は、ライニールにとってそれほど悪いものではなかったのかもしれない。

「でも……」

「大丈夫よ。神なんてのはいずれどこかにしれっと生えてくるものなんだから。またいつか、どこかで、再会することもあるでしょう」

「いえ……会いたくはないんですけどね……どうせひどい目に遭うに決まってますし……」

「なによ、それ……」

そして、大量の星結晶を残してヴァハナトは消滅した。

「そんなしみじみした感じにされるとこっちが悪者みたいやん？」

ライニールたちのやりとりを黙って見ていたヒルコが呆れたように言った。

「……降参です……」


『女神ルー　ＷＩＮ！』


ライニールの宣言は聞き届けられ、勝敗が決した。

「仲間になりたいんやったら連れてってもええけど？」

「いえ、大丈夫です」

「そうか。ほなな」

そして、ヒルコたちの姿が消えた。アンティチェンバーエリアに移動したのだ。

「とりあえず……どこかに隠れておいたほうがいいですかね……」

ライニールは星結晶を拾い集めはじめた。

18話　知り合いだからとかはたいした問題じゃないよ

『ラスボクエスト、最終ステージ、第三ラウンド開始！』

夜霧たちがアンティチェンバーエリアで休憩していると、空中に文字が浮かび上がった。

「じゃあ行くか」

「三ラウンド目だと16パーティだっけ」

「後四回か。人数が多くて大変かと思ったけどそうでもないな」

「特にピンチになってないからね……」

ただ敵を倒すというだけなら、今後も特に苦労はなさそうだと夜霧は思っていた。

立ち上がり出口に向かう。外に出ると、荒野だった。赤茶けた大地が広がり、途中で途切れている。その先には雲が見えているので空に浮かぶ島の端のほうなのだろう。

反対側は森になっていて、その先には巨大な建物の一部が見えていた。おそらくは城であり、そちらが島の中心だろう。

「叫ぶ？」

「お願い」

「高遠夜霧はここだぁ！」

お互いに慣れたものだった。夜霧は離れて耳を塞いでいるし、知千佳も自分の耳が麻痺しない程度の音量に抑えている。

「でもさ、なんかすごい怠けてる感じはあるよね」

「動いてないからなぁ」

だが、参加者の目的が夜霧を殺すことならこの対応が一番楽ではあるだろう。

「そういえばさ。これって対戦が確定する前って攻撃できるのかな？」

ふと疑問に思い、夜霧は知千佳に訊いた。

「え、どうなんだろう。お互いに十メートルにまで近づいたら対戦用チャンネルに移動するんだよね？　その前だとどうなるんだろ？　十メートルの範囲外からでも遠距離攻撃はできるわけだし……」

だが、それが通用するのなら、わざわざ一対一の空間に移動する意味がないだろう。

「接敵するまでは同じ空間にはいないようですよ」

答えが、森のほうから聞こえてきた。

「セレスティーナさん！」

知千佳が驚きの声を上げる。森から現れたのは、夜霧たちがホテルで世話になったコンシェルジュ、セレスティーナだったのだ。

「私は糸で周囲の様子を探っているのですが、対戦確定前の相手に触れることはできませんでした。ただ、先ほどの壇ノ浦さんのように周囲に影響を与えることはできるようです」

正しいたとえかはわからないが、お互いが半分別の空間にいるような状況なのかと夜霧は考えた。お互いに直接触れることはできないが、それぞれが周囲に与えた影響は相手に伝わるような状態なのだ。そうでなければお互いの声が聞こえないし、目視もできないだろう。

「俺を殺しにきたのか」

「はい。ホテルのお客様に対して大変失礼かとは思うのですが……他のお客様へのご迷惑を考えるとやむを得ません」

「まあそうだろうな。客は俺たちだけじゃないし」

少しやりにくい。彼女には世話になったし、悪人でもないだろう。ただ義務感から夜霧を殺しにきているのだ。とはいえ、黙ってやられるわけにもいかなかった。

セレスティーナが近づいてきて、対戦チャンネルへ移動した。

「ルールは？」

「最終的に高遠さんを殺さなければなりませんので細かい取り決めに意味はないでしょう」

「そうか」

『高遠夜霧　ＶＳ　セレスティーナ　ＦＩＧＨＴ!!』

　空中に文字が表示された。

「すでに私の糸はあなたたちを捉えています。抵抗しないのなら、壇ノ浦さんは見逃しますし、痛みなく終わらせますが」

「それは無理だよ」

「え？　糸って？」

　知千佳があたりを見回しているが見えないのだろう。同じように糸を使う剣士と塔で出会っているがその際には見えていた。ハッタリでないのなら、セレスティーナの糸はさらに細く、知千佳の視力でも視認できないのだろう。

「ではこれではどうですか？　まず壇ノ浦さんを殺します。殺意に反応できるとはいっても自らに向けられたものでないのなら？」

「無駄だよ」

　夜霧が言うと、セレスティーナが倒れた。

「え？」

『高遠夜霧　ＷＩＮ！』

呆気ない勝負の行く末に知千佳が驚いていた。まだ話し合いでどうにかなるとでも思っていたのかもしれない。

「知り合いだからとかはたいした問題じゃないよ」

セレスティーナは宣言通りに知千佳を殺そうとした。だから殺した。夜霧にとってはそれだけのことだった。

＊＊＊＊

第三ラウンドが始まりヒルコたちがアンティチェンバーエリアを出ると、そこは草原だった。遠くに森や湖や城は見えるが、あたり一帯が広範囲にわたって草原になっている。

「なあ？　お前センサーみたいなんであたりを探ったりでけへんの？」

ヒルコは針鼠《ヘッジホッグ》に訊いた。

「探る意味はない。すでにやってきている」

空から何かが降ってきた。大地が揺れ、景色が一瞬ぶれる。対戦用チャンネルに移動したのだ。現れたのは、五人組のパーティだった。

「よお。俺は魔王ゴルバギオン。こいつらは四天王だ」

先頭に立っている黒髪の少年がゴルバギオン。後ろにいる四人が四天王のようだ。

「ええで、ええで。話が早いんは助かるわ。ほなやろか」

いきなり対戦可能範囲にやってきたのだから、さっさと進めたいのだろうとヒルコは考えた。


『女神ルー　ＶＳ　魔王ゴルバギオン　ＦＩＧＨＴ!!』


空中に文字が表示された。ルールはデフォルトのまま、全滅するまでの殺し合いが採用されたはずだ。

「これちょっと気になってたんだが、名前に肩書き付いてる奴とそうでないのがいるよな?」

「そうやな。わかりやすいようにしとんのちゃう?」

軽口に付き合う必要もない。ヒルコは右手を前に出し、光線を放った。極太で、敵パーティ全員を巻き込めるほどの大きさだ。

草原が一直線に消し飛ぶ。大地が抉《えぐ》れ、焼け焦げたようになり、立っているのはゴルバギオンだけだった。

そのゴルバギオンもかろうじて原形は留めているが、全身が焼け焦げている。四天王は消し炭になったのか、残っているのは焼け焦げた大地に散らばる眼鏡だけだった。

「一応は魔王の面目は立ったんちゃう？　雑魚ごといかれてたらそれこそなんの違いがあってん。ってなるしな」

「そりゃな。俺はまだ本気出してないから」

ゴルバギオンは眼鏡を一つ拾い上げた。

「はぁ？　それはお前、かっこ悪過ぎやろ」

「そう思うならかかってこいよ」

「そうか」

一撃で虫の息といった様子だ。特に工夫せずとも、何回か攻撃を喰らわせれば終わるだろう。

ヒルコは再び光線を放った。立て続けに五連射し、それで決着だろうと思ったのだが、ゴルバギオンはまだ立っていた。

しかも、火傷も焼け尽きた服も元通りになりつつある。

「ほぉ？」

ヒルコは多少訝しんだ。二撃目以降の攻撃があまり通用していないように思えたのだ。

「いやいやいや。こっちにもターンよこせよ。一方的過ぎるだろうが」

「知るかい」

ヒルコが光線を放つと、ゴルバギオンが突っ込んできた。

焼かれながらも光線を耐え抜き、ヒルコへと迫ってくる。ヒルコは左手で殴った。ゴルバギオンの顔面を捉えたが、ゴルバギオンの蹴りもヒルコの腹に炸裂していた。

「なんやねん。そんなもん効くかい！」

「そりゃまだ本気じゃないから」

「うざっ！　だったらさっさと本気になれや！」

ゴルバギオンの攻撃などまるで効いていない。ヒルコは両拳でゴルバギオンを乱打した。ゴルバギオンは吹っ飛ぶが、すぐに体勢を立て直して突っ込んでくる。

そのうちに、奇妙なことになってきた。

ゴルバギオンがヒルコの攻撃に耐え、ゴルバギオンの攻撃でヒルコが痛みを感じるようになってきたのだ。

「なんやねん、お前！」

怒りにまかせて殴りつけると、殴りつけた拳が軋んだ。ゴルバギオンはヒルコの攻撃など意に介さずに近接し、膝を腹へと喰らわせた。

ヒルコは、たまらず後ずさった。

「だから言ったろ。本気じゃないんだって」

「本気でも勝てるかい！」

思い通りにはいかず、ヒルコは苛立ち紛れで重力弾を放った。それは敵を圧殺する重力操作であり、対象を一点へと押し縮める。だが、ゴルバギオンはそれにも耐えた。身体を軋ませながらも、立ち続けているのだ。

「俺はまだ本気出してないだけ《アイソレイテッドアルカディア》……俺の能力だよ。常に俺は本気じゃないんだ」

ゴルバギオンが右手を前に出す。嫌な予感を覚え、ヒルコは飛び退いた。

ヒルコが直前まで立っていた場所が消えた。大地が半球状に、綺麗になくなったのだ。

ヒルコの身体に無数の穴が空いた。先ほどの消失攻撃。その小規模な現象が、散らばるように発生したのだ。

「この程度で神が死ぬかい！」

ヒルコは瞬時に再生した。

「それぐらいは知ってるよ。でも、存在の本質みたいな部分があるのも知ってるぜ？」

ヒルコはさらに力を籠めて光線を放った。もうなりふりを構えなくなってきているのだ。強烈な熱戦がゴルバギオンに直撃する。

ゴルバギオンは多少よろめき、その瞬間、針鼠《ヘッジホッグ》が突っ込んだ。

針鼠《ヘッジホッグ》が刃物状の腕を振り、ゴルバギオンは左手を向けて消失攻撃を放つ。斬撃対消失。軍配は、ゴルバギオンに上がった。

針鼠《ヘッジホッグ》の上半身が消え去ったのだ。

「おかん！　こいつなんかやばいぞ！」

「今さらかよ。って言っても俺は尻上がりに強くなるから、最初からこうはいかないんだけどな」

「ぬかせ！」

ヒルコが光線を放つ。だがゴルバギオンはそれを無視した。光線を浴びながらも、悠々と近づいてくるのだ。

「俺は常に本気じゃない。つまりどこまでも強くなれるんだよ」

対応に迷っているうちに、ゴルバギオンはヒルコに肉薄していた。

ヒルコは全力で殴りかかった。ゴルバギオンはそれを簡単に躱し、ヒルコの胸を右腕で貫いた。

「おま……それはセクハラやぞ？」

「それはずりぃだろ。コアっぽいのそこに隠しといてよ」

「おかん……逃げろ……大賢者とかは後回しで……」

ヒルコは己の存在が霧散していくのを感じていた。もう何をすることもできず、ただルーの無事を願うしかなかった。

＊＊＊＊＊

圧縮された時の中、無限のような時の果てにゴルバギオンは勝利した。ルーはとてつもなく強く、ゴルバギオンは幾度も負けそうになったが、遂に本気にはならなかったのだ。

『魔王ゴルバギオン　ＷＩＮ！』

ルーが消失し、ゴルバギオンの勝利が宣言された。

ゴルバギオンにとって、敵が神であろうと、どれほど強かろうと関係はないのだ。なぜなら、彼は常に本気ではないからだ。どれほど劣勢になろうと、本気ではないのだからいずれは逆転できる。いつまで経っても本気にはなれないからこそ、限界がなかった。

周囲の様子が室内に変わり、ゴルバギオンはソファに座り込んだ。多少疲れはしたが、たいしたことでもない。

ゴルバギオンは、ジーンズのポケットにつっこんでおいた眼鏡を取り出して床に投げ捨てた。眼鏡を中心に煙が立ち上り、六目の魔人クレイズが現れた。

「申し訳ありません。何のお役にも立てず」

クレイズは、深々と頭を下げた。

「仕方ねぇさ。神とかが相手だと俺ぐらいしか対応できねぇし。他の奴らもさっさと生き返らせてやれ」

「はい。では、このバックアップ眼鏡で……」

クレイズが懐から三つの眼鏡を取り出し、放り投げた。

先ほどと同じように煙が立ち上り、四天王が復活した。

「しかし、なんとか眼鏡っていえばほとんど何でもできるってずりぃだろ」

バックアップ眼鏡は、一度かけた相手の情報を記憶し、後に再生することができるというアイテムだった。

このような眼鏡型アイテムを、クレイズは無数に取り揃えているのだ。

「いえいえ、ゴルバギオン様のほうがよほどずるいかと思いますが」

「次が第四ラウンドだな。だいぶ減ったな」

第四ラウンドの進出者は８パーティだ。これまでは適当な相手に突っ込んでいたが、これだけ数が絞られれば探すのも簡単だろう。

ゴルバギオンは、次あたりで夜霧を倒そうと考えていた。

19話　呪文を唱えるとか！　決めポーズをとるとかしろよ！

第四ラウンド。

夜霧たちがやってきたのは、街だった。

近くに城が見えるので、城下街らしい。夜霧たちは、噴水のある広場へと移動した。路地よりも戦いやすいだろうと思ってのことだ。

「高遠夜霧はここだぁ！」

知千佳が当たり前のように叫んだ。夜霧もすでに離れて耳を塞いでいる。

誰かが来ないかと待ち構えていると、空から何かが降ってきた。建物が揺れ、景色が一瞬ぶれる。

対戦用チャンネルに移動したのだ。

現れたのは、五人組のパーティだった。

Tシャツにジーンズのラフな格好をした少年、岩石のような肌の大男、三対の目に眼鏡を付けた細身の男、足元まで届く長髪を前に垂らした顔の見えない女、ロングコートを着込み眼鏡をかけた青年。

ずいぶんとちぐはぐな印象のパーティだが、その中の一人に夜霧は見覚えがあった。

眼鏡の青年、賢者シロウ。

地底クエストの運営に関わっていて、夜霧たちにルール変更を告げにきたことがあるのだ。

「よお。俺は魔王ゴルバギオン。こいつらは四天王だ」

黒髪の少年がゴルバギオンでリーダーのようだった。

「ゴルバギオン？　なんか聞いた気がするな」

「ほら、あれだよ。最弱のなんとかって人の」

そう言われて夜霧も思い出した。街を襲撃していた角の生えた少年、ナルティンが魔王軍の四天王だと名乗っていたのだ。

「でもいないな」

「ほんとだ。最弱だからやられちゃったのかな？」

「四天王が入れ替わるなんてよくあることだろ？」

ゴルバギオンがそう言うのならそうなのだろうし、敵の事情など夜霧としてもどうでもいいことではあった。

「それはいいとして、魔王軍がなんでこんなのに参加してるんだよ」

「そりゃお前が魔王軍以上に邪悪を体現してるからだよ。これから魔王軍として派手にやろうとしてんのに霞んじまうだろうが」

「そんなこと言われてもなぁ」

「これまでいろんな理由で狙われた気はするけど、これまでにないパターンだね」

「つーわけで死んでくれ」


『高遠夜霧　VS　魔王ゴルバギオン　FIGHT!!』


交渉の余地がないと判断されたのだろう。ゴルバギオンの一言で戦いが開始されてしまった。

「ブレイア。とりあえず一当て行ってこい」

「おう！」

岩石のような大男、ブレイアが前に出た。見るからに力自慢といった容貌であり、何も考えていない様子で夜霧へと突っ込んできた。

巨大な拳を振り上げ、その体勢でブレイアは倒れた。

「なるほどな。次はハルカ行ってみるか」

「……ねぇ。犬はどこに行ったの？」

ハルカと呼ばれた、長髪で顔を隠した女がぼそりと訊いてきた。

「犬ってダイのことか。別れたよ」

思い出すと少しばかり夜霧の胸が痛んだ。

「なんで！　私が欲しいって言ってたのに！」

突然ハルカが激昂《げきこう》し、そのあまりの変化に夜霧は驚いた。まさかそんな反応が返ってくるとは思いもしなかったのだ。

ハルカの姿が消えた。

知千佳が振り向く。一息遅れて夜霧が背後を見ると、ハルカが倒れていた。どうやら、速度が自慢だったようだ。

「一斉に来てくれたほうが面倒がなくていいんだけど？」

この期に及んでも、夜霧は積極的に力を使うつもりになれなかった。身を守るために力を使うと言ったところで結果は同じなのだ。遅いか早いかだけなのだが、それでもその信念をできるだけ守りたいと思っていた。

「そうか。クレイズ、シロウ。二人でかかれ」

六目の男クレイズと、賢者シロウが前に出て、倒れた。

「さっきからつまんねぇんだよ！」

とうとうゴルバギオンがキれた。

「もうちょっとなんかあるだろうが！　せめて背中がかゆくなってくるような呪文を唱えるとか！決めポーズをとるとかしろよ！」

「そう言われてもな。そんな余裕はないし」

四天王は全滅したが、夜霧は特に何をしたわけでもなかった。殺意に反応して自動的に能力が発動したに過ぎないのだ。

「でも、俺の力はもうわかっただろ？　降参しないか？」

念のため、夜霧は尋ねた。

「そんな魔王いると思うか？」

「確かにそんな魔王は嫌だな」

夜霧はこれがゲームだったらと想像した。そんな展開のゲームなどぶん投げたくなるだろう。

「でも、勝ち目がないだろ？」

「そうか？　そこの女。お前を四天王に任命する！」

「え？　嫌だけど？」

なんともいえない空気が流れた。ゴルバギオンは断られるとは思っていなかったようだ。

『そーゆーのは我が防いでおるからな』

もこもこが知千佳の隣でふんぞり返っていた。

「今の攻撃だったの？」

『攻撃というわけでもないようだが無理矢理自陣営に引き入れるといった呪詛《じゅそ》の類だろうな』

おそらく同士討ちでも狙ったのだろう。確かに知千佳が夜霧を攻撃してくるとなると対応しづらいが、それはそれで対応する方法もあると夜霧は考えていた。

「で、どうするんだよ？」

「お前の力はわかったよ。でも、俺はまだ本気を出していないんだ」

「そんなこと言われても、まだ何も見てないんだけど」

いきなり何を言いだすのかと夜霧は呆れた。ゴルバギオンはここまでほとんど何もしていないからだ。

「まあそう焦んなよ。俺は尻上がりに強くなっていくんだからよ」

ゴルバギオンが右手を夜霧たちへと向けた。何かを放つつもりなのだろう。

そして、ゴルバギオンは倒れた。放とうとした何かは夜霧を絶命せしめるものだったのだろう。

だから反撃により死んだのだ。


『高遠夜霧　ＷＩＮ！』


「……えーと……本気、見られなかったね……」

『少しは相手をしてやればいいものを……』

知千佳ともこもこが少し残念そうだった。

＊＊＊＊＊

賢者ヴァンは、城の中にある謁見の間にいた。第四ラウンドでの出現位置がここだったので、そのまま待機しているのだ。

天空の城フィールドの最終エリア。雲の上にある国の、中央付近にある建物の中だ。

城の周りには城下街などがあるが、そこに人は住んでいない。そもそも、地底クエストにはそれぞれのフィールドについての詳細な設定がなく、ゲームとして面白いかだけで適当に作られている。

ラストクエストなら、インパクトがいるだろう。空に城が浮いていたら面白いだろう。その程度の発想だけで、大きな雲を作り、その中に岩盤を浮かべ、森や川などの自然環境を設定し、城下街と城を配置したのだ。

元々、７パーティによる殺し合いを想定していたので、謁見の間にラスボスが座っているなどということはなかったのだが、今はヴァンが玉座に座っている。

地底クエストはシーズンごとにラスボスが異なるのだが、全シーズンを通しての真のラスボスとなれば賢者ヴァンということになるだろうし、ヴァンは少しばかり皮肉めいたものを感じていた。

「開発者がラスボスというのはメタ過ぎてあまり好きじゃないんだけどなぁ」

だが、大賢者の指示ならば仕方がない。せいぜい、ミツキが楽しめるような戦いを演出するべきだろう。

「誰か来たみたいだね」

城内に何者かが入ってきた。

それが誰かは調べればわかることだが、ヴァンは待ち構えた。

しばらくして、謁見の間に一人の男が現れた。

赤毛で着流し姿で無精髭《ぶしょうひげ》の壮年の男だ。

「よお。王様かなんかか？」

男が近づいてきて、二人は対戦用チャンネルに移動した。

「いや、たまたまここに出現して、ちょうどいいから座り続けてるだけだよ。高遠夜霧なんかと同じで日本の人かな？」

「この格好のことか？　これはいくつか前に行った世界で拾ったもんだな。気に入っててそれ以来、ずっとこのスタイルだ」

日本とは直接関係がないのかもしれなかった。様式が似たような衣服など、どこかにはあるものなのだろう。

「まあ、名前は鈴木《すずき》久三郎《きゅうざぶろう》なんだけどよ」

「どっちなんだい？」

「たいした意味はねえんじゃねぇか？　そもそも同じ言語を使ってるわけでもねえし、似たような世界なんぞ腐るほどあるわけだしな」

こうやって自然に会話をしているが、世界が違えば使用する言語はもちろん異なっている。賢者であれば言語の自動翻訳ぐらいは簡単なもので、それはあまりにも自然に行われていた。そのため、相手が本当はどんな言葉を喋っているのかは、よほど意識しないとわからないのだ。

「さて、久三郎くん。僕はこのゲームの管理者だ。君に勝ち目はないんだけど、それでも勝負する？　降参してくれるならてっとりばやいんだけど」

「んー……具体的には？　ただ勝ち目がないって言われてもな。それだと一か八かやってみっかってなるんだけどよ？」

さすがにこの程度の説明だけでは降参しないだろうし、ヴァンは説明を続けることにした。こんなところまでやってくる者の戦意は簡単にくじけないことはわかっている。

「そうだね。簡単に言えば、僕はこの世界を自由に操作することができる。君の足元にいきなり罠を作ることもできるし、君の周囲の酸素をなくすことも、重力を変更して押し潰すこともできる。君をまったく別の場所に飛ばすこともできるね。まぁこの戦いは対戦専用チャンネルで行われるから、チャンネル外に飛ばすようなことはしないけど」

プレイヤーたる冒険者に直接干渉することはできないが、環境の変更なら自由自在だ。

「それぐらいなら、とりあえずやってみるか、と思うんだが、まだ何かあるか？」

「なるほど。一か八か、という意味ではそうなるんだね。では、これならどうだろう。僕は、自分が作りあげたゲーム世界を管理している間は無敵なんだ。一切の攻撃が通用しないんだよ」

「あー。そういうの聞いたことがあるぜ？　でもゲームマスターが無敵フラグ立て忘れて死んじまった、みたいなのも聞いたことがあるんだが」

「残念ながらフラグによる設定じゃないからどうにもならないよ。ゲーム世界が存在する限り、僕は無敵なんだ」

「まあ理屈はわかるな。ゲームとあんたは切っても切れない関係ってことだよな」

「これでわかってもらえたかな？」

「わかったよ。じゃあやるか」

「そんなことだろうと思っていたよ」

一目見たときからなんとなくわかっていた。どれだけ言葉を尽くそうが、諦めるとは思えなかったのだ。

「ルールは殺し合いでいいぜ」

「了解だよ。もちろん、いつでも参ったって言ってくれて構わないからね」

『賢者ヴァン　ＶＳ　鈴木久三郎　ＦＩＧＨＴ!!』

空中に文字が表示され、戦いが始まった。

ヴァンは玉座に座ったまま、久三郎を見つめていた。いきなり即死するような罠を展開するつもりはなかった。久三郎が何をするつもりなのかに興味があったのだ。

飄々《ひょうひょう》とした男ではあるが、ヴァンが言ったことを聞き流したわけではないだろう。ゲームマスターであるヴァンが説明したのだから信憑性《しんぴょうせい》はあるはずだし、希望的観測だけで疑わないはずだ。

つまり、ヴァンの能力を把握したうえで、勝ち目があると思っている。

それはそれで面白いとヴァンは思っていた。自分が負けるところなど想像もできないのだが、自分自身でも攻略方法の思いつかない能力をどう打ち破るつもりなのか。

もちろん、打ち破られてしまえば自分が負けて死ぬことになるわけだが、それでも構わないとヴァンは思っていた。

ヴァンが負けるなら、それは面白い結果だろうし、ミツキも満足するだろうと考えているのだ。

それに、たとえ死んだところでミツキが世界をやり直せば生き返ることができる。この勝負の結果がどうなろうと、最終的にはどうにでもなるのだ。

「あー、そんな期待に満ちた目で見られてもな。そんなに面白いもんは見せられねぇぜ」

久三郎の少し前の床がぼんやりと輝いた。

そして、そこから刀の柄が生えてくる。それはゆっくりと伸びていき刀身をあらわにしていった。柄が腰の高さに来たところで久三郎が柄を握り、一気に引き抜く。それは、久三郎の身長ほどもある細く長い刀だった。

「こんな格好の奴が使いそうな武器を取り出しただけでね。まぁ鞘がないもんでこんな納め方をしてるが、これだってそんなに珍しいもんじゃねぇだろ」

その武器は、ゲーム内のものではなかった。彼が外から持ち込んだものなのだろう。

せっかく相手が武器を取り出したのだ。少しばかり実力のほどを見てみたいと思い、ヴァンは攻撃を開始した。

久三郎の直上に岩を出現させたのだ。

ゲーム内設定の重力に従って、岩が落下していく。

久三郎は岩に気付き、慌てて身を躱した。

「あっぶねぇ！　いきなり何すんだよ！」

「その岩はこの地底クエストの地形を構成している基底素材でできてるんだ。壊れないわけじゃないけど、破壊されることを想定してるわけじゃない、ぐらいの強度だね。切れ味を試すにはちょうどいいかと思ったんだけど」

「いや、何か落ちてきたら避けるだろ。刀で斬ろうなんて思わねぇんだが」

「それもそうか。じゃあこれはどうかな？」

久三郎の周囲にガラス壁が出現した。これも見た目は異なるが基底素材製だ。

四方と天井を囲んであるので、壊さずに脱出は不可能。隙間は一切ないので、手をこまねいていればそのうち窒息することだろう。

「そんなに切れ味が見たいのかよ。まあ俺の攻撃手段はこれぐらいしかないから、嫌でも拝むことになるんだが」

久三郎が刀を上段に構え、振り下ろした。

その刀がそれなりの切れ味を誇る武器であろうことはヴァンにも予想できた。

おそらく、基底素材ぐらいは切り裂くだろうし、その勢いのままヴァンを真っ二つにするぐらいのこともできるかもしれない。

だが、できるのはそこまでだ。

ヴァンの無敵性は、自らが作りあげた世界とリンクすることで担保されていた。

つまり、地底クエストが存在している限り、ゲームマスターであるヴァンは死ぬことがないのだ。ヴァンの肉体を切り裂いたところで何の意味もない。同時に、地底クエストそのものを全て破壊しなければならないのだ。しかも、今いるこのチャンネルだけではなく、全てのチャンネルを壊さなければならない。

だから、ヴァンは久三郎の動きをのんびりと観察していた。

刀が少し動き、基底素材でできたガラス天井が裂けた。そして、その上空にある城の天井にまで線のような切れ目が走る。

刀が振り下ろされていき、正面のガラスが切り裂かれていく。刀の切っ先の直線上にある城も同時に切り裂かれていった。

切っ先がヴァンを捉え、斬撃が襲いかかる。

ヴァンの身体が、頭頂部から両断されていった。

久三郎が刀を振り切り、ヴァンは頭頂部から股間までを切り裂かれたが、それだけのことだった。

真っ二つになったヴァンの断面はただ黒いだけだった。そこからは血が溢れることも内臓がこぼれ落ちることもない。今のヴァンはゲーム内オブジェクトに過ぎず、斬られて死ぬような存在ではないからだ。

「確かに斬れはしたけど、これで終わりかな?」

真っ二つになったままヴァンは口を開いた。

「ああ。終わりだよ」

「どうにもならないとわかったなら降参するかい?」

「なんでだよ。終わりっつっただろうが」

ヴァンは、両手で身体を押しつけ、元の姿に戻ろうとした。

だが、その手が動かなかった。力が入らないのだ。

精気が、根こそぎ抜けていくようだった。

吐き気がし、目眩《めまい》がし、意識が朦朧《もうろう》としていく。何が起こっているか、ヴァンにはすぐにわからなかった。

世界がずれていく。二つに分かれていく。

視界が定まらないためかと思ったが、すぐにそれが現に目前で起こっている出来事だとわかった。

「地底クエストが存在する限り無敵っつーからよぉ。まとめて斬ってみたんだが」

その言葉は嘘ではなかった。

地底クエストの全チャンネルがその一刀で両断され、崩壊しようとしているのだ。

「でもあんた、まだ生きてるよな。嘘つきか?」

「……嘘じゃない……言葉が足りなかっただけだよ……僕はゲームマスターで、ゲーム世界が存在する限り無敵で……」

「ああ。道理だな。ゲームは地底クエストだけじゃねぇってことか」

天空での陣取り合戦、フォーキングダムを運営しているときには地底クエストの準備を進めていた。フォーキングダムが崩壊し、地底クエストの運営に本腰を入れた後は、当然別のゲームの準備を進めていたのだ。

だが、現時点ではリソースの九割を地底クエストに割いていた。当然、地底クエストが崩壊した際のダメージも相応のものになった。ヴァンは一割の力でかろうじて生きてはいるものの、虫の息といった状態になったのだ。

20話　幕間　しょせんは泡沫《うたかた》の夢のようなもの

久三郎は忌み子だった。

どこかの占い師が言った、適当な言葉でそういうことにされてしまったのだ。

とある日に生まれた赤毛の子が世界を滅ぼす。妄言に近い占いだが、その占い師は国家の中枢に近い位置にいたらしく、その発言は重用されていたらしい。

何の根拠もない占いではあるが、その日に生まれた赤毛の子の大半は殺されたようだ。

久三郎が殺されなかったのは、彼の生まれた家が上流階級だったためだ。ただの占いをもとに子供を殺すのは忍びないと思ったのだろう。彼は屋敷の一角に軟禁されることになった。彼を生かすには人目を避けて生活させる必要があったのだ。それができたのは彼の家が裕福だったからであり、一般庶民では無理だっただろう。

そうやって、久三郎は幼少期を過ごした。その存在を隠匿されたため戸籍も存在していないが、不憫《ふびん》に思われたのかそれなりに贅沢な暮らしをしていた。

そもそもが、たかが占いの話だ。しばらくすればほとぼりが冷めるだろう。そう思われていたのだが、占い師は諦めなかった。

災厄の子は生きている。いずこかに隠れ潜んでいる。新たな占いを世に示したのだ。

久三郎は窮屈な暮らしを余儀なくされた。

災厄の子には莫大《ばくだい》な懸賞金がかけられた。他にも隠れていた赤毛の子らは引きずり出され、処刑されていったのだ。

執拗《しつよう》な探索が続いた。街は虱潰《しらみつぶ》しに調べられ、それらしき年齢の子供たちは全て検められていった。

こうなると、残るのは上流階級の裕福な家庭ぐらいになってしまう。

次第に、両親は久三郎の存在を疎ましく思うようになっていった。

こんなことなら生まれてすぐに殺しておけばよかった。そう思うようになっても仕方がないだろう。

見つかる前にさっさと殺しておくべきか。両親は逡巡《しゅんじゅん》したが、結論が下される前に久三郎の存在が発覚した。世話をしていた使用人が密告したのだ。

久三郎は処刑されることになった。

縛り付けられ、断頭台へと押さえつけられ、斧が振り下ろされんとしたまさにそのとき、奇跡が起こった。

どこからか現れた刀が、処刑人を、断頭台を、見物人を切り裂いたのだ。

縄が切り裂かれ自由になった久三郎が立ち上がると、刀は久三郎の手におさまった。

久三郎が怒りにまかせて剣を振り下ろすと、その斬線上にあった全てが断ち切られた。

人も、建物も、大地も、太陽も、海も、世界とその他を分かつ境界すらもが切り裂かれたのだ。

そして、世界は滅んだ。

結局、占い師は正しかったのだ。

この事態を避けるには、生まれたばかりで何もできない久三郎を殺すしかなかっただろう。世界を滅ぼしたくなければ、どれほどの犠牲を払おうとも殺すべきだったのだ。

世界が滅びれば、そこに棲息《せいそく》していた全ての生命体が死滅する。当然、久三郎も一緒に死ぬはずであり、それでこの惨劇は一応の結末を迎えたはずだった。

だが、久三郎は死んではいなかった。

彼は、山の中にいたのだ。

世界が真っ二つに分かれていく光景を見た久三郎は自分もこれで死ぬだろうと思っていた。あの状況で生き残れるなどとは思いもしなかったのだ。

わけがわからない状況ではあるが、どうにか生きていく必要がある。幸いと言うべきか、麓を見下ろせば街らしきものが見えるし、山道もある。ここがどこかもわからないが、とにかく人のいるところへ行くべきだろう。

山を下りはじめると、数人の武装した男たちが現れた。

ずっと家に閉じ込められていたので知識でしか知らなかったが、おそらくは山賊の類だろう。着の身着のままで財産らしきものは何も持ってはいない。そんなことをどうにか説明しようとしたのだが、言葉はまったく通用しなかった。

言語がまるで異なっていて、何も伝わらなかったのだ。

山賊たちがにじり寄ってくる。たいした物を持っていないことは一目でわかるだろう。生け捕りにでもして、その身を売り払うつもりなのか。

久三郎が恐怖に駆られると、刀が現れた。

処刑のときに現れた、久三郎を救ったあの刀だ。

久三郎は刀を手に取り、振るった。

またもや、世界が滅んだ。

その一撃は世界を断ち割ったのだ。そして、またもや久三郎は別の場所に立っていた。今度は、海岸沿いであり街の近くだった。

街に行ってみれば言葉は通じず、トラブルが起こり、諍《いさか》いになって久三郎はまたも刀を振る。

当然のように世界は滅びた。

それから何度もそんなことが起きて、ようやく久三郎は自分が何をしているのかを把握した。

刀は久三郎が呼べば現れるし、危機に瀕《ひん》した際にも勝手に現れる。

刀を振れば何もかもが切り裂かれて、世界が滅びる。

そして、別の世界へと移動してしまうのだ。

刀を振れば世界が滅びるが、かといって黙ってやられるわけにもいかない。手加減できないかとも考えたが、刀を振れば必ず世界が壊れた。

久三郎は開き直った。この刀ぐらいしか身を守る術がないのだし、襲ってくるほうが悪いのだ。

久三郎はいくつもの世界を破壊し、移動した。

何度も何度も壊し、何度も何度も移動する。

そうするうちに久三郎は歳を経て、それなりに対処する術を覚えていった。

いくつもの世界のうちには、最初から久三郎の脅威を認識できる者もいたのだ。そういった者の便宜で知識を得て、刀を使わずとも済むような武術を会得した。

魔法といった元々は持っていなかった力もそれなりには習得できた。それぞれの世界で様々に法則が異なるのだが、誰もが魔法を使えるような世界に行った場合は久三郎もそれに合わせた身体になるのか、常識の範疇《はんちゅう》としてそれらを使うことができるのだ。そして、どこかで得た力は別の世界でも使うことができた。それぞれの世界ではたいしたことのない力でも、別の世界に持っていけば話は変わってくる。

世界の移動を繰り返すうちに、久三郎はそれなりに生きていけるようになっていった。

しぶとく、図々しく、ふてぶてしくなっていったのだ。

一つの世界で過ごすことが長くなっていった。

どこかの世界で得た不老の性質により、何も問題が起きなければのんびりと平和に過ごしていられる。だが、身につけた細々とした技能では対応できないような事態に遭遇したならどうなるか。刀を振るうしかなかった。それで世界が滅びようと、久三郎は死にたくはなかったのだ。

できうる限り刀は使いたくない。だが、背に腹は代えられない。

どれだけ穏やかに、平和に暮らしていようと、いずれは久三郎の身に災厄が降りかかった。だが、これは致し方がないことだった。これは確率の問題でしかなく、長く生きていればいずれはどうしようもない事態に直面することになるのだ。

そのうちに、久三郎にとって世界などどうでもよくなっていった。

しょせんは泡沫の夢のようなもの。壊れたところで、またすぐに別の世界が現れるのだ。以前の世界のことなどすぐに忘れられる程度のことになっていった。

最初のうちは罪悪感があったものの、それにも慣れていった。

次第に、飽きれば別の世界に行ってみよう。どんな世界に行けるかは運任せだ。変わった世界なら面白い。というぐらい気軽になっていったのだ。

いくつもの世界を壊し、世界を渡り、辿り着いたのが賢者が支配する世界だった。

ここでもしばらくは何もするつもりはなかった。

よほどの困難に直面しない限りは世界を壊すつもりはない。まずは、その世界に馴染み、堪能するのが久三郎の常となっていた。

幸い、場所を選び、おとなしくしていればそれほど危険な世界ではなかった。穏当な賢者が支配する地域でごく普通に暮らしている限りは何の問題もなかったのだ。ときおり侵略者《アグレッサー》なる者が外世界からやってくるようだが、それも賢者がどうにか対応してくれている。

だが、そんな穏やかな日々は唐突に終わりを告げた。

ある日、時が過去へと戻ったのだ。

周囲の者たちは、夢を見ていたと思ったらしい。すぐに忘れてしまったようだが、久三郎は以前のことを覚えていた。久三郎が身につけた力の中には、見聞きした事柄を記録し続けるといったものもあったのだ。

いったい何が起こったのか。困惑する中、空から災厄が降ってきた。全てを侵蝕《しんしょく》する謎の生物が世界中を埋め尽くしたのだ。

久三郎は、謎の生物から逃れるために地底クエストへと移動した。刀を振って終わらせるよりは面白いかと思ったのだ。

そして、この事態を巻き起こしたのが大賢者であることを知った。

大賢者は、高遠夜霧を殺せば、全てを元通りにできると言う。

久三郎は、高遠夜霧よりも大賢者に興味を持った。けっきょく全てをなかったことにして、完全に元通りになるというのなら、大賢者のほうがよほど力が上であり全てが余興だということになる。

ならば、大賢者と遊んだほうがよほど面白い。久三郎はそう考えるに至ったのだ。

ACT 3

21話　世界の破壊者、斬界刀を振るうワールドスレイヤー

久三郎には、自分の世界を創造する能力と対した経験があった。

その経験によれば、刀はこういった作られた世界を斬ることもできるが、斬撃は一旦そこで止まってしまうのだ。つまり世界が二重構造になっている場合、内側は斬れても、そのままでは外側までは斬り裂けない。もう一度斬ればいいだけなので、特に問題とはならないが、今のような状況であれば便利な特性だった。

久三郎は今すぐに世界を終わらせるつもりはなかったのだ。

地底クエストが分かたれていく。ただ両断されただけだが、それが再び一つになることは二度とない。一度斬られた世界は、反発するかのように分かれていくのが常だった。

二つに分かれた世界が離れていき、もうどうにもならないのだと誰もが悟ったころ、久三郎は大地の上に立っていた。

先ほどまでいた城はどこにもなく、あたりには倒れた木々しかない。

つまり崩壊した森の中なのだが、あたりには謎の生物が蠢いていた。おそらく空から降ってきた

侵蝕生物だろう。以前とは姿が変わっていて、植物をより合わせて作った人形のような姿になっている。地底に行っているうちに形態を変えたようだった。

木々が倒れているのは、それも侵蝕の結果なのだろう。

「すっかり忘れてたわ。こいつらがいるんだった」

地底クエストが崩壊し、元いた地上に戻ってきたのだった。おそらく、地底クエストにいた者たちも同様だろう。世界が壊れたとき、すぐ傍に生存可能な世界があればそこに放り出されるものだからだ。

「んー。さすがにこいつらに負けそうになって刀を使うのはかっこわりいんだが……」

そんなことをするのなら地底クエストになど行かずに最初から使っていればよかったのだ。

だが、こうやって囲まれてしまうといかんともしがたかった。

「かといって都合よく逃げられるようなスキルを持っちゃいねぇんだよなぁ、これが」

久三郎が身につけた能力は、これまでに渡ってきた世界での基本的な技能でしかない。見渡す限りの敵を一瞬で燃やし尽くしたり、空を飛んだりはできないのだ。

「うーん……大賢者と直接対決なんてのもしたかったんだが……」

自信満々の大賢者の前で世界を切り裂けばずいぶんと爽快だろう。そう思っていたのだが、刀を振る以外に為す術がなかった。

無目的に蠢いていた侵蝕生物たちがピクリと反応した。

久三郎は刀を持つ手に力を入れた。

だが、謎生物たちが反応したのは久三郎ではなかったのだろう。空から轟音《ごうおん》が聞こえてきた。

久三郎が空を見上げると、巨大な塊が飛んでいた。

おそらくは宇宙要塞の類だろう。久三郎は、球体状のそれらにどことなく見覚えがあった。これまでに渡ってきた世界で同じような乗り物を見たことがあったのだ。

「宇宙艦隊ってぐらいの勢いだな……」

空は、宇宙要塞らしき巨大物体で埋め尽くされている。その規模はよくわからないが、星の一つや二つは攻め滅ぼせそうだと久三郎は感じていた。

宇宙要塞の表面に、いくつもの筒状の物体が出現した。おそらくは砲塔の類だろうそれらが、一斉に下方へと向けられた。

「あぁ?」

宇宙要塞が震え、何かが発射された。

久三郎はろくに反応できなかった。それが本当に宇宙要塞であり、宇宙規模の攻撃であればそれが当たり前だろう。

幸い、その攻撃は久三郎からは離れた位置に着弾した。

大爆発でも起こるのかと久三郎は身構えたが、その結果は宇宙要塞の攻撃にしては実にあっさりとしたものだった。

謎生物と、その周囲の地面が抉れて綺麗さっぱりと消えてなくなったのだ。

その攻撃は次々にあたり一帯にばらまかれた。

無差別のようではあるが、その攻撃は久三郎を避けているようだった。

落ち着いて見てみれば、何かが着弾した瞬間に周囲の物質が一点に吸い込まれている。原理などはさっぱりわからないが、様々な世界を渡ってきた久三郎にとっても常識外の兵器だった。

しばらくして、周囲の侵蝕生物は一掃された。

この生物は不死身であり、焼き尽くしたとしてもすぐに復活するらしいのだが、今のところはその兆候はなかった。無作為に削られた大地が広がるのみなのだ。

「もしかして俺を助けてくれたのか？」

空を見上げる。一隻の宇宙要塞から、光が放たれた。光は久三郎の目前に投射され、そこに人影が現れた。

全身を覆うようなボディスーツを着た青年で、トーナメント戦が始まる前の集まりで見かけたことがあったと久三郎は思い出した。

「あんた、説明のときに何か訊いてた奴だろ。あれだ、攻撃が大規模だとかなんとか……はぁー。あれがそうかぁ」

ハッタリか、大言壮語だろうと久三郎は思っていたのだが、実際にはまったく想像もしていなかったほどに大規模だった。確かにあの宇宙要塞群で攻撃するというのなら、全参加者を一度に巻き込んでしまうことだろう。雲の上のバトルエリアどころか、フィールドそのものを消し去ってしまえそうだ。

「俺はサイズっていう。よろしくな」

「で？　助けてくれたようでそれは感謝したいところだが……もしかして俺と戦うつもりなのか？」

「今さら意味ないだろ」

「それもそうだな」

では何をしにきたのか。いまいち意図がわからなかった。

「世界を壊してもらいたいんだよ」

「そりゃいずれ壊しはするがよ……指図されるのは気に入らねぇな」

「助けてやっただろ？」

「それこそ世界を壊せばどうにでもなったんだが……まぁちょっと面白そうだと思ったのは事実だ」

久三郎は今まで様々な世界を壊しながら渡ってきた。その世界の中には久三郎の能力を知る者もいたのだが、壊してくれと頼まれたのは初めてだったのだ。

「指図するつもりはないんだ。ただ世界を壊すとき、ついでに大賢者ってのを斬ってもらいたいだけでね」

「ふむ……直接斬るかはともかく、大賢者に会っとこうと思ってはいたが……。けど、高遠夜霧って奴じゃなくていいのか？」

「俺はそいつに恨みがあるわけじゃないしな。ゲームに参加したのは大賢者と接触するためだ」

「俺は……ある程度は成り行き任せだな」

いつでも世界を終わらせて別の世界に行ける久三郎にとっては世界の危機などさほどの問題ではない。地底クエストに参加したのは面白そうだと思ったからだし、高遠夜霧の所業についてはなんとも思っていなかった。

久三郎は大賢者のほうがよほど面白そうだと思っていたのだ。

「で、斬るってのは？」

「空を見てもらえればなんとなくわかるとは思うが、俺は自力で世界間移動を行うことができる」

「そりゃなぁ。それぐらいの科学力？　はありそうだよなぁ」

たいした根拠はないが、久三郎は漠然とそう思った。

「だからこの世界が滅びかけていようと問題はないんだが……問題は世界のやり直しだ。俺は別の世界に行ってたんだが、それでもやり直しでこの世界に戻ってきてしまった。つまり、今後も同じことが起きる可能性が高いわけで、これじゃ困るんだよ」

「なるほどな。この世界よりも、高遠夜霧よりも、大賢者のほうがよっぽど問題ってことなんだな」

「安直な発想ではあるんだが、大賢者を殺してしまうのが確実っぽいだろ？」

「そりゃな。それで駄目ならどうしていいかわからんぐらいだが……俺に頼むのか？」

「あんたの噂は聞いたことがあるんだ。鈴木久三郎。世界の破壊者、斬界刀を振るうワールドスレイヤー。その刀で斬れないものはなく、一度振るえば世界ごと断ち切るってな」

「うげぇ……俺、そんなことになってんのかよ……スレイヤーって、斬界刀って……」

刀は刀でしかなく、わざわざ名前を付けてなどいない。二つ名も自分で名乗ったわけではないが、そう思われているのかと思えば実に恥ずかしくなってきた。

「大賢者の能力は未知数だ。俺でも勝てるかもしれんが、あんたと協力したほうがより確実なんじゃないかと思ったんだよ」

「いいぜ。大賢者ごと斬ってやるよ」

そう答えたのは、大賢者がどこにいるのかもわからないし、移動手段もなかったからだ。大賢者に会うまでのお膳立てをサイズがしてくれるのなら願ったり叶ったりというところであって、断る理由がなかった。

「大賢者のところに行くまでは任せてくれ」

「おう。頼んだぜ」

宇宙要塞から光が放たれ、二人を照らし出した。次の瞬間、久三郎は艦橋らしき場所にいた。いくつもの座席と計器のある部屋だ。

「宇宙要塞の中か？　にしても誰もいねぇんだな」

久三郎は刀を別空間に収納した。

ちなみに刀はいつでも瞬時に手にして即座に振るうことができる。いちいち取り出しに時間をかける必要はまったくないのだが、気分の問題でそうしていた。

「操縦はＡＩがやってるからな。操縦室なんざ飾りだよ。雰囲気作りのためにこうなってる」

「……わざわざあの謎生物を消さなくても、俺をここに移動させればよかったんじゃねぇのか？　一瞬だろ」

「断りもなしにそれはただの誘拐だろ」

「案外律儀だな」

「これだけの力を持ってるからな。やりたい放題にやってると無茶苦茶になる。己を律する必要もあるんだよ」

「まあそれはいいとして、肝心の大賢者の居場所やらはわかるのかよ？」

「そっちを見てくれ」

サイズが指さしたほうには、巨大なモニターがあった。

そこには世界地図らしきものが表示されていて、光点がいくつか表示されていた。

おそらく光点が何者かの位置を示しているのだろう。光点は一つの大陸の一定範囲に集中している。

サイズが軽く指を振ると、地図が拡大された。

「地底クエストから追い出された者たちの場所だ。全員がそれなりに近い場所にいるな」

「で、大賢者は？」

「この青い点だな。赤が俺たちで、黄色はその他だ」

ここから大賢者のいる位置までは、百キロメートルほどのようだった。徒歩で行こうとすればげんなりとするほどの距離だが、宇宙要塞にとっては誤差のような距離だろう。

「大賢者が隠れている場合、センサーを総動員しても見つけることはできなかった。今がチャンスだな」

「まあ連れてってくれるなら文句はねぇよ」

謎生物が蔓延している世界では心穏やかに暮らすことなどもうできないだろう。

大賢者がいようといまいと、世界を切り裂いて他の世界に移動するしかないと久三郎は考えていた。

22話　トーナメント編とか試験編が横入りでうやむやになるやつだな!

面白くなってきたとは思いつつも、このあたりが潮時かともミツキは思っていた。

想定外のことが起こるのは面白いのだが、ここまで無茶苦茶になってくると先が見えてもくるからだ。

ミツキも地底クエストから強制的に弾き出され、地上世界へと戻ってきていた。

今は宙に浮いていて、変わり果てた世界を見下ろしていた。

地上の大部分がセイラに覆い尽くされているとなれば、人類がまともな活動を行うのは不可能だろう。

地上に残っていた者たちも大半はセイラ化しているだろうし、地底クエストに逃れていた者たちも地上に放り出されたのだからすぐにセイラ化していくはずだ。

セイラを消去し、人類を復活させることも可能ではあるが、それは実に面倒な作業になることが予想されていた。それにミツキはいちいち細かな操作をするつもりはないのだ。一度始めたゲームの初期状態が悪いからと、細かなパラメータに手を加えて理想的な盤面にするのは面白くないと感じている。悪条件の盤面であっても、皆が試行錯誤する様を見るのが楽しいのだ。そこにはドラマが生じるだろうし、観察のし甲斐《がい》があるというものだ。

もっとも、どうあがいてもつまらない状況にしかならないこともあるし、そんな場合の初期化は許容していた。

今の状況がまさにそれだろう。

今さら、どうにもならないのだ。ここから誰かが逆転することはないだろうし、新たなドラマが始まることもない。

ただ、問題は高遠夜霧だった。

彼が生きている間は、やり直そうとも彼による犠牲者が復活することはない。それでもいいかもしれないが、それは今後もミツキが夢見るこの世界にずっと影を落とし続ける。

やはりすっきり、きっぱりと全てを初期化するべきだろう。

「アレクシア」

「お呼びですか、ミツキ様」

ミツキが呼びかけると、アレクシアがすぐに現れた。

「もう無茶苦茶だから、終わらせることにするよ。高遠夜霧はどこにいるかな?」

ミツキは万能なのだから自分で調べることもできる。だが、こういった細々とした作業は全て部下たちに任せていた。そのほうが楽だからだ。

「ここから北西に百キロメートルほどの位置、メルド平原ですね。もしやミツキ様手ずから?」

「うん。とりあえず会ってみるよ」

元々ラスボクエに参加した者たちは夜霧を倒すのが目的だし、そのようにミツキは誘導してきた。ならば、今も夜霧を倒すべく行動しているかもしれないし、ミツキが手を下さずともいいかもしれない。

それほど夜霧にこだわりのないミツキはそのように考えた。

瞬間移動もできるが、百キロメートルぐらいならあえてそうする必要もない。ミツキとアレクシアが移動を始めると、すぐに夜霧たちがいるであろうメルド平原が見えてきた。

メルド平原は水晶平原とも呼ばれていて、あらゆるものが水晶化する魔境だ。

メルド平原に降りようとしたところで、空に異常があることに気付いた。

見渡す限り、空一面に無数の巨大物体が浮いているのだ。

球体状のそれらは、ミツキがいるほうへと向かってきているようだった。

「何だろう、宇宙艦隊?　宇宙要塞?」

「その類のようですね」

そうだとすれば、別の世界からやってきたのだろう。この世界には宇宙がないので、宇宙を航行する戦艦や、宇宙での拠点となる宇宙要塞などの概念が存在しないからだ。

「いかがいたしましょう?」

「僕に用なら、そんな大袈裟《おおげさ》なものでどうするつもりかは興味があるな」

宇宙要塞が形を変えはじめた。穴が開くように変形し、巨大な砲塔らしきものが形作られたのだ。

戦艦が輝きを放ちはじめ、無数の砲塔がにミツキへと向けられる。

内部に貯蔵されているエネルギーを一気に放射するような兵器なのだろう。

その一門ですら、惑星を破壊できるほどのエネルギーを秘めているようで、それを無数に、一時に放てばこの世界の規模なら完全に消滅しかねないほどだった。

「大気圏内で使うような兵器じゃないよね」

「そもそも大気圏などこの世界にはありませんけどね」

「さすがにこの規模の攻撃を喰らったことはないな。ちょっと浴びてみようか」

「おやめください。万が一もありえませんが、それを見ることになる私の気分がよくないです」

アレクシアはそう言うが、ミツキは好奇心を抑えることができなかった。

＊＊＊＊

「何が、どうなったの!?」

知千佳が困惑しているし、夜霧も同じようなものだった。

第四ラウンドが終わり、アンティチェンバーエリアで休憩していたところ、突如として空間に線が走りずれはじめたのだ。

夜霧はその現象に危険を覚えなかったのだが、気付けば周囲の様子が激変していた。

あまりの変わりように夜霧も混乱したが、落ち着いて見てみれば記憶にある光景だとわかってきた。

草も、木も、集落らしき建物も、全てが水晶のような物質でできている異様な場所であり、以前に通過した場所であるとわかったのだ。

メルド平原。別名水晶平原。

峡谷での塔の試練を終えた後、王都へ向かう途中に通過した場所だった。

以前と違うのは、空を覆っていた網のような物がなくなっていることと、蔦《つた》を寄せ集めて作られたような人間が動き回っていることだろう。

「あれは……セイラ?」

空から降ってきた時点のセイラは、草木を丸めたようなもので動きはゆっくりだった。だが、今のセイラは化け物じみているし、かなりの機動力を得ているようだ。

よく見てみれば、それらはどことなく人間の女のような形になっていた。

セイラは賢者レインの妹だったらしい。神の遺物によって不死性を会得したとのことだが詳細はわかっていない。天空大陸で遭遇したときには、生物に感染して増殖するウイルスのような存在だったのだ。

天空大陸でのセイラは、変異しても元の生物の特性を残していたのだが、落ちてきてからは積極的に生物を襲うようになったようだ。

つまり、今も何かを追って動いている。何を追っているのかと見てみれば、結晶化した犬が逃げていた。

「あれ、前の世界にもいた犬じゃない!?」

メルド平原には結晶化した生物もいたが、寂しい場所だった。

それが、ずいぶんと賑《にぎ》やかになっている。

無数のセイラが蠢いているのだ。

今のセイラには、人の顔のようなものがあった。どれもが同じ顔だ。それが、生前のセイラの面影なのかもしれない。

「こっち来るけど!?」

犬がこちらへと駆けてきた。つまり、セイラたちもこちらへとやってくるのだ。

セイラには表情があった。

獲物を狙っているのだ。意気揚々としたものかと思いきや、そこにあるのは苦悶《くもん》だった。

――そうだ……殺してくれって言われてたっけな。

レインから意思を受け継いだリズリーが言ったのだ。理由もわからずに殺せないと言えば、会えばわかると言われ、その時点での夜霧は保留にした。

今なら、わかるような気がした。

セイラも好き好んでこんなことをしているわけではないのだ。呪いとしか言いようのない不死に苛《さいな》まれ、わけのわからないまま増殖を続けている。死ねるものなら死にたいのだろう。

勝手な思い込みかもしれないが、夜霧はレインの遺志を尊重することにした。

夜霧は力を放った。

犬を追っていたセイラが倒れた。あたりにいたセイラも倒れていく。同時に、世界中にいるセイラが倒れた。

「これって……セイラの対処は難しいって言ってなかった?」

「元々のセイラと感染者を区別するのは難しいって言ったんだ。今のは区別してない。全部殺した」

『見たところ感染者に感染前の意識はなさそうだったしな。今さら治療して元に戻すこともできんだろうし』

「よしっ！　襲ってきたから倒した！　それだけのことだよね！」

夜霧に気を遣ったのか、知千佳も無理矢理に納得したようだった。

「当面の危機は去ったけど、どうするかな……あの駅。前にも寄ったことあるよね」

あたりを見回すと、以前に見た建物があった。

そこで、どこかの国の軍人が襲いかかってきたことを夜霧は思い出したのだ。

「あ！　ってことはここってマニー王国の王都の手前ぐらいのとこ？」

「そうだね。つまり地上に戻ってきてるんだけど、どうしたものかな」

『それ自体は願ったり叶ったりというところではないか？　ゲームクリアを目指したのは地上に戻るためだったわけだしな』

「何が原因なのかは気になるけど……」

「考えてもわかる気がしないな」

『これはあれだ。トーナメント編とか試験編が横入りでうやむやになるやつだな！』

「うやむやにされても困るんだけど、地底クエストは終わった前提で動くしかないか」

不可解な状況ではあるがもう一度地底クエストをやりたいわけもない。クリアしたことにして動くしかないだろう。

「とりあえず行くなら王都かなぁ。ここにいても寒いだけだし」

「ここからだとかなりの距離だと思うけど……駅に行っても列車は来ないよな」

「一応行っとく？」

「ここで突っ立てるよりはいくらかまし――」

駅に行こうと歩きだしたところで、轟音が鳴り響いた。

大気が震えている。あたりの結晶化した草木もビリビリと振動していて、それだけで崩れていくほどの大音量だ。

夜霧は空を見上げた。

巨大な何かが、空を覆っていた。無数の球体状の物体が、空一面に展開しているのだ。

「宇宙要塞的なやつ!?」

『似たようなのを前回の世界でも見たが、あやつらの仲間か?』

もこもこが言うのはエルフの森の遺跡付近で見かけた流線型の宇宙船らしき物体のことだろう。

夜霧たちに殺意を向けてきたので全滅させたが、何者で何をしにきたのかはよくわからなかった。

「俺たちに明確な殺意を向けてるわけじゃなさそうだけど……」

さすがにこの状況を放置して、駅でのんびりするわけにもいかない。

空を見上げていると、宇宙要塞らしきものが輝きはじめた。

宇宙要塞の中ほどに巨大な砲塔が出現し、そこに光が凝縮されているようだった。

「波動的なやつ撃とうしてない!?　って、あっちにいるのはアレクシアってのと大賢者!?」

「相変わらず目がいいなー」

感心しながら夜霧も知千佳の視線の先を見た。

豆粒ほどにしか見えない何かが空に浮かんでいて、確かに砲塔はそちらに向けられているようだった。

「何がどうなってこんなことになってんの!?」

宇宙要塞の攻撃目標が大賢者なのは間違いない。殺意は明確にそちらへと向けられている。

だが、その余波とでも言うべき殺意は夜霧たちにも届いていた。

夜霧の目には、あたりが闇に染まっていくように見えたのだ。

「関係なさそうだけど、巻き込まれるわけにはいかないしな……」

そう思ったのと、夜霧の力が自動的に発動したのはほぼ同じタイミングだった。

23話　この世界では、僕がイメージできないことは実現できないんだよ

けっきょく、宇宙規模の攻撃が放たれることはなかった。

宇宙要塞群は突如として輝きを失い、一斉に落下しはじめたのだ。

そうなると、困るのは中にいる者だった。

「おい、サイズ!?　どうなってんだよ！」

艦橋内。久三郎は、いきなり倒れたサイズに呼びかけた。

先ほどまでは、アルティメットスペースキャノンだの、どこかの超銀河団すら消滅させただのと自慢していたというのに、今や何の反応もなくなっている。

大型モニターには、制御を失い落下していく宇宙要塞群が映し出されていた。

「まさか……大賢者の攻撃か？」

サイズが死んだのは自業自得だろうしそれはどうでもいい。だが、落下に巻き込まれるのはたまったものではなかった。

「参ったな……刀を使ったほうがいいか？」

だが、それは最終手段だろう。

久三郎はコンソールへと駆け寄った。よくわからないボタンやらレバーが並んでいる。久三郎はそれらを適当に操作した。攻撃に流用していたであろうメインエンジンは停止したようだが、モニターは映っているのだし、全てが死んだわけではないようだ。

もしかすれば、緊急脱出装置のようなものがないかと久三郎は期待していた。

押しにくい位置にあったボタンがそうだったのか、久三郎の身体が光に包まれて、次の瞬間には大地に立っていた。

見上げれば落ちていく宇宙要塞が見えるので真下あたりに放り出されたようだ。

「おいおい……ここが安全って保証でもあるのかよ……」

どうせならもっと離れた場所に脱出させてくれと思うも、とにかく出られたのだから良しとするしかないだろう。

あたりは結晶化した草原が広がる異様な光景だった。

「なんだったか。水晶化した地帯があるとは聞いたことがあったが」

こんなときでなければその美しくも異様な光景を堪能できたかもしれないが、今はそんな悠長なことをしている場合ではないだろう。

「なんでサムライ!?」

女の声が聞こえ、久三郎は振り向いた。

そこには、高遠夜霧とその相棒の女が立っていた。

「よぉ。今さらどうでもいい気はするんだが、別にお前を狙ってるわけじゃねぇ。ここに来ちまったのはたぶん偶然だ。知らんけど」

「曖昧過ぎてなんも信用できんな！」

「信じようと信じまいとどっちでもいいんだが、今はお前の相手をしてる暇はねぇんだ」

サイズが死んだのも、宇宙要塞が落ちているのも大賢者の攻撃によるものだろう。

そんなことができるなら、逃げ出した久三郎がここにいることを知っていておかしくないし、すぐここにやってくるはずだ。

久三郎が刀を手にするのと、大賢者が降り立ったのは同時だった。

大賢者は今は仮面を着けておらず、女を連れていた。

「あれ。誰か増えてるのかな？」

「ちっ。俺に興味ねぇとなると本命は高遠夜霧か」

だが、この状況は久三郎にとって都合がよかった。

大賢者から離れた場所に緊急脱出した場合、大賢者と関わりのないところで世界を切り裂く必要があるからだ。

どうせ世界を終わらせるのなら大賢者の前がいい。自らを神のごとく思っている奴の吠《ほ》え面《づら》を見てみたいと思っているからだ。

「ああ！　地底クエストのラスボクエにいた人だね。高遠夜霧と戦いにきたのかな？　だったら僕は見てるから先にやったらいいよ」

「んー、それは別にどうでもいいな。どっちにしろ世界が終わるなら、あんたを相手にするほうが面白そうだ」

どっちにしろ、久三郎が刀を振れば世界が切り裂かれる。誰を相手にしても結果が同じなら、より驚いてくれそうなほうを相手にするほうが楽しそうだと思ったのだ。

「そう？　僕はどっちでもいいけど」

「これ、知ってるか？」

久三郎は刀を大賢者に見せつけた。

「刀だね。取り立てて他の刀剣類より切れ味がいいわけでもないのにこの世界じゃ何かと重宝されている武器だよ」

「言うねぇ。けどこいつに限っては切れ味は保証付きだ。何せこれまでに切れなかったものがねえ。まぁ良過ぎるおかげで、斬りたくないものも勝手に切れちまうわけなんだが」

「なるほど。ということはそれで僕も斬れると思ってるわけだね」

「……ミツキ様！　あの男の言葉は事実です！　あれは究極集合世界における〝例外〟の一つです！」

大賢者の傍にいる女が血相を変えた。

「僕もその〝例外〟ってやつなんだろう？」

「ですが……」

「びびってんのか？　避けたらお前の負けな？」

大賢者が避けたところでさほどの意味はない。けっきょく、世界は切り裂かれてしまい、崩壊するからだ。だが、久三郎は真っ二つになって驚愕する大賢者が見たかった。だから下手な挑発を行ったのだ。

「わかったよ。勝負だね」

大賢者は無邪気に、楽しそうに答えた。これで避けられては人間不信になりそうだと久三郎は考えた。

久三郎は右手に持った刀を肩に担いだ。様々な剣術をかじったことで生み出された独特の構えだった。とはいってもたいした術理などはなく、なんとなく、かっこいい気がするからそうしているだけだ。

「じゃあやるとしますか」

久三郎は無造作に横薙ぎを放った。大きく踏み込み、右から左へ。刀が届くはずもない間合いからの、大ぶりの一撃だ。

どの時点から刀の効果が発揮されるのかはよくわからないが、切っ先が久三郎の側面を通り過ぎるころには空間が裂けはじめた。

世界が割れ、上下に分かたれていく。

女が、刀の前に飛び出した。大賢者を守るためだろう。手を突き出し、障壁を発生させている。だが、そんな程度のことで防げるわけもなかった。すでに刀は効力を発揮していて、世界を切り裂きはじめているのだ。

障壁が断ち切られ、女の胴を両断した。

女の顔が驚愕に歪《ゆが》む。刀のことを知っているようだったが、その威力を目の当たりにするまでは信じ切れていなかったのだろう。

大賢者が左手を上げ、斬撃の軌道に置いた。受け止めるつもりだろう。だが大賢者に襲いかかるのは刀身ではなく、空間が切断されていくという現象そのものだ。

防ぎようなどないし、これまでに防がれたこともない。世界にとっては一大事かもしれないが、久三郎にとっては当たり前のことが、今までどおりに起きるだけのこと。

だから、空間の断裂が大賢者の手元で止まったとき、久三郎はひどく驚いた。

もう自分がいつから生きているのか、どれだけの世界を壊してきたのかなど覚えてもいない。それは息をするのと同じぐらいに自然なことであって、まさか刀によって発生した現象が止まるだなどとは露とも思わなかったのだ。

「いいね。信じられないって顔をしてるよ。たぶん、君が見たかったのは僕のそんな顔なんだろうけど、僕もそれを見るのは大好きなんだ。と、このままじゃまずいね」

分かたれた空間が閉じていく。そして、斬られて真っ二つになっていた女も元通りになっていった。それは、刀が巻き起こした現象についてのみ時間が戻っていくような光景だった。

「んだよ……それ……どうなってやがる……」

「簡単なことだよ。この世界は僕が見ている夢なんだ。君も、その刀も、僕が夢の中で想像したものに過ぎないんだ。だから、表面上は世界が切り裂けたように見えても、壊れるにはいたらない。だって、僕が見てる夢の世界を、夢の中の登場人物にしか過ぎない君が壊せるのはおかしいからね」

「んなわけねぇだろ。俺がどれだけの世界を渡ってきたと思ってる。万じゃきかねぇぞ。億にすら届きかけてる。それが全部夢だっつーのかよ！　そんなことがありえるか！」

大半が忘却の彼方だが、これまでに様々な世界を体験した記憶は十分に残っている。覚えているだけですら膨大な量だ。それらも含めた全てが大賢者の夢だなどと信じられるわけがなかった。

「そんなにいろいろな世界を体験しているのなら、世界五分前仮説ぐらいは知ってるんじゃないかな？」

「ハハハッ……んなもん、否定しようがねぇだろうが……」

世界が五分前に突如として出現したという説を論理的に否定することはできない。過去の記憶があるとしても、その記憶すらが五分前にできたと言われれば反論のしようがないからだ。

「つまり、君の体験も記憶も、僕の夢の一部ということだよ」

「ふざけんな！　お前が俺を作ったってのかよ！」

「究極的にはそういうことなんだけど、君の成立に僕はほとんど関与していないよ。僕は世界の構築は乱数に任せている。関わってると言えるのは乱数の初期値を適当に選んだぐらいだね。だから君の人生は君自身のものと言えるだろう。今日こうやって、君が僕の前に立っているのもただの偶然の結果であって、意図したものではないし」

嘘だと、戯言《ざれごと》だと久三郎は信じたかった。それを認めてしまえば、勝ち目は一切なくなる。全てが大賢者の掌の上ということになってしまう。

だが、全幅の信頼を置いていた、呪いとすらいえる刀の力が通用しなかった時点で久三郎は薄々とその事実を受け入れはじめていた。

では、このまま自分が泡沫のような存在だと認めてしまっていいのか。

できるわけがなかった。

それを信じれば全てが揺らぐ。アイデンティティーが根こそぎ崩れてしまう。

どうあっても、信じるわけにはいかなかったのだ。

「そ、そうだ。さっき〝例外〟がどうとか言ってたな！　だったらその力はどんな世界でも通じるはずだ！　法則の違う様々な世界で同様に力を発揮できるからこその〝例外〟だからな！」

「うん。でも、君のその認識が正しかったとしても君が夢の中の存在ではない証拠にはならないかな」

けっきょく、何を言い募ろうと大賢者に攻撃が通用しなかったのは事実だ。自らの認識が正しいと示したいのなら実力行使に出るしかなかった。

「うおぉおおおお！」

一縷《いちる》の望みをかけて、久三郎は突進した。

刀身そのもので斬りかかれば、あるいは通用するのかもしれない。そんな不確定で曖昧な理にすがるしかできなかったのだ。

女が再び動こうとして、大賢者が止めた。

久三郎は大賢者に斬りかかった。上段に構えた剣を、大賢者の頭頂部へと振り下ろす。大賢者は避けようともせずにそのまま受けた。

刀身と頭部がぶつかり、敗れたのは刀だった。

刀が半ばからぽっきりと折れ飛び、そして久三郎の心もへし折れた。

「ごめんね。真っ二つになるぐらいは付き合ってもよかったんだけど、どうしてもそんなイメージが思い浮かばなくてさ。この世界では、僕がイメージできないことは実現できないんだよ」

久三郎は膝をついた。

どうあっても勝てないと身に染みたのだ。

「君はもういいかな？　殺したりはしないから、後は好きにするといいよ」

大賢者は、久三郎にはもう興味がないとばかりに、背後にいる夜霧へと目をやった。

24話　それをずっと見続けるほど悪趣味でもないのでね

「さて。いろいろあって、君を殺さなくちゃならなくなった」

サムライ風の男とやりあっていた大賢者だったが、決着がついたのか夜霧へと向き直った。

「だったら最初からそうすればいいのにまどろっこしいな」

大賢者とは地底クエスト内のピラミッドですでに遭遇している。けっきょく殺すつもりならその時点でやればよかっただろう。そうすれば無駄に戦ったり殺したりする必要もなかったのだ。夜霧は徒労感に襲われた。

「面白くなるかと思ってね。実際、いろいろと想定外のことがあって面白かったよ。けど、そろそろ終わりにしなきゃね。この先はそう面白くはなさそうだから」

「面白い、面白くないって……そんなに面白いことに飢えてるのか？」

夜霧はうんざりした気分になってきた。そんな程度のことで面倒に巻き込まれてはたまったものではない。

「うん。基本的に暇なんだよ。だから君の力ってやつ。使ってくれないかな？　君も好きだろ？

自信満々の相手が為す術もなくやられてこんなはずじゃなかったって顔をするのがさ」

「別に好きじゃないよ。それに俺は力が通用しなくても、そんなもんかと思うだけだから、おかしな顔はしないと思うけど」

もし通用しなかったとして、それだけのことだろう。

夜霧は自分の力に慢心しているわけではない。今のところ、どんな場面でも効果があったというだけのことであり、例外があってもおかしくはないのだ。

夜霧にとってこの力は当たり前のものではあるが、どんな原理で相手が死ぬのかもわかっていない。通じなかったとして、不思議だと思えるほどに理解しているわけでもなかった。

「念のために訊いておくけどさ。俺たちを元の世界に戻すなんてのはできない？」

「できなくもないけど、そうすると君によって殺された人たちはそのままだからね」

「夢の中だから何でもできるんじゃ？」

夜霧は自分の存在が、大賢者の夢の一部だなどとは思っていない。

だが、全てが誰かの夢ならそれはそういう世界だとしか言いようがない。その世界で自分に自由意志があると思えるならそれでいいだろうと夜霧は思っていた。

「君によって殺された相手は復活できないというルールがこの世界に適用されてるんだ。だからそのルールを外さなきゃいけない。それには君が死ぬ必要があるんだ」

「わかったよ。そっちが俺を殺そうとするなら、俺は抵抗する」

「じゃあどうしようかな。こっちも即死じゃ面白みがないし」

大賢者が右手を上げる。その先に小さな光が灯った。

『むっちゃやばそうなんだが！』

「確かにね」

素人の夜霧には、見ただけで魔法の類の威力などわかるわけもない。だが、それが孕む狂暴な圧力は誰にでもわかるようなものだった。

「消滅弾とでも呼ぼうか。当たると過去、現在、未来においてその存在を抹消するというものだよ。まあ、ものすごく簡単に言えば、僕が君のことを忘れて思い出さないってことだね」

「あんたの夢だから、あんたが忘れたらその存在が消えるってことか」

「そう。別にこんな手段を取る必要は特にないんだけど、勝負っぽく演出してみた。人が投げる程度の速度だから、頑張ったら避けられるよ。じゃあいくね」

「お待ちください！」

大賢者が弾を投げようとしたところで、アレクシアが制止した。

「どうかした？」

「念のためにその少年を調べました。ただの少年でした。特殊な方法など取らずとも、殺せば死ぬただの人間です。ですが、それはおかしいんです。事実、彼は様々な者を殺しています。ミツキ様が世界をやり直しても殺した者が復活しない不可解な現象すら巻き起こしているんです！　なので、さらに詳細に、詳しく知ろうとしたんです！」

アレクシアは血相を変えていた。

夜霧からすればほとんど無関係の相手だが、それでも注目してしまうほどに彼女は必死だった。

「でも、何もわかりませんでした。それがおかしいんです！　そんなわけがないんです！　調べようと思っても、調べる気がなくなってしまう！　私は目を背けようとしているんです！　何かが私に仕掛けられている！　プロテクトがかけられている！　私は、全てをミツキ様に捧げました！　ありとあらゆるものを捧げ尽くして、成れの果てが、絞りかすが今の私です。でも！　そんな私にも何かが残っている！　私の根源に関わるところに、私とは分かちがたい何かが絡みついているんです！」

「なるほど？　アレクシアはどうすればいいと思っているの？」

「その少年は元の世界に帰してしまいましょう！　死んだ者はそのままで、世界をやり直しても問題はないはずです！　わざわざ危険を冒す必要はどこにもないはずです！」

「うーん。他ならぬアレクシアの言葉だ。何かはあるのかもしれないね。でも、だからってここが僕の世界であることは何も変わらないよ。夢の中の誰かがどうやって僕を殺せるんだろう？　仮にそうできたとして、世界が滅ぶだけなんじゃないかな？」

大賢者の言葉で夜霧も気付いた。

夜霧の力で大賢者を殺せたとして、この世界が大賢者の夢だというのならその後どうなるのか。

単純に考えれば、全てが消え失せるのだろう。つまり相打ちであり、それでは何の意味もないのだ。

「ですが！」

「もう邪魔はしないでよ」

大賢者がすげなく答える。

アレクシアは硬直した。アレクシアが何かをしようとして、大賢者が止めたのだろう。アレクシアは時間が止まったかのようにぴくりとも動かなくなったのだ。

「ごめんね。なんだか締まらない感じになったね」

「いいよ。すぐに終わるんだろうし」

大賢者を殺せばどうなるのか。その波及範囲は。夜霧は、大賢者の言葉は本当だと悟っていた。大賢者を殺せば連鎖的に世界も滅ぶと感じていた。

夜霧は能力の封印を解除した。

第二門を開きフェイズ２へ、さらに第三門を開いて最終フェイズに至る。これが本来の、何の制限もしていない夜霧の状態だった。

倒せば世界が滅ぶ。しかもそれが不可分だというのなら、フェイズ2まででは対応できそうになかったのだ。

「今度こそ本当にいくからね！」

大賢者がキャッチボールでもするかのように、光の弾を投げてきた。

夜霧は、力を発動した。

＊＊＊＊

ミツキは、暗闇の中にいた。

わけがわからない状況ではあるが、ミツキは気楽なものだった。

何でもできる彼には恐怖心がない。どんな状況でも楽しむだけの余裕があったのだ。

「何かされたのかな?」

直前の出来事をよく思い返してみた。

消滅弾を投げつけ、夜霧は避けていなかった。避けたとしても追尾するだけなのだが、そこまでは説明していない。

消滅弾が当たった光景を覚えていないので、当たる直前で今の状況になったようだ。

「何かされたんだろうな。でも、本当に何をされたかがわからないよ」

「教えてあげるよ」

そんな声が聞こえてきて、ミツキは振り向いた。

暗闇の中に少年がいた。

気配に覚えがあった。ミツキがこの世界にやってくる前。夢見る前の世界を支配していた神の一人だ。

「君は、マルナリルナの前に神をやっていた人だね？」

「そうだよ。そして現在の神だ。いろいろあって今は降龍《こうりゅう》と名乗ってるから、そう呼んでくれるとうれしいよ」

「降龍くんか。何しにきたのかな？」

「ようやく全てが思い通りになったからね。最後の仕上げとして、君の様子を見にきたんだ」

マルナリルナが死に、神の座を取り戻したことを言っているのだろうとミツキは解釈した。世界をもう一度やり直せばそんな事実はなくなってしまうのだが、そんなことは彼もわかっているだろう。一時の栄華に酔いたいのなら好きにすればいいと、ミツキは彼の言葉をたいして気にはしなかった。

「それで何が起こったのかな？」

「それぐらい、簡単にわかるんじゃないかな？」

「僕はできるだけ人から話を聞くようにしているんだよ」

知ろうと思えば、世界の全てを知ることができる。だが、それをするのはつまらない。ミツキは些細《ささい》なことでも人に聞いて会話をすることにしていた。そのほうが面白いからだ。

「じゃあ話に付き合おうか。何が起こったかだけど、実に簡単だよ。君は、高遠夜霧に負けたんだ。

君の投げた弾は高遠夜霧には届かなかった」

「なるほど……それは面白いね！　わざわざ出向いた甲斐があったというものだよ！　こんなことになるなんて思わなかった！」

「負けたっていうのにずいぶんと余裕だね」

「しょせんは夢だからね。いつでもやり直せるゲームのようなものさ。ゲームでプレイヤーキャラクターが死んだからっていちいち取り乱したりはしないだろう？」

「ぶふっ……あはははははっ！」

降龍は唐突に笑いはじめた。

こらえきれないとばかりに噴き出し、大笑いしているのだ。

「ゲーム！　ゲームか！　確かにゲームみたいなものだよね！　うんうん」

「何がおかしいのかな？　別に僕は死んではいないよ？」

当たり前の話だった。こうやって思考しているのだから死んでいるわけがない。

「確かに死んでないよ。今回、高遠夜霧は君を殺さなかった。そのために全ての力を解放したんだろうね」

「だからどうしたんだい？」

ミツキは少しばかり苛《いら》ついた。肝心のことは話さずに、思わせぶりなことを言うだけだからだ。

「君が死ねば、世界が滅ぶ。そんなことを言わなければ、あるいはこうなってはいなかったのかもしれない。でもまあ、それはそれでどうにかなったのかな。高遠夜霧こそが究極集合世界を規定する存在なのだから、逆にあれが死んでしまうほうが大問題だよ」

「はっきり言ったらどうかな？」

「人から聞くのが趣味だと言ってもさ、答えてくれないなら諦めて自分で調べればいいんじゃないかな？　ここは君の世界で、君は全能で、何もかもが君の思い通りなんだろう？」

そのとおりだった。何をしにきたのかわからない、取るに足りない神になど頼る必要はないのだ。

「アレクシア！」

大賢者は呼びかけた。

大賢者の呼びかけは虚空へと吸い込まれた。アレクシアが姿を現すこともなく、返事すらなかった。

大賢者の役に立つことがうれしいと、いついかなるときでも即座に現れるアレクシアから何の反応もないのだ。

「いやいやいや！　アレクシアなら君が停止させただろう？　返事があるわけないじゃないか！」

「アレクシア。動くことを許可する！」

うっかりしていたと反省し、再度アレクシアに呼びかけた。

だが、やはり何の返答もなかった。

「うーん、さっきの態度はよくなかったんじゃないかな？　さすがのアレクシアも拗《す》ねちゃったんだよ」

「そんなわけがあるか！　アレクシアは僕を愛してるんだ！　どんなときだって僕のためならなんだってやってくれるんだよ！」

苛立ちは怒りに変わってきた。

「たまには自分でやってみたらどうかな？　君はいつも面倒だからって、自分でできることを人任せにしてきたんだろう？」

アレクシアから返事がないのは事実だ。仕方なくミツキは現状を調べようとした。

「どうしたのかな？　早く調べたらどうかな？　全知なんだから簡単だろう？」

降龍は嘲《あざけ》りを隠さなくなってきた。

それが苛立ちに拍車をかける。だが、どう調べていいのか、ミツキにはわからなくなっていた。

全知といっても、全ての出来事をいつでも知ることができるわけではない。やろうと思えばできるかもしれないが、それでは気が休まらないし、疲れるだけのことだ。だから知りたいことだけに絞るのがうまく使うコツだった。

知りたいことを考えて意識を集中させる。それだけで情報が脳裏に投影されるはずなのだが、いくら集中しても何の情報も浮かび上がってはこなかった。

「何がどうなってる!?」

「あれあれ？　わからないのかな？」

「黙れ！」

ミツキは反射的に降龍を消そうとした。ここ最近では使ったことのない直接的な力だ。だが、降龍は消えなかった。にやついた顔でミツキを見つめ続けているのだ。

「大賢者様の命令だから黙りたいんだけど、どうしてもできないね。なぜだろう？」

降龍などという前時代の神になど付き合ってはいられない。ミツキは、拠点に戻ろうとした。

全てはイメージだ。そうしたいと思えば、それはミツキにとっての現実になる。

拠点に帰ろうと思えば、次の瞬間には拠点にいるはずだった。

なのに、ミツキの周囲は暗闇のままだった。

「なぜだ！」

絶叫した。

明りを灯そうとしたし、先ほどまでいたメルド平原に戻ろうとしたし、仲間を呼ぼうとした。だが、全てが思い通りにはならなかった。

あたりは暗闇のままであり、何の変化も起きはしないのだ。

「……頼む……教えてくれ……いったい何が起こってるんだ……」

ミツキは懇願した。どうにもならないことがようやく理解できたのだ。

「頼まれたら仕方ないね。教えてあげるよ。高遠夜霧は、君と世界との関連を殺したんだ」

「……何……それ……」

意味がわからなかった。生物を殺すのはわかる。重力などの現象を殺すのもかろうじて理解できる。だが、関連を殺すとはどういうことなのか。

「世界が誰かの見ている夢だとして、その誰かの影響から逃れるにはどうすればいいのか。誰かと夢を切り離せばいい。夢を自在に操作できなくすればいい。そう高遠夜霧は考えたんだろうね」

「……どういうこと……」

「さっきゲームを例に出していたね。そのたとえで言えば、コントローラーを壊されたようなものだよ。つまり、君はもう何もできないんだ」

ゆっくりと理解が及んできた。

何が起こっているのか、状況を把握できつつあった。

そして、それが意味するところがわかるにつれ、恐怖が沸き起こってきた。

「さて。ネタばらしも終わったことだし、僕は行くよ。この後君は混乱し恐怖に襲われるんだろうけど……それをずっと見続けるほど悪趣味でもないのでね」

降龍の姿が消え、ミツキは暗闇に一人残された。

死のうとしたが、死ねなかった。

そもそも今のミツキには身体が存在していなかった。

ただ意識のみの存在であり、現実とは切り離されてしまっているのだ。

ミツキは、ただ夢を見るだけの、世界を存続させるためだけの存在と化していた。

25話　え？　これまでの苦労って何だったの？

消滅弾とやらは夜霧に届かずに消え、ミツキが倒れた。

大賢者の仲間であるアレクシアは固まったままだった。

「えーと……これで終わり？」

あたりを恐る恐る見回しながら知千佳は言った。

「みたいだね。世界が滅びたりはしてないから、これでいいんじゃないかな？」

「けっきょく、何だったんだろう、この人……」

知千佳は大賢者を見下ろした。

この世界は彼が見ている夢だと言っていたが、知千佳には意味がよくわからないままだった。

『まあ、そんな奴ばかりだったがな、この世界』

そういえば、偉そうに出てきてすぐに死んでいく者たちばかりだったと知千佳は思い返した。

「で、大賢者を倒したはいいけど、これからどうすればいいの？」

当面の目標であった地上には出られた。

だが、これからどうやって元の世界に戻る方法を探せばいいのか。

協力してくれそうな人物としては、女神ルー、賢者シオン、墜ちた神である降龍など、何人か心当たりはあるのだが、どうやって会いにいけばいいのかがよくわからない。

「すぐに元の世界に帰ってくれるかな」

知千佳が考えはじめたところで、心当たりの人物の声がした。

どこから現れたのか、降龍を名乗っている少年がすぐ傍に立っているのだ。

「帰れって、どうするんだよ。それで俺たち困ってたのに」

「帰れるよ。僕が百パーセント安全に元の世界に帰してあげるよ。そして二度とこの世界には来ないでくれるかな」

「来たくて来たんじゃないんだけどね！」

「もしかして、ちょっとは残りたい気持ちがあるのかな？」

「ないよ」

「あるわけないでしょ！」

知千佳は若干の怒りを籠めて言った。こんな世界になど一秒たりともいたいとは思えなかったのだ。

「じゃあちょっとばかり最後の仕上げをしておこう」

降龍がアレクシアに近づき、触れる。すると、アレクシアが動きを取り戻した。

「お前は……」

アレクシアが降龍を睨み付けた。

「おっと。いきなり攻撃とかは勘弁してくれないかな？　僕はそんなに強くはないからね」

「ミツキ様！」

だが、降龍になど構っている暇はないと思い出したのだろう。アレクシアはミツキに駆け寄った。

「さて。見てのとおりだよ。大賢者ミツキは眠りについた。目覚めることのない永遠の眠りにつき、世界を夢見続けるだけの存在になった」

「え？　死んでないの？」

大賢者は死んだとばかり思っていた知千佳は驚いた。言われてみれば、呼吸はしているようだしただ眠っているだけのようだ。

「だが、これは君にとって望ましい状況じゃないかな？　彼はもう他の女に手を出すことなんてできやしない。これから先ずっと、彼を永遠に君のものに、独り占めにできる」

最初こそとまどっていたアレクシアだが、降龍の言葉を理解したのか徐々に落ち着いていった。

「何の問題もないだろう？　僕は神として、賢者などという余計なものに干渉されずに世界を運営できる。君はどこか誰にも邪魔されない場所で、大賢者と二人きりで過ごすことができる」

「わかりました。あなたの提案を受け入れましょう。お互いに干渉しないということでよろしいですね？」

「うん。WIN－WINというやつだね」

アレクシアがそっとミツキを抱きかかえ、消えた。

「これで大きな問題の一つは片付いたかな。ルーくんは消滅したから、アレクシアだけが問題だったんだけど」

「ルーちゃん？　消滅って!?」

「魔王ゴルバギオンと戦って負けたんだよ。でもまぁ神の生死なんて気にする必要はないよ。いずれまたどこかでほいっと生まれてくるものだからね」

「うーん。そんな簡単にも思えないけど……」

とはいえ神などというよくわからない存在を人間のスケールで理解しようとしても無理なのだろう。知千佳はそう納得することにした。

「ルーが賢者の石にされてたのは、やっぱり大賢者と関係があったのか？」

夜霧が訊いた。

「うん。この世界がこんな状況になったのはまぁ、三体の女神による大賢者の奪い合いが発端だからね。ドロドロとした醜い争いの結果、アレクシアが勝利し、他の二体は封印されたってわけなんだよ」

何か壮大な話があるのかと知千佳は思っていたが、ひどく卑近な話を聞かされた気分になった。

「あの、賢者が世界に関わらないとなると、侵略者《アグレッサー》とかはどうなるんですか？」

今から元の世界に帰るのならどうでもいいことかもしれないが、少しばかり知千佳は気になった。賢者たちは侵略者《アグレッサー》に対処していたのだから、その責務を放棄されると困ったことになるのではと思ったのだ。

「ああ。侵略者《アグレッサー》は、ルーくんとかＵＥＧくんを捜しにきてただけだからね。彼女たちがいないとなれば、わざわざやってこないと思うよ。何かが侵略にやってこないとは限らないけど、それは別の問題だしね」

「……とにかく大賢者が諸悪の根源ってことで！」

何もかも大賢者が悪い。知千佳はそう結論づけた。

「じゃあ善は急げだ」

降龍がそう言うと、周囲の景色が一変した。

足元は青黒い均一的な材質でできていて、前方には同じ材質でできた壁があった。見上げれば壁はどこまでも続いている。ところどころに灯が灯っているが、それでも天井は見えなかった。左右を見てみれば壁は湾曲している。背後を見れば床はすぐに途切れていて、その先には闇が広がっていた。

どうやら巨大な円筒の内周に沿って狭い足場があり、そこに知千佳たちは立っているようだ。

「いきなり移動するのにはもう慣れたけど、ここって？」

知千佳は呆れたように言った。

これほど頻繁に強制移動させられては多少驚きはしてもまたかと思うだけのことだ。

「天軸と呼ばれる場所だよ。これは天盤と天盤を繋ぐものなんだ。ここを通ればいろんな世界に行けるんだよ。中には天軸が繋がっていない世界もあったりするけれど、君たちの世界なら大丈夫だ」

「そんな簡単なことだったの!?」

「誰にでも使えるわけじゃないよ。神が管理するものだから、僕に支配権が戻ってくるまでは使えなかったんだ」

「……え？　だったら、マルナリルナを倒した後だったらいつでも帰れたんじゃ!?」

「そうだけど、大賢者がいたら何かの気まぐれで戻されてしまうことがあったよ。だから大賢者を倒すのはどうしても必要だったんだ」

「……なんだかいいように使われただけな気がする……」

知千佳は疑わしげな目で降龍を見つめていた。

「そこに球体があるだろ。それが天軸内を移動するための乗り物だ。君たちの世界までの経路は登録してあるから、さっさと帰ってくれ」

「扱いがえらいぞんざいだな！」

降龍が指さす先、足場に隣接するように球体があった。大きさは直径十メートルほどだろう。金属質なものでできていて、中心部近くに扉があった。

「本当にこれで帰れるの？」

夜霧が懐疑的な目で降龍を見ていた。

「もちろんさ。君の脅威を僕は存分に知っている。今さら謀《たばか》るような真似はしないよ。とにかく速やかに出ていって、もう来ないでくれというのが心からの願いだよ」

「俺が言うのもなんだけど……世界はずいぶんと荒れ果てたと思うけど大丈夫なの？」

「生き残りはいるからどうにでもなる。この件で君に責任を負わせようなんて思わないよ。さあ、行って行って！」

「こいつ、本気で追い出しにかかってやがる！　え？　これまでの苦労って何だったの？」

「これまでの苦労の結果がここに結実したってことでいいんじゃないかな？」

「えぇー？　なんか納得いかないんだけど……」

だが、けっきょくは大賢者とやらを倒さねばならなかったようだし、そのためにはいろんな経験が必要だったのだろう。状況に流されていただけな気もするし、もっと簡単に帰れたような気もするが、それは今さら考えても仕方がないことのようだ。

「帰れるなら細かいことは気にしないことにするよ」

「あっ！　この格好のまま帰るの!?　それは細かいことかな！」

夜霧は黒ずくめの格好だし、知千佳も悪の女幹部のような格好のままだ。これで帰れば何を言われるかわかったものではなかった。

「はいはい。これでいいね？」

降龍が言うと、知千佳の格好が一瞬で変わった。この世界にやってきたときの姿、高校の制服を着ている状態になったのだ。当然のように、夜霧も制服姿になっていた。

「荷物もどうぞ。バスにあったものだよ」

目の前に荷物がどさりと落ちてきた。知千佳が持ってきたボストンバッグと夜霧のものらしい大きめのリュックサックだ。

「とやかく言わせないって圧をびんびんに感じるな！」

「他に何かあるかな？　何か持って帰りたいなら何でもあげるよ？」

「異世界産の何かを持って帰っても面倒なことになりそうだしいらないよ」

「じゃあそろそろ行こうか」

「そだね。ぶぶ漬けどうどす？　って何度も訊いてくる勢いだし」

知千佳は球体へと向かった。

扉を開けると、平らな床があった。椅子やテーブルなどが設置してあるのでそこでくつろげるようだ。

中に入ると、夜霧も続いて乗ってきた。

「これで帰れるって言われてもなぁ。現実感がないというか」

「世界を移動するって言われても、これただの球体だしね……」

天軸は巨大なパイプのようなものらしい。物理的に存在しているわけではなく、世界間を繋ぐ通路という概念でしかないとのことだったが、そのあたりは説明されても知千佳にはよくわからなかった。

「いやぁ……でもこれでとうとう帰れるんだと思えば感慨深いものがあるよね……」

「思いにふけってないでさっさと帰ってくれないかな」

これまでの旅路を思い出そうとしたところで、降龍の声が聞こえてきた。

扉が勝手に閉まった。閉じ込められたわけではないようだが、本当にさっさと帰れと言わんばかりだ。

「うっさいな！　ちょっとぐらいいいでしょ！」

『ちょっとだけだよ。五分ぐらいだよ。出発はコンソールのスタートボタンを押してね』

機内のどこかから降龍の声が聞こえていた。中にいても外との会話は可能なようだ。

「忙しないなぁ……」

無理矢理出発させて恨まれるのも怖いのだろう。帰還のタイミングはこちらに任せるようだ。

「あ、他のクラスメイトで生き残ってる奴らは?」

『それは後で話をしにいくよ。帰りたいなら帰ってもらう』

「だったらみんなまとめて――」

全員揃って帰ればいいと夜霧は思ったのだろう。知千佳も同感だ。

『そういうのはいいんだよ！　とにかく君たちだけでもさっさと帰ってほしいんだ！』

「必死だな！」

『他には何かある？』

「うーん……それなりに関わった人はいるし、何も言わないで帰るのも素っ気ないというか……」

知千佳が多少気になるのは、この世界で出会い協力してれた人々のことだった。

『何かメッセージがあるなら伝えておくよ。今ここで言ってくれ』

「降龍さんの力なら、ひょいっと転移して会いにいけるんじゃないの？」

『そんなことをしているうちにまた何かトラブルが発生したらどうするんだい？　君たちが本気で帰りたいなら、このチャンスを逃さず速やかに帰るべきなんじゃないのか？』

「それもそうだな」

夜霧と知千佳は相談し、何人かに宛てたメッセージを伝えた。

『じゃあこれでいいね？　もうやり残しはないね？』

あまりにも急かすものだから、最初はちょっとむかついていた知千佳も段々と気の毒になってきた。

「別にこの世界に心残りはないからさっさと出発してもいいんだけど」

「私も特にないけどさぁ。あんまりあっさり帰るのも……」

「あ。そういえば。帰れることになったら言おうと思ってたことがあったんだ」

「ん？」

突然なんなのかと知千佳は夜霧を見た。夜霧はいつになく真剣な顔をしていた。

「俺たちは元々は親しい間柄でもなかったし、いわば仕方なく一緒に行動してたわけなんだけど」

「まあ、そうかな。ここに来るまでは絡んだことなかったし、よく寝てる人ぐらいのイメージしかなかったし」

「だから、元の世界に戻ったら、もう関係がなくなるんじゃないかと思ってさ」

「いやあ、今さらそれはないんじゃない？」

さすがに、元の世界に戻れました。今まで頑張ってくれてありがとう。はい、さようなら。とできるほど知千佳も薄情ではない。

これまで二人で散々苦労してきたのだから、絆らしきものは結ばれているはずだ。

「だから……その……元の世界に帰ったらさ……」

夜霧がすごく言いづらそうに切り出しはじめた。

「え？　え？」

——何？　告白的なこと？　え？　高遠くん、そんな感じだった？　いや、もしかしたらってのはあるし、私も嫌なわけではないというか、でも、ここで？　いや、このタイミングなのかな？　帰ってからだとなんか嘘くさい感じもあるし……。

「友達になってくれないかな？」

「そんなことかよ！」

「え？　駄目だった？」

「じゃなくて！　私たちとっくに友達ぐらいではあるでしょ！」

「そうなのかな？」

「どんだけ自信ないの⁉」

「じゃあ……」

「はいはい、友達、友達！」

肩透かしされたように感じて、知千佳は雑に答えた。

「じゃあ、よろしく」

そう言って、夜霧は手を差し出してきて、知千佳は一瞬何をしているのかと考えてしまった。

「握手なんだけど」

「友達ってそんな儀式いるかな⁉」

とはいえ、差し出された手を払いのけるわけにも無視するわけにもいかない。

「これからもよろしくね」

多少気恥ずかしいものを感じながらも、知千佳は夜霧の手を取った。

即死チートが最強すぎて、異世界のやつらがまるで相手にならないんですが。

番外編
―書き下ろし―

その後

気がつくと、アティラの目の前には疲れ果てた様子の少年が立っていた。

唐突な違和感と混乱がアティラを襲った。

目の前の少年が神であることは、竜であるアティラにとっては一目瞭然だ。そんな存在がなぜ自分の前に？　神が疲れ果てるとは何事か？　自分はピラミッドの屋上にいたはずなのに森の中にいるのはなぜ？　何がなんだかわからずに呆然としていると、少年がゆっくりと口を開いた。

「本当に……ものすごく感謝してもらいたいものなんだけどね」

少年は凄まじく恩着せがましかった。

「その……何処かの神とお見受けいたしますが……これは何がどうなったのでございましょうか」

アティラは恐る恐る訊いた。

「くうん……」

隣には犬のダイがいてアティラにすり寄ってきた。ダイも混乱しているようだ。

「そりゃそうか。何もわからないよね。君たちは高遠夜霧と旅をして、ピラミッドの屋上に行った。

それは覚えてるかな？」

「はい、それは覚えておるのですが」

その後のことが曖昧だった。

大賢者が現れ、ふらふらとそちらに行ったような気がするが、そこから先はさっぱりわからない。

「そこで、君たちは大賢者を狙った勇者の攻撃に巻き込まれて死んだんだ」

「死んだ……!?」

「生きてるじゃないか、と思うよね。でもそれは僕が蘇生《そせい》させたからだよ」

それでアティラにも合点がいった。感謝しろとはこのことのようだ。

「君たちは塵《ちり》一つ残さず消滅していた。だけどそんな状態だったとしても、死んでからそれほど経っていなければ再生することは可能だ。もちろん、ものすごくエネルギーを使うわけなんだけど」

その結果が少年の状態のようだった。神がここまで消耗するのだから、とてつもないエネルギーが消費されたのだろう。たかが竜と犬ごときにここまでする意味がアティラにはわからなかった。

「神は自分の支配する世界内でならたいていのことはできる。死者の蘇生もそうなんだけど、だからって簡単にできると思われても困るんだ。これは特例なんだよ。今後死んだ場合は契約外だからね」

「契約とはなんでございましょう？　儂《わし》には覚えがないのですが……」

「君とじゃなくて高遠くんとの契約だよ。君たちは死んだと伝えたんだけどね。神なら生き返らせることも可能なんじゃないか？　と訊いてきたんだ。ここでごまかすと後が怖いからね。無理をすればできると伝えたら、無理をしろと言われたわけさ」

「それは……ご愁傷様と言いますか……」

「というわけで高遠くんからアティラくんへ伝言だ。ダイの面倒を見てあげてほしい、ってさ」

「はぁ……そういうことでしたら」

この流れで断るなどできそうもなかった。

「それと、君は人間と仲良くしたかったんだよね？」

「はい。そのような話はいたしましたが」

知千佳とそんな話をしたことをアティラは思い出した。

「壇ノ浦くんは、君の便宜を図ってほしいとのことだった。そういうわけなので、君にはコミュニティを紹介しよう。小規模なところだから、そこで人間との暮らしに慣れるといい」

やはりそれについても、断れるわけがなかった。

＊＊＊＊＊

半魔と吸血鬼に連なる者たちは、地底クエストへは行かなかった。

空から降ってきた侵蝕生物、セイラから完璧に身を守ることがとりあえずはできていたからだ。

世界が侵蝕され尽くせばどうしようもなくなるかもしれないが、当面は生活できるだけの備蓄があったことからこの方針が選択された。

そのため、リズリーたちは地底クエストでの騒動をまるで知らなかったが、しばらくしてセイラが全滅したことを知った。

世界は安全を取り戻したのだ。

至る所が壊滅状態になっているため、復旧には長い年月がかかるかもしれないが、半魔たちにとってはあまり関係がないことではあった。今までと同様に、人間たちとは距離を置き、細々と生きていくつもりなのだ。

「こんにちは。僕は降龍。この世界の神だ」

セイラが全滅してから数日後、少年がやってきた。

唐突に、リズリーたちが食事をしているダイニングに現れたのだ。

何者かと尋ねることはなかった。それが神だということは、そこにいる誰もが直感的に理解したからだ。

「何のご用ですか」

エウフェミアが慎重に問いただした。神の類が気まぐれで暴虐なことは身に染みて知っていたからだろう。

「高遠夜霧くんからのメッセージを伝えにきたんだ。いいかな？」

「夜霧さん？」

リズリーの心拍が多少速まった。今のリズリーには関係ないかもしれないが、前の世界でのリズリーには密かな夜霧への想いがあったからだ。

『セイラは殺したよ』

確かに夜霧の声だった。

「……え？　それだけ？」

「うーん。僕もこの世界で起こったことを全て把握しているわけじゃないんだけど……夜霧くんの心残りはそれぐらいだったんだろうね」

「夜霧さんはどちらに？」

「元の世界に帰ったよ」

「帰った!?」

「ちなみに。もし君が夜霧くんを追おうとするなら全力で止めるよ。この世界はもう高遠夜霧と関わらない。それが新たに制定されたこの世界での掟《おきて》だからね」

「あ……はい……」

リズリーには返す言葉もなかった。突然過ぎて、考えがうまくまとまらないのだ。

「それと、ついでなんだけど彼女たちの面倒を見てもらえないかな」

降龍がそう言うと、唐突に少女と犬が現れた。

「アティラくんとダイくんだ。アティラくんは人の世界に憧れているんだけど、人としての常識があまりないから教えてあげてほしいかな」

「よろしくなのじゃ！」

「わん！」

「はい、承知いたしました……」

エウフェミアも混乱しているようだが、断るという選択肢はないようだった。

「じゃあね。他にも行くところがあるから」

降龍は、立ち去るときも唐突だった。

「リズリー様……」

エウフェミアが心配そうにリズリーを見ていた。

「まぁ……もう関係ないって言われたらそれまでだし……」

「実際、レイン様の存在がなかったことになっているため、関係はほぼないんですが……」

「そうなんだよね……」

実際、以前ほど夜霧への思慕はなくなっている。

後は時間が解決するとでも思うしかなかった。

＊＊＊＊＊

「やあ」

賢者シオンの屋敷に、突然神が訪れた。のんびりと茶を飲んでいたシオンは、降龍を名乗る神をティーテーブルの対面へと招いた。

「状況は把握しているかな？」

「さて。観測できる範囲内全てのセイラが死にましたので、高遠さんがやったのだとは思いますが……それぐらいでしょうか」

「大賢者は永遠の眠りについた。君たち賢者は、この世界を支配する上での後ろ盾を失ったよ」

それも夜霧がやったのだろうとシオンは考えた。大賢者を無力化するなど夜霧以外にはできそうにもないからだ。

「そうですか。では、私たちはどのような扱いに？」

「そうだね。今までのようにやりたい放題というのは見過ごせないんだ。極力人々との関わりはなくしてほしいってぐらいかな。それ以上は望まないよ」

「そうですか。それぐらいのことでしたら別に。侵略者《アグレッサー》などの対応はそちらで？」

「そうだね。今までのように頻繁にやってくることはないと思うけど、外世界からの侵略者に対応するのは本来なら神の役目だ」

「そうであれば何も問題はありません。悠々と過ごさせていただきますね。そのようなことを伝えるためにお越しくださったのですか？」

「それと高遠くんからのメッセージがあるよ」

『あんたが呼んだ奴らの面倒はちゃんと見てくれ』

「……これだけですか？　まあ、私信をやりとりするような仲でもないのですが……」

あまりに事務的な内容にシオンは少しばかり呆れた。

ただ、やり直されたこの世界で、彼らを蔑ろにしていたのは事実だった。

「こんなメッセージを送ってくるということは、高遠さんは帰還されたのですか？」

「うん。僕が半ば無理矢理に追い返した」

「では、他の方たちも一緒に帰還されたのでは？」

「それはこれからだね。まずは高遠くんに帰ってもらうのを最優先にしたんだ。クラスメイトと合流してぐだぐだとされても困るからね」

「それは賢明な判断ですね。しかしそうなると他の方々はどちらに？」

「バスに乗っていた者たちが、全員地底クエストに行ったことは把握しているね？」

「それはもちろん。中継いたしましたし」

地底クエストに行く際に、改めてギフトを与えたのはシオンだった。

「その地底クエストは破壊されてね。全員が地上に戻ってきた。これから話をしにいくところだよ」

「あら。あなたがそのようなアフターサービスを？」

「高遠くんに恨まれてはたまらないからね。できる限りのことはしておかないと」

「彼らも帰るのですよね？　私のサポートはいるのでしょうか？」

「さて、どうだろう？　帰りたくないと言われたらその意思は尊重しようと思うけど」

「なるほど。そのような者がもしいれば、ということですね」

「ところで君も別世界から来たんだろう？　帰りたいのなら可能だよ？」

「んー、今さら、でしょうか」

少し考えてシオンは答えた。もう、以前のことなどほとんど覚えておらず、元の世界にたいした思い入れもなかったのだ。

「そうか、だったら僕は行くよ。ああ！　もう一つ伝えておくことがあったんだ」

降龍は立ち去ろうと席を立ったところで、何かを思い出したようだった。

「何でしょう？」

「今後は異世界からの召喚はやめてもらえるかな？」

「それはもう……世の中には想像を超越する真の化け物がいると知ってしまったのです。そんな者がまたやってくるかもしれないと思えば、二度と召喚を行うことはないでしょうね」

「だったらいいよ」

そう言い残して、降龍の姿が消えた。

「誰か来ていたのか？」

従者のヨウイチが部屋にやってきた。

夜霧によって身体の一部が機能しなくなっているが、魔法によるサポートで日常生活には差し支えない状態になっていた。

「ええ。ちょっとした言伝《ことづて》です。それによると私たちはお役御免です。賢者による支配体制は終わるそうですよ」

「……ん？　何がどうなったんだ？」

うまく飲み込めていないのか、ヨウイチは困惑していた。

「ですので、バカンスに出かけましょう！」

「バカンス？」

やはりヨウイチは、話についてこられていないようだった。

＊＊＊＊

アインは、気付けば柔らかなベッドに横たわっていた。

大賢者と戦い、全てを出し尽くしたうえで完膚なきまでに敗北したのだが、なぜか無傷でこんな場所にいる。

わけがわからないが、今さら慌てふためくほどの元気はなかった。

大賢者には敵わないことを完全に理解してしまっているからだ。

静かだった。穏やかで、優しい気配に満ちた空間だった。

だが、そんな静謐《せいひつ》な環境は、荒々しく開けられた扉によって打ち破られた。

「やっほー。目覚めた？」

女が、乱暴に踏み入ってきたのだ。

「君は……」

「リオ」

「ここは……」

「ミツキの家」

アインは慌てて周りを見渡した。

「大丈夫だよ。今はいないから。なんかひどい目に遭ったんだって？」

「なぜ俺はここに？」

「アレクシアが連れてきたんだよ。妹さん、アリエルを連れてかえりたいんだって？」

「ここに……いるのか？」

アインは恐る恐る訊いた。自分は負けたのだ。だというのに生きているし、大賢者の拠点らしき場所に連れてこられている。実に都合が良く、素直に信じることができなかったのだ。

「いるよ。会わせとけってさ。どう？　いける？」

「あ、あぁ……」

身体に異常はないし、疲れてもいない。だが、アインは少しばかり躊躇していた。前の世界でのアリエルのことを思い出したからだ。

「じゃあ案内するよ」

リオが部屋を出ていった。

アインは覚悟を決めた。思い通りとはいかなかったが、結果的にはアリエルに会えることになったのだ。今さら怯えてどうするのかと、己を鼓舞する。

ベッドから下り、部屋を出た。

外は花が咲き誇る庭園だった。

ここには大きな屋敷などはなく、小さな建物が点在しているらしい。それぞれが個人の部屋であり、アインが先ほどまでいた部屋も同じようなものらしかった。

リオがさっさと歩いていくので、アインは慌ててその後に続いた。

しばらく歩き、小さな建物の前に着いた。

「アリエルちゃん、いるー？」

リオがノックして訊いた。

「はい」

懐かしい、忘れようのない声が聞こえてきた。

「今大丈夫？　お兄ちゃん来てるんだけど？」

扉を開け、アリエルが姿を見せた。

「アリエル……無事なのか？」

「そう言われても……」

アリエルは困惑しているようだった。

「俺のことはわかるよな？」

「アイン兄さんですよね。その、何をしにここへ？」

「帰ろう！」

「え？　……嫌ですけど？」

アリエルはあからさまに嫌悪の表情を見せた。

「でも……お前は攫われてここへ来たんだろう！」

「そうですけど……その後ここにいるのは私の選択ですよ。帰りたければいつでも帰れるんですから」

「なんでだ！　こんなところにいてどうするってんだよ！」

「ミツキ様がおられるんですから当然じゃないですか」

「……そうだ！　魔法で操られてるんだな！　大丈夫だ！　兄ちゃんがなんとかしてやるから！」

アインはアリエルの手を掴んだ。

「やめて！　放して！」

「いいから帰るぞ！」

「あ、ちなみにだけど、無理矢理はダメだから。そもそもここから帰る方法がわからないでしょ？」

揉《も》めていると、リオが口を出してきた。確かに、帰ると言ったところでどうすればいいのかはわからなかった。

「放してって……言ってるでしょ！」

アリエルがアインの手を振りほどいた。

アリエルを傷つけないようにと力を抑えてはいたが、それでもアインは勇者だ。その力に対抗できるというのがにわかには信じられなかった。

嫌な記憶が、蘇る。それは、前の世界でのこと。帰ってきたアリエルが、暴走したときの記憶だ。

「えーと……私は手出ししないから。二人で話をつけてね」

リオがそそくさと離れていった。

「帰ってよ！　私はミツキ様のものなんだから！　ここにいるのが幸せなんだから！」

アリエルが、仇《かたき》でも見るかのような目でアインを見ていた。

「くそっ……けっきょくこうなるのか！」

こうなったらアインが何を言おうと無駄なのだろう。

考えが足りなかった。会えさえすればどうにかなると楽観していたが、そんなわけはなかったのだ。

「帰らないっていうなら……殺すから！」

あからさまな敵意を向けられ、アインは狼狽した。

もう何をどうしていいのかわからない。けっきょくは前回と同じなのかと諦めたとき、アリエルがその場に頽《くずお》れた。

「アリエル！」

アインは駆け寄り、抱き起こした。気を失っているだけのようだった。

「何がどうなったんだ……」

「環境を整えているんです」

背後からの声に振り向くと、大賢者の秘書を名乗る女、アレクシアが立っていた。

「その女から、ミツキ様の記憶を消しました。これで何の問題もなく連れて帰れることでしょう」

「……なんでだ？　それは大賢者の意向に背くことなんじゃないのか？」

「そんな意向なんてもうないのですよ」

「助けて……くれたのか？」

にわかには信じがたかった。大賢者側のアレクシアが、アインに都合のいい手助けをしてくれるとは思えなかったのだ。

「あなたを助けたわけじゃないですよ。ミツキ様のことを知っているのは私だけでいいというだけのことです。それと、ここからあなたたちを追い出すのも助けるわけじゃないです。邪魔なだけですから」

その言葉とともに、周囲の光景が変化した。

気付けば、懐かしい部屋の中にいたのだ。それは、街外れにある自分たちの家だった。

「なんだよ……助けたわけじゃないとか言いながら……」

言葉とは裏腹に、アインを全面的に助けたようにしか思えなかった。

アインは、ずいぶんと長い間手入れされていないベッドにアリエルを寝かせた。

彼女が目覚めた後どうなるのかはまだわからないが、多少はましな結果になることを期待するしかなかった。

＊＊＊＊＊

目下のところ、世界を最大の危機に陥れているのは侵蝕生物であり、聖王はその対応に苦慮していた。

世界中に降り注ぎ、数多《あまた》の生物を取り込んで同化していくその生物には生半可なことでは対処できないのだった。

侵蝕生物は不死身なので、ただ攻撃するだけでは無意味だった。焼き尽くそうがその場で復活するので、とりあえずは吹き飛ばすしかない。吹き飛ばすのはある程度の実力があれば、剣聖や聖王の騎士であればできるので、ちょっとした安全圏なら作ることができたのだが、それも焼け石に水といったところだろう。今はまだ対応できているが、大量の侵蝕生物が同時に襲ってくるようなことになれば、いずれは押し負けてしまうはずだった。

だが、聖王たちもただ手をこまねいてはいなかった。

水晶平原での出来事がヒントとなったのだ。

侵蝕生物にもある程度の知能はあり、結晶化を避けるように行動していた。つまり、不死身だとしても結晶化のような変化まで防げるわけではないのだ。

今、聖王たちが考えているのは石化術による封じ込めだった。固めて動けなくしてしまえば被害はそれ以上には広がらないだろう。ただこれも場当たり的にやっていても意味がない。広範囲に対して一気に行う必要がある。

聖王は、塔の建築に着手していた。

大規模魔術を使うために魔力を蓄積して増幅するための装置だ。場所はマニー王国王都近くの平原。そこに陣を築き、侵蝕生物を追い払いながら計画を進めていた。

そんなある日、塔付近で陣頭指揮を執っていた聖王の前に少年が現れた。

「少し、いいかな？」

枢軸教会に所属する聖王は特定の神を信奉してはいない。だが、それが神に類する強大な存在であることは一目でわかった。

「いいですが、あまり時間を取ることができません」

「それなら大丈夫だよ。セイラによる危機は去った。もうこんな塔を作る必要も、信者を犠牲にする必要もない。まずはそれを伝えにきたんだ」

「にわかには信じられませんが……」

「まずは確認してみるといいよ」

何の確証もなしに計画は止められない。聖王は陣を警護する者たちを呼び話を聞いた。ここしばらくの間、侵蝕生物の襲撃はなかったらしい。確かにそれは今までとは異なることだった。侵蝕生物は頻繁に襲撃を繰り返していたからだ。

「なるほど……わかりました。今すぐ完全中止にはできませんが、一旦は休止いたしましょう」

聖王は指示を出し、作業を止めた。

だが、この魔力集積塔は侵蝕生物専用の施設ではない。汎用的であり他の用途にも流用することができた。すなわち、高遠夜霧対策だ。

聖王は、前の世界で高遠夜霧を封印すべく準備を進めていた。結局ＵＥＧなるものにより封印計画は頓挫したが、今も高遠夜霧が脅威であることに変わりはない。侵蝕生物の件が解決したのなら、改めて高遠夜霧対策を進めていく必要があった。

「それと、高遠夜霧はこの世界を去った。だからそっちの心配もいらないよ」

「は？」

まさかの言葉に聖王は固まった。

「それは……大賢者の謀《はかりごと》によるものですか？」

聖王も大賢者のメッセージは聞いていた。高遠夜霧を殺して世界をやり直す。そんな計画が進行中だったはずだ。その計画が完遂されたのなら世界はやり直されるはずだが、今のところその兆候はない。つまり、まだ夜霧は殺されていないはずで、降龍の言うことをうまく理解できなかったのだ。

「順を追って言うと、大賢者の計画は失敗した。大賢者は永遠の眠りにつき、高遠くんは元いた世界へと帰っていった」

「もう……いない……？」

「そう。今後この世界が高遠くんの脅威にさらされることはない。いや、それは言い過ぎかな。脅威にさらされる可能性は著しく減少した。ぐらいにしておこうか」

「馬鹿な……何の責任も取らず！　逃げ帰ったというのですか！」

「責任とか言いだすと向こうにも言い分はあるだろうけどね。でも、文句を言おうにももう帰っちゃった後だし、今後はこの世界をよくするために頑張ってほしい。申し訳ないけれど、ボロボロになった世界を再構築していくのはこの世界の住民である君たちの役目だ」

言いたいことだけ言って、降龍は姿を消した。

「……とにかく現状の確認を進めていくしかないですね……」

今、この世界が抱え込んでいる問題は多岐にわたっている。

高遠夜霧に言いたいことはいくらでもあるが、二度とこの世界にやってこないというならいつまでも引きずっていても仕方がないだろう。

当面使い道のなさそうな塔の計画は保留にし、まずは侵蝕生物の脅威が本当に去ったのかから確認していこうと聖王は考えていた。

＊＊＊＊＊

ラスボクエスト、最終ステージ、第二ラウンドで魔王軍に敗れ、その後、秋野蒼空の能力で呼び出された花川は、夜霧たちが消えた後その場に放置された。

蒼空に勝った夜霧たちは第三ラウンドに進出したが、花川は無関係と判断されたのだろう。

花川は途方に暮れた。キャロルや諒子がいれば心強かっただろうが、花川は一人で住宅街の公園に取り残されているのだ。

「いや……これどうすればいいんでござるかね？　とりあえずキャロルたんたちと合流できればよ

いのですが……」

かといって捜し回るのも難しかった。まだ第三ラウンド進出を目指して敵を探しているパーティもいるだろうからだ。

花川はとりあえず公園の木の陰に隠れた。たいした意味はないかもしれないが、それでも開けた場所にぼんやりと立っているよりはましだろうと思ったのだ。

しばらく悩んでいると、空に文字が浮かび上がった。


『ラスボクエスト、最終ステージ、第二ラウンド終了！』


「……終了!?　もう勝てるとは思ってなかったのでいいのですが、これで戦わなくても済むのでござるかね？」

恐る恐る木の陰から出てあたりを確認する。特に周囲に変化はなく、襲ってくる敵らしき姿もなかった。

「ん？　しかしこの後はどうなるので？」

最悪の場合、敗退者は全員殺されるなどのケースもありそうだが、今のところは特に何が起こる様子もない。しかし、何も起こらないというのもそれはそれで不安になってきた。

「もしや……一生ここに放置でござるか!?」

そう思うとぼんやりともしていられなくなり、花川は公園を飛び出した。

城下街をうろつきまわったが誰もいない。当初は敵がいないと安心できたが、あまりにも誰もいないとそれも不安になってきた。

「おそらくは負けた者のほとんどは死んでいるはずでござるよね？　拙者のように負けて生きているのはレアケースなのでは……」

その場合、そんなケースまで運営が考慮していない可能性が高かった。

「うぅ……こんな誰もいない空の島に取り残されるとかあんまりでござるよ……」

花川はとぼとぼと歩きながら街を見て回った。適当に建物の中に入ってみるが、やはり中には誰もいない。調度類はそれなりに配置されているのだが、生活臭がしなかった。綺麗に配置されてそのままという様子なのだ。やはり、ゲームの雰囲気作りのためだけに作られた場所のようだった。

「……ここが空の島なら飛び降りるという手はありますな。下が海なら助かる……いや、高所から水面に飛び込むとコンクリートにぶつかるのと同じと聞いたことがあるような……いや、モンクとしてレベルの上がった拙者の耐久力と、回復能力があればどうにかなるのでは？」

下に降りれば、浜辺にあるゲートから冒険者の拠点である街へ戻ることができる。とりあえずは島の端へ行って様子でも見てみるかと考えたところで、音が聞こえた。

「むむ？　これは足音でござるか？　おーい！　誰かいるでござるか？」

敵かもしれないと一瞬考えたが、それよりも誰でもいいから会いたいという欲求が勝った。

「は、はい！　います！」

建物の陰から男が現れた。ひょろりと背の高い、どこか情けない青年だが、花川にはなんとなく見覚えがあった。ピラミッドの屋上にたくさん集まった冒険者の中にいたような気がするのだ。

「拙者、花川大門と申す者。そちらは何者でござるか？」

「あ、はい、僕はライニールと言います。第二ラウンドで負けて放っていかれたんですが……」

似たような境遇のようだった。

「これ、どうしたものでしょうね？」

「拙者もどうしたものかと思っておったのでござるよ。一応ちょっとした考えはあったのでござるが」

「その考えとはなんでしょう？」

「島から飛び降りれば、冒険者の街までは戻れそう。ぐらいのことでござるね」

「なるほど。僕も混乱してわけがわからなくなってましたけど、言われてみればそうですね。行ってみましょうか」

そういうわけで、二人で島の端を目指すことになった。

城下街を抜け、森と平原を通り、島の端へと辿り着く。端から見下ろしてみたが、下にあるのは雲だった。この島は巨大積乱雲の中にあるのだ。

「これ、落ちて大丈夫なんでしょうか？」

「見ると自信がなくなってくるでござるな……ちなみに何か対策はあるでござるか？」

「一応、星結晶というのがあるんですが……」

ライニールが腰に付けたポーチから虹色に輝く石を取り出した。

「これで回復したりステータスを一時的に向上できたりします。後はガチャで何かいいものが出るかに期待するぐらいでしょうか」

「ははぁ、ガチャですか。飛行機とか出てきたりするでござるかね？」

「これまでに使った感じだとそんなにいいものは出てこない印象ですね」

どうしたものかと悩んでいると、世界に線が走った。世界が切り裂かれ、ずれていく瞬間だったのだが、そんなことが花川にわかるはずもない。

ただ、何かとんでもないことが起こっているとだけしかわからず、そこから先は怒濤《どとう》の展開だった。

どういうわけか、水晶平原に移動してしまい、襲ってきたセイラが突然動かなくなり、空には巨大な宇宙要塞が大量に出現して、それが落ちはじめたのだ。

花川とライニールは、呆気に取られてその推移をぼんやりと眺めているしかなかった。

巨大な塊が大地にぶつかりその度に地震が発生する。ただ幸いなことに、花川たちの近くには宇宙要塞は落ちてこなかった。

「やあ。僕は降龍。君が花川くんだよね？」

どれほどぼんやりとしていたのか、気付けば目の前には降龍と名乗る少年が立っていて、花川に話しかけてきていた。

「はい、拙者が花川でござるが」

「突然だけど、高遠くんたちは元の世界に戻ったよ」

「何がどうなったでござる!?」

「高遠くんが大賢者を倒した。それで元の世界に帰る算段が付いたから、彼らには一足先に帰ってもらった。で、他にも帰還希望者がいるかを確認しているところなんだ」

「拙者はこの世界に残るでござるよ！」

花川は即答した。

大賢者が死に賢者による支配体制が崩れたのなら、この世界も安全になったかと考えたのだ。もっとも、よほどの危険がない限り残ろうとは思っていたので、その情報は多少のプラス材料になったに過ぎないのだが。

「後でやっぱり帰りたいと言われても対応しかねるけどそれでもいいんだね？」

「もちろんでござるよ！　帰ったところでたいして面白いこともないでござる！」

「あの。僕も帰ったりできるんでしょうか？　その、こちらの世界で生まれたのは確かなんですけど、元は別の世界にいたんですが」

ガチャを知っていたし、そんなところだろうと花川は思っていた。

「転生か。ちょっと微妙ではあるけど……一応帰還組に入れておこうか。どういう扱いにするかは向こうの世界の神に任せるよ。じゃあここでの用事はこんなものかな」

降龍とライニールの姿が消え、花川はまたもや一人残された。

「ま、まぁ……拙者も以前の拙者ではないでござるし……」

モンクという上級クラスを得ているし、キズナカウンターもある。どうにかなるだろうと花川は考えていた。

帰還

天盤間を移動する乗り物は、単純にリフトと呼ばれているらしい。

夜霧はリフトのコンソールのど真ん中にある、これ見よがしに赤く大きなボタンを押した。

これでいいはずだが震動などはなく、動きだしたという感覚は得られなかった。

そもそも、天盤間を移動するなどという事象がわけがわからないものなので、この状況も正常なのかはさっぱりわからない。

「あ、見て見て！　なんか動いてるっぽいよ」

知千佳が窓の外を見て言う。

夜霧も窓から外を見てみた。

虹色に輝く小さな灯が無数に流れていた。

「でも、これって何なの？　星とか？　無駄にメルヘンな感じだけど」

『何もないと寂しいからなんとなくそれっぽくしてあるだけだよ』

「あんたまだいたのかよ！」

どこからともなく降龍の声が聞こえてきた。

『そりゃ君たちがちゃんと帰還したことを確認しないと安心できないだろう？　途中で気が変わって引き返してきたら困るじゃないか』

「そんなつもりはないけど引き返す方法ってあるの？」

『知りたいなら教えるよ。君の機嫌を損ねたくはないからね。君がその気になれば、どれだけ離れていても力を発揮できることは知っている。ただ、気軽に教えたくもないから、どうしても知りたくなったら訊いてくれるかな』

「ただの興味本位だから教えてくれなくていいんだけど、このボタンを押したら戻るなんてことはないんだよね？」

コンソールにあるのはスタートボタンだけだった。素直に考えれば操作手段はこのボタンぐらいしかない。

『安心して押しまくってもいいよ。そのボタンは二度と機能しないから』

「どんだけ念入りなんだ……」

知千佳が少しばかり呆れていた。

『じゃあ後はごゆっくり。もう呼ばれない限りは出てこないから』

「最後に一つだけ。帰るにはどれぐらい時間がかかる？」

『体感時間で三十分程度かな。誰かから聞いたとは思うけど、帰ったらものすごく時間が経過していたなんてことにはならないから安心してほしい。具体的には言えないけど、経過時間は数分から数十分程度だと思うよ』

「来るときは一瞬だったような……!?」

夜霧たちはバスごと異世界へとやってきた。夜霧は寝ていたので移動の瞬間のことをよくわかっていないが、知千佳にすれば不可解なのだろう。

窓の外を見るのにも飽きたので、夜霧は椅子に座った。機内の中央にはテーブルなどがあり、そこで休憩できるようになっているのだ。

知千佳もやってきて、対面に座った。

「もうこの、天盤とか天軸とか理解がまるで追いつかないよね」

「俺たちの常識とはことごとく違うからなぁ」

『これが世界間移動の正規ルートなのだろうな』

「あ、いたんだ」

もこもこが知千佳の背後に浮かんでいた。

『おるわい！　なんでいなくなると思った！』

「だってさ。異世界で出現したから、帰るといなくなるのかと思って」

『我はずーっと昔からお前に憑《つ》いておるのだ。見えなかっただけでな！』

「それだけどさ。今後どうするの？　帰ってもそこらへんに浮いてるの？　見えてるとやりづらいんだけど?」

『おう……先祖の扱いが雑過ぎやせぬか、お主……』

だが、普通は見えないものが見えていると、咄嗟のときにおかしな対応をしてしまいかねない。それはごく普通の社会生活を送るうえで問題になるかもしれなかった。

『まあよい。帰ってしまえば、近所であれば自由に行き来できるしな。背後霊のごとくずっとは傍にいるつもりはないわ』

「よかったー!」

『お主、本気で喜んでおるな……』

知千佳は霊能力に目覚めたわけでもないので、もこもこしか見ることはできない。それは夜霧も同様なのだが若干の不安はあった。

いると認識してしまえば見えてしまうということを、今の夜霧と知千佳は知ってしまっているのだ。何かの拍子に霊現象を目撃などしてしまえばその後は見え続けてしまうかもしれず、そんなことを続けていればいずれはどんな霊でも見えてしまうようになるかもしれなかった。

――杞憂《きゆう》だったらいいんだけど……。

現時点では心配するだけ無駄だろうと夜霧は割り切った。

「もこもこさんは、世界のこんな仕組みを知ってたんだろ?」

『うむ。我らの世界の外にも世界があり、さらに上位の世界として高次情報レイヤーがあることは知っておった。もっとも天軸で世界間を行き来できるなどとは知らんかったが』

「情報だけはやりとりできてたのか」

『そのとおりだ。なので何かがいることはわかっておったが、何者なのかまではわからんかった。情報生命体のような者がいるのかとも思っていたが、実体がある者だったとはな』

「世界っていろいろあるんだな……」

『まぁ……小僧にそれが知られてしまったのは大問題だとは思うが……』

「俺も知りたくはなかったよ」

今までは知らなかったのだから、夜霧が影響を与える可能性は低かった。だが今では夜霧が異世界の存在を知ってしまっているのだ。夜霧もわざわざ異世界を攻撃しようなどとは思わないが、何かの拍子に影響が及ぶ可能性は上がってしまったことだろう。

「世界がどうとかよりさ。帰ったら大変なんじゃない？　修学旅行どうなるんだろ？」

「そりゃ中止じゃないかな」

『そんな暢気な話ではなかろうが。クラスメイトが何人死んだと思っておるんだ』

「あ」

『忘れてたのか？』

「忘れてないって！　でも仕方ないし、そういうもんだと割り切ってただけっていうか！」

「俺が言うのもなんだけど、壇ノ浦さんってタフだよな」

「女子に言うセリフじゃないな！」

『まあ戦闘においてメンタルが占める部分は実に大きいからな。そのあたりも壇ノ浦流はカバーしておる。というか、肉体もそうだが精神的にも改良し続けて今の壇ノ浦流があるのだ！』

「そんな改造人間みたいに言われても」

『品種改良程度のことしかしとらんがな。今のご時世ではそう無茶はできんし』

「昔は何やってたんだ……」

あまり聞かないほうがいいことなのだろうと夜霧は思った。

「そんな辛気くさいことより！」

『クラスメイトが死んだのが辛気くさいで済むのか』

「帰ったらしたいこととか！　そんな感じの話題のほうがいいんじゃないかな！」

「帰ったらか。積んでるゲームを大画面でやりたいかな」

携帯機でのプレイにさほど不満はないのだが、それはそれとして大画面でゲームをやりたいというのも本音だった。

「やっぱ狩りゲーがいいわけ？」

「流行ってたからやってただけだよ。普段はＲＰＧとかやってる」

「じゃあ今までファンタジーＲＰＧみたいなとこにいたけど、テンション上がったりしなかったの？」

「上がってたよ」

モンスターに獣人に異世界特有の光景にダンジョン。いちいち大騒ぎはしていなかったが、夜霧も興味深くは見ていたのだった。

「わかりづらいな！」

「壇ノ浦さんが帰ったらやりたいことは？」

「うーん……服を買いにいったり？」

「壇ノ浦さん、あっちでも結構買ってただろ」

「持って帰ってもあのデザインを普段使いはできないでしょ！」

「そういうものなのか」

異世界の物があると面倒なことになりそうだし、理由はどうあれ持ち帰らないという判断は正しいのだろう。

「高遠くんは服はどうなの？」

「どうって……同じのを着てるけど。シャツとかジーンズとか」

「まあ男の子ってそういうものかもね」

そんなとりとめのない、あの店に行きたいだとか、あれを食べたいだとか、そんな話をしていると窓の外の様子が変わっていた。

キラキラと輝きながら流れていく星々が見えなくなっているのだ。

「そろそろ着いたかな?」

「どうなんだろ?　状況がわかんないんだけど」

出発から今まで動いている感覚がないため何もわからない。どうしたものかと考えていると、ドアが自動的に開いた。

「着いたってことかな?」

「出るしかないよね」

夜霧は荷物を手にして立ち上がり、ドアに近づいた。ドアから外を見ると、出発前と同じような薄暗い場所だった。

とりあえずは出てみるしかないのだろう。夜霧が先に出て、知千佳が後に続いた。

あたりの光景はやはり出発前と同じで、天軸の中のようだった。

「着いたんだとして……出口はどこなんだ?」

見たところ、近くに出口らしきものは見当たらなかった。

「天軸は我々が管理している。勝手に出入りすることはできない」

夜霧は声がしたほうを見た。古くさい格好の女が立っていた。それはもこもこが着ている狩衣よりもっと古い時代の服装のようだ。

「あんたは?」

「神だ」

「なるほど。日本神話に出てきそうな感じだけど、地球の神なんだよな？」

「そうだ。ここはお前たちがいた世界だ」

「神がそんなローカルな格好でいいの？」

「地球に神など腐るほどおる。私は日本の一部を担当しているに過ぎない」

「はぁ……神様って本当にいるんだ……」

知千佳が感心していた。異世界にも神らしき存在はいたが、それはあくまで異世界という無関係な場所でのことだ。今まで自分たちが暮らしてきた世界にも神が実在しているとなるとまた別の感慨があるのだろう。

『いや、我もどちらかといえばかなり神に近い存在ではあるのだが？』

「腐るほどいる神の中にはその程度のものもいるが、そんなことはどうでもいいな」

「その程度だって」

『どうでもいいと言われたのだが……』

「俺たちは家に帰りたいんだけど、外に出してくれるんだよな？」

「もちろんだ。ただ念のために確認しておくが、今なら先ほどまでいた世界へ戻ることは可能だ。その気はないか？」

「そんなつもりはまるでないけど」

「……そうか。帰ってくるのか、忌ま忌ましい……厄介払いができたと思っていたのだが……」

「え？　なんか私たち嫌われてる？　神様に？」

「心配するな。現代では神々が人間に干渉することなどほとんどない。おみくじで凶ばかり出すのが関の山だ」

「それはそれで地味に嫌だな！」

それは、神頼みにはまったく意味がないことを示しているのだろう。

「最終確認だ。ここを出れば二度と天軸を使うことはできないがいいんだな？」

「いいよ」

考えるまでもなかった。

「ここから転送することになるが、行き先はお前たちがいなくなった場所でいいな？」

「それもそうか。いきなり家に帰ると話がややこしいし。じゃあそれで」

「ではな」

目の前の光景が一瞬にして変わった。

「さむっ！　えっ！　さむっ！」

知千佳が語彙をなくしているのも当然の話で、あたりは吹雪いていた。ほとんど忘れかけていたが、夜霧たちは修学旅行のスキー研修に向かっている途中で異世界へと召喚されたのであり、いなくなった場所に戻ればそこは雪山なのだ。

「荷物に防寒着入れてたと思うけど」

夜霧も荷物から上着を取り出した。雪山に行くのだから寒さ対策をしているのは当然だ。知千佳も慌ててダウンジャケットを取り出して身に着けていた。

「ここ、どこなんだ？」

「えーと……トンネルを出たら異世界だったから、トンネル近辺だと思うんだけど……」

『あほうか。地球に戻ったのならスマホのＧＰＳでわかるだろうが』

「そうだった」

夜霧はスマートフォンを取り出して現在地を確認した。幸い電波は受信できているし、目的地であるスキー場からそれほど離れた場所でもないようだ。

「……日付は修学旅行初日で、時刻は19時ぐらいか。到着予定時刻もこれぐらいだったよね？」

ネットワークに接続できているので、スマートフォンの時刻は自動的に正しく調整されていた。降龍が言っていたように、こちらの世界での時間は転移からそれほど経っていないようだ。

「うん、たぶんそうだったはず」

旅のしおりなどを確認すればわかるかもしれないが、吹雪の中であまり悠長にもしていられない。

夜霧たちはスキー場に向かって歩きはじめた。

＊＊＊＊＊

スキー場に着いた夜霧たちは保護を求めた。

バスが事故に遭い、車外に放り出され、命からがらここまでやってきたという設定だ。

そもそもバスがこの世界からなくなってしまっているし、何人もの生徒が向こうの世界で死んでいる。捜索されれば不可解な状況であることはすぐにわかってしまうその場しのぎの嘘でしかないのだが、そこは研究所がうまく処理をしてくれたようだ。

夜霧に関する案件では超法規的措置が取られるため、無理矢理にでも辻褄《つじつま》合わせを行ったのだろう。

当然、修学旅行は中止となり、夜霧たちは研究所の車で帰宅することになった。

「この状況をごまかせるってどうなってんの!?」

「忍者がどうにかしてるらしい」

「すごいな、忍者！」

後部座席でそんな話をしていたところに電話がかかってきた。

『ハーイ！　そっちも元気？』

出てみるとキャロルだった。知千佳も聞きたいかと思い、スマートフォンをスピーカーモードにした。

「キャロルたちも帰ってきたのか」

『生き残ってる人はだいたい帰ってきました！　みんなスキー場にいますヨ！』

夜霧たちから数十分遅れて帰還したらしい。異世界とのタイムラグを考えれば夜霧たちと同時に帰還しそうなものだが、こちらに帰ってきてから神による最終確認などの手続きがあったようだ。

「だいたい？」

『花川は向こうに残りましたヨ！』

担任教師、運転手、他の生徒たちはこちらに戻ってきたとのことだった。

「花川くん何やってんの!?」

「まあ……残りたいっていうなら無理に連れ帰ることもできないしな」

『二宮です。研究所とは連絡が取れました。事後処理はこちらで滞りなく行いますのでご安心ください』

『任せますけど、記憶消去は勘弁願いますネ！』

修学旅行中のバスが県道から転落。死亡者が出たということになったようだ。死体のない者もいるわけだが、研究所がダミーの死体を用意するのだろう。

「記憶消去って……そんなのできるの？」

「それぐらいならやりそうな気がするな」

世間で知られている以上の技術を研究所は持っている。記憶を消す薬ぐらいはあってもおかしくなかった。

「何なんだ、その悪の組織は」

「朝霞《あさか》さんも似たようなこと言ってたな」

『じゃあまた学校でお会いしましョー！』

「でも、そんな簡単に学校に行けるようになるのかな……」

「俺、小学生のころにバスごと誘拐されたことあったけど、そのときはどうにかなったな」

「どんな人生だよ……」

車は夜通し走り続け、自宅近辺に着いたのは朝になるころだった。

「じゃあね。落ち着いたら連絡するよ。友達だからね！」

知千佳が先に降りて、家に帰っていった。

そこからしばらく移動して、夜霧も自宅マンションの前で車を降りた。

エントランスの前には、夜霧の育ての親である高遠朝霞とニコリーが待っていた。

「ちょっとわけわかってないんだけど、何がどうなってんの!?」

朝霞は夜霧の正体を知る数少ない人間だ。今回の件について裏の事情も聞かされてはいるのだろうが、聞いたところでわけがわからないのは当然のことだろう。

「うーん。一言では説明できないんだけど、まあそんなたいしたことじゃないよ」

「そう？　だったらいいんだけど」

朝霞も慣れたものだった。

「ただいま」

今さらながらに夜霧は言った。

「おかえり」

朝霞が微笑みながら返す。

夜霧は、ようやく帰ってきたのだと実感した。

あとがき

14巻、最終巻です。

ここまでお読みくださりまことにありがとうございました。

打ち切りとは言わずとも、もっと早めに畳むことになるかと思ってたんですが、思ったよりも長く続けられました。これも読んでくださった皆様のおかげです。本当にありがとうございます。

初っ端から感謝なのですが、もうちょっと感謝が続きます。

既に発表されているので知っている方もおられるかと思いますが、なんと、この作品がＴＶアニメ化することになりました！　これもやはり読者の皆様のおかげとしか言いようがありません。まことにありがとうございます！

ＴＶアニメ化についてはこれを書いている時点では、ＴＶアニメになるとしか発表されていませんので、私もそれ以上のことをお知らせすることはできない状況です。

ですが、２０２３年中に続報はあるかと思いますので、もうしばらくお待ちください。続報はアース・スターノベルの公式サイトや、ツイッターなどで発表されたりすると思いますので、そちらをチェックしてください。

作者のツイッター（https://twitter.com/fujitaka_t）でも喜び勇んで続報の発信など行うと思いますので、こちらを見ていただいてもＯＫです！


では謝辞です。

担当編集様。ほとんどの巻でギリギリな感じだったのでずいぶんとご迷惑をおかけした気がしますが、最後までありがとうございました。

イラスト担当の成瀬《なるせ》ちさと先生。いつも大変素晴らしいイラストを描いていただき、まことにありがとうございます。完結までお世話になりました！　また機会があればぜひともお仕事をご一緒したいです！

藤孝《ふじたか》　剛志《つよし》

こんにちは、イラスト担当の成瀬ちさとです。
最終巻だなんて……！
長いようであっという間の14巻でした。
まだまだ「あの人はどうなったの？」とか
「元の世界でこの人たちはどうなるの？」とか
気になることばかりなので、
後日談的なものを切に望む絵描きです。

それはさておき、元の世界に戻った夜霧たち……ということは
ついに朝霞さんとともちーの邂逅となるのか？？
そのへんも気になる絵描きです。

あ！アニメ化おめでとうございます＆ありがとうございます！

成瀬ちさと

即死チートが最強すぎて、異世界のやつらがまるで相手にならないんですが。14

発行 ―――――――― 2023年3月15日　初版第1刷発行

著者 ―――――――― 藤孝剛志

イラストレーター ―――― 成瀬ちさと

装丁デザイン ――――― 山上陽一（ARTEN）

発行者 ――――――― 幕内和博

編集 ―――――――― 半澤三智丸

発行所 ――――――― 株式会社アース・スター エンターテイメント
〒141-0021　東京都品川区上大崎 3-1-1
目黒セントラルスクエア　7F
TEL：03-5561-7630
FAX：03-5561-7632
https://www.es-novel.jp/

印刷・製本 ――――― 図書印刷株式会社

ISBN 978-4-8030-1764-9